Carry Brachvogel

Alltagsmenschen

Roman

Herausgegeben und mit einem Nachwort versehen
von Ingvild Richardsen

Münchner Stadtbibliothek
Monacensia
Literaturarchiv und Bibliothek

Allitera Verlag

Weitere Informationen über den Verlag und sein Programm unter:
www.allitera.de

November 2013
Allitera Verlag
Ein Verlag der Buch&media GmbH, München

Münchner Stadtbibliothek
Monacensia Literaturarchiv und Bibliothek
Leitung: Dr. Elisabeth Tworek
Buch&media GmbH, München
Umschlaggestaltung: Alexander Strathern / Dietlind Pedarnig, München
unter Verwendung eines Bildes aus der Zeitschrift »Die Jugend«, 1896.
Bildnachweis U3, S. 6: Carry Brachvogel, 1903 © Ullstein Bild
Printed in Europe · ISBN 978-3-86906-538-0

Allitera Verlag

edition monacensia
Herausgeber: Monacensia
Literaturarchiv und Bibliothek
Dr. Elisabeth Tworek

Inhalt

I.

Als vor nahezu sieben Jahren die münchener Zeitungen unter der Rubrik »Lokales« verkündeten, daß die einzige Tochter des Herrn Kommerzienrates und Handelsrichters Mey, Fräulein Elisabeth Mey, sich mit Herrn Dr. jur. Friedrich Becker, einem Sohn des bekannten Augsburger Großindustriellen Herrn Martin Becker, verlobt habe, da bot sich den sämtlichen Klatschmäulern der schönen Isarstadt (und es soll deren etliche geben!) Stoff zur Be- und Verarbeitung in Hülle und Fülle dar.

Nachdem man zuerst, wie allgemein üblich, die äußeren Eigenschaften der Neuverlobten erörtert, und sich dabei selbstverständlich ein für das Brautpaar geradezu vernichtendes Resultat ergeben hatte, rief man sich gegenseitig mit unverhohlener Schadenfreude die Thatsache ins Gedächtnis, daß Elisabeth Mey bereits 23 Jahre zähle, daß sie trotz allen Zuwartens nun doch keinen Grafen oder Baron, ja nicht einmal einen simplen Lieutenant »bekommen« habe, und daß sie nun eben mit beiden Händen nehmen müsse, was immer sich darbot – denn ein Rechtspraktikant, der den Staatskonkurs eben erst hinter sich, und die allerkleinste Anstellung noch vor sich hat, das war doch, weiß Gott, keine »Partie«. Anderseits wieder: Welch' eine merkwürdige Idee von Friedrich Becker, dem Millionärssohn, um diese Elisabeth zu freien, die ihn ja zweifelsohne nur als »Gutgenug« nahm, weil es ihr eben nicht gelungen war, sich eine Krone oder auch nur ein Krönchen zu erheiraten. Warum alle fest davon überzeugt waren, daß Elisabeth ein Adelsprädikat als etwas so unendlich Wertvolles betrachte, wußten sie eigentlich selbst nicht recht; aber schon seit einigen Jahren war es aufgefallen, daß sie noch immer unvermählt geblieben und so hatte man den Grund hiefür eben in hochgestellten Ansprüchen zu finden geglaubt. Und ein junges Mädchen der münchener »zweiten Gesellschaft« (wie sich ein gewisser Kreis in bescheiden-stolzer Selbsterkenntnis zum Unterschied von der Hofgesellschaft benennt) kann ja nach land- oder vielmehr stadtläufigen Begriffen unmöglich mehr oder höheres verlangen, als daß, zugleich mit dem bürgerlichen Standesamtsregister und dem altväterischen Kirchenbuch, auch der exklusive gothaische Almanach von ihrer Vermählung Notiz nehmen, und die Zeitung in nicht allzu ferner Zeit unter »Hof- und Personalnachrichten« verkünden muß, daß ihr, der Freifrau oder Gräfin von Soundso, der erbetene Hofzutritt gewährt worden sei. – Thatsachen, die all ihre bürgerlich verheirateten Freundinnen mit staunendem Neide erfüllen, und ihr, ihrem ganzen früheren profanen Kreise gegenüber, die Stellung einer Halbgottheit auf Lebenszeit anweisen. Und nun, da Elisabeth Mey doch zweifelsohne das alles lange und vergeblich angestrebt, nun wollte sie, die doch selbst reich genug war, eben nur noch glänzend versorgt sein, und auf halbem Wege begegnete ihr Fritz Bekker, dessen eigene berechnende Wünsche den ihrigen zum verwechseln ähnlich sahen – – leider, leider daß eben immer wieder Geld zu Gelde kommen muß! Mit wehmütigem Kopfschütteln philosophierten also ganz dieselben Leute, welche gelegentlich anderer, finanzielle Mesalliancen bedeutender Verlobungen von »Überspanntheit« und »unpraktisch-idealistischen Ideen« gesprochen hatten; das hinderte sie aber keineswegs mit starker Betonung hervorzuheben, daß es viel schöner gewesen wäre, wenn Elisabeth einen unbegüterten Mann, Fritz ein Mädchen ohne Mitgift gewählt hätte. Früher, ja, da war so etwas alle Tage vorgekommen, damals galt es für eine Ehrlosigkeit nach Geld zu heiraten, aber jetzt, in unserer abscheulichen materiellen Zeit, wo waren da Liebe und Idealismus hingeschwunden?!

Die beiden jungen Menschen ahnten indes kaum, wie eifrig ihr eben erblühtes Liebesglück begeifert wurde, und wenn auch dann und wann einmal die bekannten »guten Freunde« in geschäftig-taktvoller Vermittlungslust sie darüber aufzuklären versuchten, dann brauchten die Beiden einander nur anzuschauen und alsbald wich jeder böse Spuk kraftlos und verblassend zurück von den glückverträumten, sonnendurchleuchteten Menschengesichtern, – denn die Beiden hatten einander wirklich lieb. Zwar ganz kürzlich erst, auf einem Museumsball war der junge Becker dem gefeierten Mädchen vorgestellt worden, aber kaum hatte Elisabeth den hübschen Dr. jur. nur erblickt, so wußte sie bei sich: Dieser oder Keiner. Und auch ihm war es nicht viel anders ergangen. Das blühende Mädchen mit den großen dunklen Augen, dem anmutigen, klug und lebhaft plaudernden Munde hatte ihn im ersten Augenblick bezaubert, und schon nach wenigen Wochen hielt er um sie bei ihren Eltern an, nachdem eine Aussprache mit der Geliebten vorhergegangen war, die an flammender Empfindung und beredtem Ausdruck alle Liebesszenen der dramatischen und novellistischen Litteratur zu übertrumpfen drohte. Die beiderseitigen Familien erklärten sich mit der Wahl ihrer Sprößlinge völlig einverstanden, und das Glück des jungen Paares wurde noch erhöht durch den Reiz des Geheimnisses, der es vorläufig umgeben sollte, denn Elisabeths Eltern wünschten die Verlobung erst in einigen Monaten zu veröffentlichen, während deren Ablauf Friedrich seine Staatsprüfung bestehen sollte.

Elisabeth, eine etwas phantastisch veranlagte Natur, die auch ihr klarer Verstand nicht immer völlig zu meistern vermochte, war so verklärt von Liebe und Glück, daß sie fast etwas Heiliges an sich hatte. Als einziges Kind überzärtlicher Eltern war ihr bislang ein Jahr nach dem andern in ungetrübt heiterer Gleichmäßigkeit dahingeflossen, jeder Schatten einer Sorge, ja nur einer Mißstimmung ängstlich von ihr ferngehalten worden. Aber das Mädchen fing bald an, sich in dieser schier beängstigenden Atmosphäre des Glückes und der Sorglosigkeit zu langweilen; es erging ihr ähnlich wie den Leuten, die in der Einsamkeit einer schwülen, lautlos brütenden, stahlblauen Hochsommermittagsstunde derselbe unheimliche, gespensterahnende Schauer beschleicht, der eigentlich nur für Mitternacht gestattet und üblich ist. – Und wenn sie auch frei blieb von modern-hysterischer Sehnsucht nach Leiden und Selbstentäußerung, so verlangte es sie eben doch nach etwas Unfaßlich-Wunderbarem, das endlich einmal erschreckend und erlösend zugleich in ihr Dasein hineinrauschen sollte. Ihrem Leben fehlte der Inhalt. Ein Tag wie der andere floß leer dahin: Toilette, Spazierengehen, ein bischen Lesen, ein bischen Porzellanmalen, Besuche, Theater, Bälle. Dabei war Elisabeth gescheidt, hatte sich von jeher gemüht, ihre etwas oberflächliche Institutsbildung aus eigenen Kräften zu erweitern und zu vertiefen, und gerade deshalb erschien ihr dies alles, das den Freundinnen den Lebenszweck bildete, doppelt nichtig und leer, ungefähr nur wie wertlose Zwischenaktsmusik, die sie über das Verzögern der eigentlichen Handlung wegtrösten sollte. Zuweilen befiel sie ein Grauen, wenn sie überlegte, wie viele Tage jetzt schon so dahingeglitten waren, an denen sie nichts geleistet hatte, nichts für sich, nichts für andere. »Lilienaufdemfelddasein« bedrückte sie schwer – sie wäre gerne ein Mann gewesen, der nutzbringend leben und arbeiten, all seine Kräfte freudig und befriedigend bethätigen konnte. Ließ sie der Mutter oder deren Freundinnen derlei Gedanken vernehmen, so sahen sie die Frauen mit einem Lächeln an, das ihr das Blut ins Gesicht trieb, und sagten sentimental: »Wenn das Herz erst gesprochen hat!« Glaubten sie sich aber dann von Elisabeth unbeobachtet, so blinzelten sie bedeutsam: »Wenn sie erst einen Mann und Kinder hat – –«

Das verletzte Elisabeth, die vielleicht nicht klar wußte, aber bestimmt herausfühlte, daß das Ringen und Sehnen ihrer Seele für die Weiber nur ein pathologischer Vorgang war, dessen normales Ende mit einem Wickelkinde anfing. Sie äußerte also nichts mehr von dem, was ihr Inneres bewegte, auch zu den gleichaltrigen Mädchen nicht, denn die lachten sie aus, erklärten sie für überspannt, und eine jede von ihnen war nach der Hochzeit überglücklich, selbst wenn sie einem Jugendtraum hatte entsagen und einem ungeliebten Mann zum Altar folgen müssen. Gar manche schon hatte Elisabeth als weinende, trübe Braut zur Kirche fahren und als vergnügte, verliebte Frau von der Hochzeitsreise heimkehren sehen – sie wunderte sich dann über den leichten Sinn der andern, und es wäre ihr unmöglich gewesen, mit ihnen von ihrem eigenen Zukunftstraum zu reden. Um so glühender malte ihre üppige Phantasie ihr aus, was das Leben noch für sie aufgespeichert haben mußte. Zuerst, als halbwüchsiges Ding hatte sie von Unmöglichkeiten geträumt, die ihrem Dasein Zweck und Inhalt geben und ihren Namen bis an die Sterne tragen sollten: eine Jeanne d'Arc, eine Charlotte Corday schwebten ihrem knabenhaft ehrgeizigen Gemüt als leuchtende Beispiele vor. Mit den Jahren der Jungfrau kam aber auch das weichere Gemüt über sie, jetzt wußte sie, daß wirklich nur ein Mann ihrem Leben Inhalt einhauchen könne, aber nicht ein Mann, den sie lieben sollte, weil er ihr Gatte und der Vater ihrer Kinder war, nein, ein Ideal, ein Held, ein Gott. Er allein würde ihr die Sehnsucht der Seele lösen, als seine Gefährtin wollte sie, sein stolzbeglücktes Weib, durchs Leben schreiten, jeder Tag ein Fest, jedes Jahr ein Wonnerausch, und der Tod konnte keinen Schrecken haben nach so viel Glück und Lieben. Für ihn nur wollte sie schön und ehrgeizig sein, er war der Adler, der kühn der Sonne entgegenflog, sie, sie wollte nichts als jubelnd seinem Fluge nachschauen und ihm sorgsam ein weiches Nest bereiten, bis er sehnsuchtsvoll und sonnenmüde sich wieder zu ihr niederließ. Ganz insgeheim hielt sie denn nun häufig Heerschau unter den jungen Männern, die sich allenfalls zum Helden oder Prätendenten qualifizieren konnten, und seufzend gestand sie sich dann wohl ein, daß sie auch nicht einen von ihnen allen erhören würde. Ob sie aber den Erträumten, Ersehnten wohl jemals fände? Ob nicht am Ende doch die andern Recht behielten, die ihre schönen Zukunftsträume überspannt und unmöglich schalten? Quälende Angst beschlich sie, wenn sie sich diese Frage stellte, lähmende Furcht, unterliegen zu müssen im Kampfe mit der Prosa des Lebens. Krampfhaft klammerte sie sich an ein Wort, das sie vor Jahren einmal aus ihrer Mutter Munde vernommen: »Jede Frau erlebt ihren Roman.« Ja, sie mochte wohl recht haben die Mutter, aber gab es denn nicht auch Romane mit unglücklichem oder recht alltäglichem Ausgang, Menschen, an denen der Glücksbecher immer vorübergeht? Wenn auch sie zu jenen Enterbten gehörte? ...... Alles in ihr lehnte sich dagegen auf. Wie, sie, schön, jung, reich, gefeiert, begehrt, sie sollte nicht finden, was sie mit allen Fibern ihres Seins wollte – einen geliebten Mann? Es war thöricht, sich darüber zu ängstigen, ja gewiß .... aber es gab in ihrer Vaterstadt viele alte Jungfrauen, die einst wie sie jung, schön, reich, gefeiert und begehrt gewesen. »Sie werden wohl übergroße Ansprüche gestellt haben«, tröstete sich Elisabeth; aber auch ihr schwand ein Jahr nach dem andern und der Richtige war noch immer nicht gekommen. Die Angst des Mädchens wurde immer größer, obschon sie nicht verliebter Natur war, wie manche ihrer Altersgenossinnen. Gerne hätte sie mit einem Bräutigam auf den Hochzeitstag gewartet, fünf, zehn Jahre, aber nur nicht dieses planlose in den Tag hinein leben, nur endlich wissen, wohin das Lebensschiff steuert, wenn's auch noch weit, weit bis zum sichern Hafen ist. Die erste Jugend ging dahin und mit ihr ein Teil übergroßer Anforderungen, die Elisabeth zuerst unerbittlich an das erträumte Ideal stellen gewollt. Vieles in ihrem eigenen Wesen, das sie früher poetisch genannt, beurteilte sie jetzt als affektiert und sentimental, manch einer, den sie ehedem verschmäht, erschien ihr jetzt begehrenswert, der Grund ihrer damaligen Weigerung kleinlich und thöricht. Und als sie Friedrich auf jenem Balle zuerst erblickt, da jauchzte ihr Herz erleichtert auf und ahnte nicht einmal, daß neben der eigenen Stimme auch fieberhafte Angst vor dem Altjungfernstübchen ihr zuraunte, daß nun der Rechte gekommen sein müsse.

Seine große, schlanke Gestalt, das jugendlich-ernste Gesicht mit dem kecken roten Schnurrbart und der großen Schmarre auf der linken Wange entsprachen ja auch so ziemlich der Idealerscheinung, die ihr stets vorgeschwebt; seine guten Manieren und die Sorgfalt, die er seinem äußern Menschen angedeihen ließ, bestachen die Weltdame in ihr, und eine gewisse ideale Überschwenglichkeit, die ihm trotz seiner 26 Jahre noch anhaftete, erschien zwar für sein Alter etwas verspätet, ließ aber eine verwandte Saite in Elisabeths Gemüt ertönen und führte ihm das immer noch zum Phantastischen neigende Mädchenherz im Sturme zu. Der Ball verflog für Elisabeth wie ein Traum. Bald nachher machte Friedrich seinen Besuch bei ihren Eltern, und nun zählten die langsam dahinrieselnden Tage für sie nur noch nach den kurzen Augenblicken, die sie mit dem Geliebten verbringen konnte, in dessen Nähe alles Wollen, alle Sehnsucht vor einem niegeahnten, tiefen Glücksgefühle dahinschwand.

Als er um sie angehalten hatte, eilte sie in die Kirche, Gott um Demut anzuflehen in ihrer übergroßen Seligkeit, und als sie ihm am Hochzeitsmorgen entgegentrat, bleich, im weißen Kleide, eingehüllt in den duftigen Schleier, und ihn vor sich sah mit dem schönen Gesicht, aus dem Liebe und tiefe Bewegung sprachen, schoß ihr ein Thränenstrom aus den Augen.

Von der ganzen Kirchenceremonie hörte sie nichts als das bindende Ja, sah sie nichts als die goldenen, funkelnden Reife, die sie zusammengaben – »bis der Tod Euch scheidet.« –

II.

Die Honigmonde waren vorüber, und mit ihnen fest schwand auch jene reizvolle Geschäftigkeit, die ein junger, neuzubildender Hausstand von seinen Begründern erheischt. Die Wohnung war bis auf den letzten Nagel fertig eingerichtet, die übliche Antrittsvisite bei allen Bekannten gemacht und von ihnen quittiert worden, die Neuvermählten hatten ein paar Einladungen Folge geleistet und eine große Abendgesellschaft als Revanche dagegen gegeben, jetzt trat eine gewisse Ruhe ein, eine Pause im rastlosen Genuß des Neuen. »Für mich giebt es ja jetzt nichts Neues mehr«, dachte Elisabeth manches Mal bei sich, sie hatte ja das große Wort schon gesprochen, das ihrem Dasein Form und Inhalt leihen sollte, und dieses Wort hat man nur einmal im Leben zu vergeben. Das würde nun immer das Gleiche bleiben: Der Vormittag verging mit häuslichen Beschäftigungen, ein wenig Lektüre oder Klavierspiel, dann holte sie ihren Mann vom Gericht ab, wo er einstweilen als dritter Staatsanwalt arbeitete, ein Spaziergang in der Maximilianstraße, wo man immer die gleichen Menschen traf, das Mittagmahl, dessen Speisen sie selbst schon morgens bestimmen mußte, statt wie auf der, selbstverständlich italienischen Hochzeitsreise sich den Überraschungen des Couverts zu so und so viel Franks anzuvertrauen, eine kurze Siesta, dann blieb sie wieder allein, bis endlich, meist erst nach eingebrochener Dunkelheit, Friedrichs Arbeitstag zur Rüste ging und er Zeit fand, mit seiner Frau ein Theater oder ein Konzert zu besuchen, wenn anders sie nicht zu Hause blieben und vor dem Essen noch ein Stündchen mit einander lasen oder musizierten. Recht häufig aber kam er so müde heim, daß nichts ihm so gut behagen wollte, wie sein Lehnsessel und seine Cigarre, und dann gab's einen gar stillen, schweigsamen Abend.

Das ging nun eine Woche wie die andere, einen Monat wie den andern, und ein Frösteln befiel zuweilen die junge Frau, wenn sie bedachte, daß es nun immer so weitergehen würde, bis ihr Haar grau geworden und ihr Sinn alt, daß für sie nunmehr alles fertig und abgeschlossen war. Ja, ja – abgeschlossen – dies Wort traf das Richtige, denn ihr schien's zuweilen, als sei ein schweres, eisernes Thor unversehens hinter ihr ins Schloß gefallen und banne sie nun grausam vom hellen blühenden Leben weg in einen düstern, einsamen Burghof, zu dem die glänzenden, funkelnden Sonnenstrahlen von draußen wohl niemals den Weg fanden. Nicht etwa daß sie sich unglücklich gefühlt hätte oder ihren Mann weniger geliebt, als in den Maientagen ihrer Ehe, aber sie vermißte den geheimnisvollen Zauber des Brautstandes, die schwärmerische Zärtlichkeit, die ritterlich demütigen Huldigungen, mit denen Friedrich sie in den ersten süßen Flitterwochen zu umgeben gewußt. Er war zwar immer noch ein außergewöhnlich aufmerksamer, rücksichtsvoller Gatte, der seine schöne Frau von Herzen liebte, ja, seit sie ihm erst ganz zu eigen war, vielleicht mehr noch wie früher, aber der Ernst des Berufes und in diesem Berufe wiederum der stete Verkehr mit älteren, gesetzten, vielleicht auch etwas philiströsen Männern hatte seinem Wesen rasch jenes Unfertig-Überschwengliche abzustreifen vermocht, das ihm über seine Jahre hinaus anhaften geblieben war und das Elisabeth einst so sehr entzückte. So wandelte sich denn der unreife junge Mann unversehens in einen abgeklärten Menschen, aber an das unreife junge Weib konnte das Leben mit seiner erziehenden Gewalt nicht herankommen, sie lernte ja nur die Gesellschaft kennen, nicht aber die Welt und blieb also auch als Frau, was sie als Mädchen gewesen: eine phantastische Träumerin. Durch keinerlei wahrhaft ernste Beschäftigung aus diesem verderblichen Dahindämmern aufgerüttelt, war sie merkwürdig erfinderisch in der Art sich selbst zu quälen: sie kam jedesmal verstimmt aus dem Theater nach Hause, wenn das Stück, das sie gesehen, die Liebenden im letzten Akt vereinte, unbefriedigt legte sie jeden Roman beiseite, der mit einem Ausblick auf Liebesglück und Hochzeit schloß, jede Verlobung, jede Vermählung in ihrem Bekanntenkreise konnte sie tagelang verstimmen, denn unablässig verglich sie im Stillen den Reiz eben erblühenden Glückes mit ihrem eigenen, das schon allmählich den Charakter der Gewohnheit angenommen, und als sie geraume Zeit nach ihrer eigenen Vermählung einmal in der Zeitung las, daß der nachgeborene Prinz eines regierenden Fürstenhauses eine Münchnerin zu seiner morganatischen Gemahlin erhoben habe, da brach sie in bitterliches Weinen aus. Sie versuchte zwar, ihre Thränen hastig zu trocknen, als ihr Mann unversehens ins

Zimmer trat, aber seinem zärtlichen Auge entging weder die rasche Bewegung, mit der ihre Hand das Taschentuch barg, noch die verräterischen roten Flecken, die auf ihren Wangen brannten, und nun drang er so lange in sie, bis sie ihm, trotz anfänglichen Widerstrebens, alles erzählte, was ihr auf dem Herzen lastete. Nur den unmittelbaren Anlaß ihrer Thränen, die Prinzenheirat, verschwieg sie, denn sie fürchtete, ihn damit ernstlich zu kränken, oder auch von ihm gründlich ausgelacht zu werden. So klang denn aus ihrem Bekenntnis auch nur die leise Klage um den entschwundenen Honigmond heraus, das naive Bedauern, nicht mehr im Vordergrund jener frohen Teilnahme zu stehen, die einer Braut oder einer neuvermählten Frau von ihrem ganzen Verwandten- und Bekanntenkreise gespendet wird, und Fritz überhörte es vollkommen und mit ihm wahrscheinlich Elisabeth selbst, daß leise, ganz leise eine dritte quälende Stimme sich in ihren anscheinend kindischen Zwiegesang von Klagen und Bedauern mischte: Die unbefriedigte Eitelkeit.

Als sie zu Ende gekommen, ergriff er ihre beiden Hände und sah sie lächelnd an. »Bist Du denn nicht mehr glücklich, daß Du's nötig hast, andere zu beneiden?«

Sie errötete. »Ich beneide sie ja nicht, aber ist es denn nicht schade, daß wir das alles für ewige Zeiten hinter uns haben? Findest Du denn das nicht auch?«

»Nein, denn ein Glück, wie wir es hatten und noch haben, ist selten; was so viele andere Glück nennen, ist etwas ganz Anderes, ein Gefühl, in das sie sich hineinreden, das sie sich einbilden –«

»Aber eingebildetes Glück ist ebenso gut wie echtes«, beharrte sie eigensinnig.

»Da magst Du recht haben, aber Dich hätte noch nicht einmal befriedigt, was so und so viele Andere überselig macht. Und nun, mein Herz, quäle Dich und mich nicht mit solch thörichten, fast sündhaften Gedanken. Denn ich habe Dich so lieb – so lieb – weiß Gott nicht weniger wie früher, aber, siehst Du, man liebt eben seine Frau anders wie seine Braut.«

»Ja, ja, man liebt sie unpoetisch«, entgegnete sie halb im Scherz, halb im Ernst.

»Unpoetisch? Nein, aber Du darfst von der Ehe nicht die Poesie des Brautstandes verlangen, denn sie hat ihre eigene ganz andere; nicht wahr, die fühlst Du doch, ebenso wie ich sie fühle?« Und er nahm ihren Kopf in seine Hände und bedeckte ihr Gesicht mit leidenschaftlichen Küssen.

Elisabeth brach das Gespräch ab. Für ein paar Tage lang hatte Friedrich sie überzeugt, dann kam sie wieder ins alte Geleise zurück. In schreiendem Gegensatz zu ihrem eigenen glücksdurstenden Wesen standen ihre Lieblingsbücher: Tolstoi, Zola, Ibsen. Die drückende oder fäulnisschwangere Atmosphäre, die in ihnen wehte, ließ ihr die Luft des eigenen Hauses wieder balsamisch erquickend erscheinen, aber auch nur wieder für Stunden oder Tage, je nach dem der Eindruck des Gelesenen ein mehr oder minder nachhaltiger war, dann lastete die ununterbrochene Gleichmäßigkeit wieder schwer auf ihr. »Nur ein einziges Mal; wenn etwas Außergewöhnliches käme«, dachte sie oft, aber es kam nichts, und sie selber wußte ja nicht einmal was kommen sollte, um ihrem Wunsch gerecht zu werden. Und doch ließ sich das ganze Drängen ihres Wesens zusammenfassen in dem einzigen recht nüchternen Wort: Langeweile. In dieser Ehe hatten Mann und Frau vollkommen die Rollen getauscht: ihm war wohl am heimischen Herd, während sie sich hinaussehnte in das bunte, heitere, ihr noch unbekannte Weltgetriebe, so ungefähr wie ein ins Ehejoch geschmiedeter Lebemann sich zu seinen alten Vergnügungen zurückwünscht. Die Spielzeugrolle, die man der modernen Frau in der Ehe immer noch gerne anweist, lag der regen, klugen Elisabeth sehr schlecht und um ihrem Manne eine wirkliche Gefährtin zu sein, dazu mangelte ihr (so fand sie wenigstens) der zur Bethätigung einer Kraft unerläßlich nötige Wirkungskreis. Und das war der zweite große Haken ihres Lebens. Fritz war seinerzeit stets als einer der Allerersten ans sämtlichen Examinas hervorgegangen und somit nach der allgemeinen Ansicht zweifelsohne zu der bekannten »glänzenden Carrière« berufen; aber der Mann konnte nicht halten, was der Jüngling einst versprochen, denn eiserner Fleiß weit mehr als außergewöhnliche Begabung war es gewesen, der ihm in den Studienjahren stets einen »Brucheinser« oder »besten Zweier« eingetragen hatte. Dann aber, als der Beruf mehr Anforderungen an seine Fähigkeiten denn an seinen Willen stellte, blieb er hinter dem früher geleisteten zurück und aus dem scheinbar außergewöhnlichen Studenten wurde ein Durchschnittsmensch, ein tüchtiger Beamter, der ganz normal vom dritten Staatsanwalt zum Amtsrichter avancierte – weiter nichts. Das ging Elisabeth, die sich im Geiste schon als die Gattin eines hochbedeutenden Mannes gesehen hatte, sehr nahe, und da sie – dank ihrer Erziehung – von den Enttäuschungen des Lebens so gut wie garnichts wußte, so achtete sie es für ihr gutes Recht, sich gekränkt, verstimmt, nach und nach sogar unzufrieden zu fühlen, ganz so, als ob ihr Mann sie vorsätzlich um irgend eine gerechte Forderung betrogen hätte.

Sie erinnerte sich zwar zuweilen dunkel, daß man auch in der Ehe zusammen tragen müsse, aber das Schlimme war ja, daß es gar nichts zu tragen gab; da war ja kein Kummer, keine Sorge – ja, wie wäre sie da ihrem Manne heldenmütig zur Seite gestanden! – Da war ja nur kleinliche Misere, die kein Mensch tragisch nahm, dafür man ihr nicht einmal Dank wußte, wenn sie sie schweigend trug. Sie konnte doch zu niemandem sagen: »Ich habe ein Genie heiraten wollen, aber keinen Amtsrichter!« Nein, gar niemanden konnte sie es klagen, denn um den Mund der eigenen Mutter hatte es neulich bedenklich heiter gezuckt, als ihr halb unversehens ein paar Worte entschlüpft waren, die kundgaben, was in ihrer Seele vorging. Ach, die gute Mutter ahnte ja nicht, wie schwer es fiel, den ganzen schönen Traum vom sonnenmatten Adler und der jubelnden Gefährtin unerlebt begraben zu müssen, doppelt schwer, da sich die »jubelnde Gefährtin« auch noch vergeblich mühte, wenigstens als gefeierte Frau eine Vorzugstellung in der Gesellschaft zu erringen. Sie galt zwar allgemein für hübsch und liebenswürdig, aber jene stürmisch-aggressive Bewunderung, die man andern, auch von der Natur weniger Bevorzugten, entgegenbrachte, wurde ihr nicht zuteil. Man wußte, daß sie gut und glücklich verheiratet, daß es in ihrem ehelichen Leben keine Bresche gab, wo man mit Huldigungen hätte einsetzen können um einen entscheidenden Sieg zu erfechten, wenn sie sich auch mitunter gerne einen Anstrich von Frivolität und Koketterie lieh. Jeder vermutete, oder wußte beinahe genau, daß dies nur Spiegelfechterei war und so lachten, scherzten, philosophierten oder flirteten die Männer wohl auch einmal einen halben Abend lang mit ihr und bewahrten feurigere Gefühlsäußerungen für jene Frauen, deren Tugend und Ehegatten nicht völlig unüberwindlich schienen. Mit Verdruß sah Elisabeth, wie sich um jene Saloncircen Liebeshöfe bildeten, geradeso wie um die kleinen jungen Mädchen, ja, geradeso wie man sich einst um sie geschaart, schaarte man sich jetzt um jene, sie aber war vergessen und unbeachtet, wie eine ganz alte Frau. Früher, zu ihrer Mädchenzeit, hatte sie die ihr gespendete Verehrung kühl hingenommen, heute, da sie fehlte, brannte sie darnach. O, es mußte schön sein, so immerwährend Liebe und Wünsche zu erwecken, – ganz anders mußte es sein, als jenes einförmig prosaische Glück der Ehe, in dem kein Wunsch mehr übrig blieb, weil ein jeder alsbald gesättigt wurde, in der es keinen neuen Reiz mehr gab, weil man alles durchgekostet hatte.

Einige Jahre nach ihrer Verheiratung schenkte die Amtsrichterin einem Mädchen das Leben, und vor diesem großen Ereignis verstummten nun Mißvergnügen und Unzufriedenheit für lange Zeit. Wenn Elisabeth sah, mit welcher Zärtlichkeit Friedrich das, ach, so schwache Püppchen in den Armen hielt, quoll ihr das Herz über, und sie hätte mit keiner Königin getauscht. Sie selbst hing mit abgöttischer Liebe an dem blassen Dingelchen, dem man anfangs kaum die Lebensfähigkeit zutraute. Schon als es noch in der Wiege lag, fing sie im Stillen an, Erziehungspläne und Zukunftsträume für die Kleine auszuhecken, und da war alles so schön und glänzend, daß die trüben Gedanken vor so viel Licht und Liebe schleunig in ihre Nacht zurückkrochen. Aber auch das ging wieder vorüber. Auch das Kind vermochte Elisabeths Wesen nicht ganz auszufüllen; es war ja noch viel zu klein, um immer bei der Mutter sein zu können, an die nun auch wieder gesellschaftliche Verpflichtungen herantraten und mit ihnen die alten, qälenden Gedanken. Jetzt entwarf sie keine Zukunftspläne mehr; ihr schauderte fast, wenn sie daran dachte, ein zweites Ich heranziehen zu müssen, voll Ideale, voll großer Anschauungen, und es dann wiederzufinden in der Prosa des Lebens mit wundem Herzen und gebrochenen Flügeln.

Friedrich ahnte nicht im Entferntesten, was seine Frau bewegte, denn Elisabeth war seit jenem Gespräch mit ihm nie wieder auf das zurückgekommen, was in ihr vorging; sie verstand es sogar, sich in seiner Gegenwart meisterhaft zu beherrschen und benutzte um so eifriger die zahlreichen Stunden des Alleinseins, um inbrünstig ihren ungesunden Gedanken nachzuhängen. Alles blieb ihr versagt: statt der Gefährtin eines Helden war sie die Frau eines Beamten geworden, der ihr statt glühender Leidenschaft einfache Liebe entgegenbrachte; für sie gab es nichts Außergewöhnliches, vom Alltagspfade Abweichendes, die Leckerbissen vom Feste des Lebens wurden immer an ihr vorbeigetragen, fern genug, daß sie nichts davon nehmen und doch nahe genug, daß sie sich an ihrem Duft, vielleicht auch an ihrem besonders gerühmten *haut-goût* berauschen konnte! Ach, wenn nur bei ihr nicht alles gar so glatt und anständig gegangen wäre. Nicht etwa, daß sie sich einen Geliebten gewünscht hätte – aber das gänzliche Unversuchtsein fiel der eitlen Frau schwer, und ihr phantastischer Sinn umspann »dreieckige Verhältnisse« gern mit einem Nimbus, der sie das Brutale völlig vergessen ließ, das fast all' diese Beziehungen samt ihrer poetisch aussehenden Vorminne in sich bergen.

Wenn man ihr gesagt hätte, daß sie mit solchen Gedanken und Betrachtungen vom Treubruch nicht mehr weit entfernt stand, so wäre sie erstaunt und empört gewesen, denn die Vermessenheit ihrer Wünsche kam ihr nicht zum klaren Bewußtsein. Es war kein gewaltsames Fehlen, nur ein Hindämmern im Unrechten, das ihr angenehm, ja beinahe unentbehrlich geworden, dessen richtigen, keineswegs poetischen Namen sie erst später – viel später – erkennen sollte.

III.

Allmorgendlich, am Frühstückstisch pflegte Frau Elisabeth die erste oberflächliche Revision des Wirtschaftsbuches vorzunehmen, während ihr Mann die eingegangenen Briefe öffnete und flüchtig das Morgenblatt der »Neuesten Nachrichten« überlas. So hatte sie denn auch heute schon die Augen auf die blau liniierten Seiten gesenkt, welche der Küchenfee ungelenke Beistiftschrift in Worten und Zahlen wiesen, als Friedrich ihr eine große, lithographierte Karte über den Tisch hinreichte.

»Das Korps Frankonia giebt sich die Ehre,
Herrn Amtsrichter Becker und Frau Gemahlin
zu seinem am 15. Januar stattfindenden Balle
ergebenst einzuladen.

Anfang 7 1/2 Uhr.
Hotel Vier Jahreszeiten.«

»Willst Du gehen?« fragte der Amtsrichter. Sie hob den Kopf mit einem kleinen, vergnügten Ruck, so daß die weißen Spitzen ihres Morgenhäubchens in leises Schwanken gerieten.

»Ich ginge ganz gern hin, das heißt, wenn Du auch willst.«

»Gut, so nehmen wir an.« Mit einem raschen Zug leerte er die blau gemusterte meißener Tasse, die vor ihm stand, schob Zeitung und Briefe zurück und ging um den zierlich gedeckten, behäbigen Eichentisch herum zu dem Platz seiner Frau. Mit herzlichem Druck faßte er ihre Hände. »Adieu mein Schatz!«

»Aber, Fritz, wirklich in dieser Dunkelheit, bei dieser Kälte, so früh – – » Wie ein leiser, ganz leiser Anklang von Ärger lag's in den besorgnisvollen Worten, während die schönen dunklen Augen der Amtsrichterin durch die beeisten Fensterscheiben hindurch in den kalten Januarmorgen hineinzulugen versuchten, der so grämlich und düster angebrochen war, daß immer noch die Gaslaternen in den

Straßen brannten und auch Frau Elisabeth die große Hängelampe über dem Eßtisch hatte entzünden müssen.

»Nein, wirklich, Fritz, bei solchem Wetter –«

»Du weißt ja doch: Des Dienstes ewig gleichgestellte Uhr u. Bureaustunden pflegen sich im Allgemeinen weder nach dem Thermometer, noch nach dem Kalender zu richten – – – und rechne 'mal gefälligst den Weg von uns, Leopoldstraße, bis zum Augustinerstock aus! Und Du weißt, Pünktlichkeit ist nun einmal meine schwache Seite.«

»Im Gegenteil, Deine starke: Du bist überhaupt ein Pedant!«

»Du hast recht wie immer!« Lachend küßte Fritz zweimal nacheinander die frischen Lippen seiner Frau; dann wandte er sich der Thüre zu.

»Noch einen Augenblick, Fritz! Ich muß mir ja eine Toilette bestellen, und zwar rasch, sonst bekomme ich sie bis zum Ball nicht mehr. Gehst Du mit Stoffe aussuchen?«

»Heute? Unmöglich!«

»Aber abends doch? Das ist ja für Lichtfarben ohnehin praktischer.«

»Vielleicht ist's da zu machen! Übrigens könntest Du Dir die Stoffe doch auch zur Auswahl ins Haus schicken lassen?«

»Oder allein aussuchen?«

»Nein, nein, da möcht' ich doch auch ein bischen mitreden. Aber jetzt endgiltig, Adieu, Schatz! Küsse Lieschen, auf Wiedersehen!«

Elisabeth nickte ihm lächelnd zu, und noch eine ganze Weile, nachdem er gegangen war, lächelte sie ihr sonniges, zufriedenes Lächeln. Daß er, trotz seines anstrengenden Berufes, stets Zeit und Stimmung fand, um ihre kleinlich-frauenhaften Angelegenheiten und Sorgen zu teilen, schmeichelte ihr immer noch, obschon sie in all den Jahren ihrer Ehe sich eigentlich daran hätte gewöhnen können. In solchen Augenblicken, wo die Liebe dieses ernsten Mannes sich in so einfacher, fast kindlich-rührend zu nennender Weise offenbarte, war's ihr immer, als wehe wieder ein Hauch aus dem Blütenzauber der Brautzeit zu ihr herüber – – – die lag aber ja weit, weit hinter ihr zurück. – – Schon wollte es über das hübsche Gesicht hinhuschen wie blasser, schleierhafter Schatten. Da drang ein feines, piepsiges Kinderstimmchen vom Korridor her ins Zimmer herein und das dunkel flatternde Wölklein zerstiebte vor neuem Sonnenlächeln. Mit dem Ausdruck verklärten Entzückens schaute Elisabeth dem Kinde entgegen, das, von der Bonne sorgsam bis zur Thüre geleitet, mit kleinen, etwas langsamen

Schritten hereingetrippelt kam; ein Mädchen von etwa 3 Jahren, ein zartes Ding, aus dessen bleichem Gesichtchen ein paar dunkle Augen unkindlich ernst und schwermütig in die Welt hineinblickten. Mit der rührend-einschmeichelnden Zärtlichkeit, die kränklich-scheuen Kindern eigen, schmiegte es sich an die Mutter an, ließ sich von ihr streicheln, herzen, abküssen, auf den Schoß nehmen – dankbarer, geduldiger, als ein kraftstrotzendes, unbändiges Kind es wohl gethan hätte!

»O Du, Du –« stammelte Elisabeth, die Kleine heftig an sich pressend, »Du meine Welt, mein Alles.« Lieschen drückte ihren Blondkopf fest an die Brust der Mama, und so blieben sie eine Weile sitzen, herzlich umschlungen, fast in Eins verschmolzen, und über Elisabeths Wangen rannen jetzt helle Thränen: Thränen der Freude, des Glücks, der Dankbarkeit – – – Aber allzu lange konnte das anmutige Bild nicht dauern; Lieschen fing an unruhig zu werden, duldete die mütterlichen Zärtlichkeiten nur mehr mit beträchtlichem Widerstreben, bis Elisabeth sie ärgerlich von den Knieen gleiten ließ und ihr einen eigenen Stuhl zur alleinigen, unumschränkten Verfügung stellte, auf dem sie sich dann mit allerhand Krimskrams und Überbleibsel vom elterlichen Frühstückstisch einen weit eher originell, denn appetitreizend zu nennenden Kramladen einrichtete und sich um die Mama in keiner Weise mehr bekümmerte. So blieb denn Elisabeth nichts anderes übrig, als eine zweite, diesmal hochpeinliche Abrechnung des Wirtschaftsbuches vorzunehmen und sich in die Geheimnisse des Morgenblattes zu versenken, bis die Wanduhr die neunte Stunde und mit ihr die Wiederkehr der Bonne verkündete, welche Kleinlieschen, trotz seiner heftigsten Gegenbezeugungen, wieder in sein Zimmer und von da ins Bad beförderte. Nach wenigen Minuten kam Elisabeth nach, freute sich, wie ausgelassen und munter das Töchterchen in der Wanne umherplätscherte und die eben erst versiegten Thränen schon wieder völlig vergessen zu haben schien ... Dann ging sie sich ihre Locken brennen und im Haushalt ein wenig nach dem Rechten zu sehen. Abends holte sie ihren Mann vom Bureau ab.

»So! jetzt gehen wir zu Schober, nicht wahr?« fragte sie vergnügt, als sie endlich aus den weitläufigen Gängen des Augustinerstockes heraus waren und Arm in Arm die Neuhauferstraße hinunterschlenderten.

»Zu Schober? Ach so wegen dem Kleid! In Gottes Namen denn! Ich bin zwar totmüde – –«

Zärtlich preßte sie seinen Arm. »Wir gehen aber doch, nicht wahr, müder König Marke?«

»Damit die arme Seel' ihre Ruhe hat, ja.«

Vergnügt lachend sahen sie sich jetzt an und schritten eilends weiter in den kalten, klaren Winterabend hinein.

Und nun folgte ein mehrstündiges Allgemeinkonsilium mit Schober, das die Phantasie dieses an sich schon genialen Mannes zu wahrhaft bacchantischen Sprüngen aufzureizen schien, denn es konnte schlechterdings nur ein Meisterwerk, eine Schöpfung genannt werden, was am Morgen des 15. Januar die roterfrorenen Hände des Laufmädchens aus der großen, wachstuchbezogenen Schachtel erstehen und vor den entzückten Blicken der Amtsrichterin über ihr Bett hinrieseln ließen. – –

Der Frankenball lieferte anscheinend nichts Bedeutendes für Elisabeth. Sie sah hübsch aus in ihrem tiefdekolletierten, großgeblümten Seidenkleid, und Friedrich lächelte zufrieden, als er kurz vor der Abfahrt das gemeinschaftliche Schlafzimmer betrat, in dem seine Frau bereits fertig angekleidet vor dem hohen Spiegelschranke stand, und aufmerksam prüfend ihre Gesamterscheinung betrachtete. Blaß und durchsichtig lehnte Lieschen an einem Stuhl daneben und sah halb erstaunt, halb bewundernd zu der großen, üppigen Frau in dem glänzenden Kleide empor.

»Sehr, sehr hübsch«, sagte Friedrich, nachdem er seine Frau ein paar Sekunden lang wohlgefällig betrachtet und reichte ihr einen Blumenstrauß, den er als Überraschung für sie hatte binden lassen. Sie dankte ihm lächelnd, mit aufrichtiger Freude und konnt' es doch nicht hindern, daß blitzschnell ein Gedanke zurückeilte zu ihrer Mädchenzeit, da Verehrer und Bewerber wetteiferten ihr zu jedem Ball solch duftende Gabe zu schenken .....

»Bitte, bitte, eine Blume«, bat jetzt das Kinderstimmchen neben ihr, und Elisabeth zog eine feurigrote Cyklame aus ihrem Strauß.

»Hier mein Engel! Wirst Du aber auch brav sein und schön still ins Bett gehen?« Lieschen überhörte geflissentlich diese, sie offenbar peinlich berührende Gewissensfrage und forschte dagegen ausdauernd und mit Eifer, ob die Mama dann zur Belohnung »ein Guti« mitbrächte. Lachend bejahte Elisabeth und preßte das Kind beim Abschied stürmisch an sich.

»Du wirst Dein Kleid zerdrücken«, warnte Friedrich, bereit, ihr das weiße Spitzentuch über den sorgfältig frisierten Kopf zu werfen, während das Stubenmädchen mit weit ausgebreiteten Armen den angoragefütterten, dunkelblauen Plüschmantel hinhielt. Aber Elisabeth, als ob sie aus den Worten ihres Mannes eine Aufforderung zu erneuter Zärtlichkeit herausgehört hätte, hob das Kind hoch empor und küßte es, bis ihnen beiden der Atem verging.

Eine Viertelstunde später umwogte sie bereits die Hochflut des Ballsaales, und da sie fühlte, daß sie schön aussah, so war auch ihre Stimmung freier und gehobener, als seit langer Zeit. Selbstzufrieden weilte ihr Blick auf einer Schar junger, übergesunder, mäßig geschmackvoll gekleideter Mädchen, die mit heißen Köpfen und rubinroten Ohren einem allenfallsigen Tänzeropfer entgegenschmachteten, das ihnen von der Eingangsthüre her, oder auch von der inmitten des Saales aufgepflanzten Herrengruppe, »Insel« genannt, werden sollte. Natürlich gab es unter den Tänzerinnen auch viele schöne und gefeierte Erscheinungen, die dem Spätkommenden ein lächelndes »keine Tour mehr frei!« entgegenhielten, »aber die Meisten hätten doch, weiß Gott, keine Gardedame nötig«, dachte Elisabeth bei sich, als sie die schwarzen Seidenkleider der Ballmütter sich einer dunklen Kette gleich um den äußersten Rand des Saales ziehen sah. Nur ganz vereinzelt verriet da und dort eine lichtere Toilette, daß diese oder jene unter ihnen merkwürdiger Weise doch noch für etwas anderes Sinn und Gedanken zu haben schien, als für das ihr von der Sitte und dem im Bierstübchen weilenden Gatten auferlegte tragikomische Hüterinnenamt.

Elisabeth kannte viele von den in großer Anzahl erschienenen Herren; wieder und immer wieder löste sich ein Frack oder eine Uniform aus der »Insel«, um mit der ungewöhnlichen Frage, ob gnädige Frau noch etwas frei hätten, an sie heranzukommen, und so füllte sich ihre Tanzkarte so rasch, daß es beinahe Mühe kostete, die Polonaise und den anschließenden ersten Walzer für ihren Mann aufzuheben.

Nicht mit Unrecht ertönt in München beständig die Klage, daß die jungen Mädchen im Vergleich zu den Frauen gar keine Rolle spielen und es ist wohl boshaft, aber wahrscheinlich nicht unrichtig, wenn einzelne böse Zungen behaupten, daß dieses in den Vordergrundtreten der verheirateten Frau merkwürdige Streiflichter fallen lasse auf die in den Kreisen der oberen Zehntausend herrschenden Gepflogenheiten. Es ist auch recht begreiflich und entschuldbar, daß die Mütter heiratsfähiger Töchter ein gewisses bitteres Gefühl für diese gefeierten

Frauen hegen, daß sie gerne behaupten, ihre Macht über die Männer läge nicht so sehr in dem Reize, als vielmehr in der Freiheit begründet, die der Verkehr mit ihnen gewährt. Und beim Anblick der schönen, kostbar gekleideten Frau Becker, die ihre Tanzkarte dreimal hätte besetzen können, hielten auch gleich Neid und Klatschsucht tapfer Umschau, ob es da gar nichts zu tuscheln und zu bemäkeln gäbe. Vorläufig aber wußte Frau Fama auch noch nicht das Allermindeste zu berichten.

Es mochte schon ziemlich spät sein, kurz vor der Souperpause, als sich dem Becker'schen Ehepaar ein Mann näherte, der soeben erst den Saal betreten hatte und den sie von einigen Gesellschaften her flüchtig kannten. Es war der Geheime Legationsrat Max Heßling, der erklärte *protégé* seiner Excellenz des Ministers – letzteres ein Vorzug, den er nicht nur seinen außergewöhnlich vielseitigen Kenntnissen dankte, sondern fast eben so sehr seinen angenehmen, gewandten Umgangsformen und einem Taktgefühl, das eigentlich raffiniert genannt zu werden verdiente. »Echter Diplomatentakt«, hatten seine Excellenz der Minister einmal gesagt, und um die Lippen des Geheimen Legationsrates war ein bitteres Lächeln gehuscht, als man ihm diese Äußerung hinterbrachte. Was half ihm, dem bürgerlich Geborenen, aller Diplomatentakt der Welt! So lange seine heimlichen und dennoch so heißen Lockrufe vergeblich das adelskronenspendende Vögelein umwarben, das von irgend einer Menschheitshöhe herab erlösend zu ihm niederflattern sollte, so lange durften auch seine ehrgeizigen Wünsche ihr höchstes Ziel, einen Gesandtschaftsposten, nur aus weiter, weiter Ferne sehnsuchtsvoll umkreisen – denn weshalb hätte Baiern einen Bürgerlichen als Botschafter entsenden sollen, so lange es wählen konnte unter Männern, deren Stammbaum bis zu den Kreuzzügen hinauf reichte?!

Die Geschäftsträger zwar, die wären nicht ausnahmslos imstande gewesen, ein uralt Wappenschild über ihr Thor zu nageln, erfreuten aber dafür den Mutterstaat mit einer so seltenen Pflichttreue und einer so unverwüstlichen Gesundheit, daß an irgend eine Nachfolge vorläufig gar nicht zu denken war. So konnte denn der Geheime Legationsrat nichts Besseres thun, als sich in der schwierigen Kunst des Zuwartens üben, das *enfant chéri* des Ministers bleiben und da er auch noch künstlerische Anlagen und Neigungen besaß, von Zeit zu Zeit wirklich fein empfundene Landschaften im Kunstverein ausstellen, die ihm bald einen auch in Künstlerkreisen geachteten Namen verschafften. Von der Gesellschaft wurde er sehr gefeiert, ja fast verzogen, denn er vereinigte eine ganze Anzahl schätzenswerter Eigenschaften in seiner Person. Ohne auch nur im Entferntesten ein schöner Mann zu sein, sah er doch recht gut und stattlich aus; er war reich, unverheiratet, gerade noch jung genug, um mit ihm zu kokettieren und dabei doch in jenen Jahren, die nicht mehr kindlich und noch nicht kindisch genug sind, als daß sie sich freuen, wenn sie dem Rufe einer Frau gefährlich werden können; zudem verstand es sich ja bei seiner Stellung ganz von selbst, daß er jedes mißliebige Aufsehen, jede tuschelnde Nachrede sorgfältig zu vermeiden suchte. Er galt für sehr klug und geistreich, also umgab man sich gewissermaßen selbst mit einem Nimbus, wenn man ihm wohlwollte, er machte ein reizendes Junggesellenhaus und verkehrte in den allerersten Kreisen, was bei der strengen spanischen Etikette des baierischen Hofes und bei der Exklusivität, die die münchener Gesellschaft den Einheimischen gegenüber allzeit wahrt, immerhin etwas bedeuten will. Er war kein Star, aber ein Trabant, den jede, die selbst ein Stern sein wollte, an ihre Bahn zu fesseln trachtete. Die Adeligen hielten es für sehr großgeistig, ihre Vorurteilslosigkeit zu beweisen, indem sie dem bürgerlichen Gesellschafter *»charme«* der Unterhaltung und *»esprit«* zuerkannten, den Bürgerlichen schmeichelte es, wenn einer aus »jenen Kreisen« in ihren Salons verkehrte, und die unseligen Zwitter, die durch Heirat mit einem Rotblütigen ihren Stammbaum befleckt und sich selbst den Zutritt zu »den heiligen Hallen« der Residenz versperrt hatten, sogen mit schmerzlicher Wonne das süße Gift ein, das aus seinen Erzählungen von jenem, ihnen ewig verlorenen Paradies träufte. Eine gewisse wehmütige Ironie, mit der er wohl auch über Vorurteile aller Art zu scherzen liebte, hörte sich gut an und trug ihm den Namen des geistreichen Freidenkers ein, dem aber auch die allerkonservativsten Seelen nicht gram sein konnten, weil seine *»manière de tout dire«* ebenso reizend wie delikat genannt werden mußte. Nur wenn er dann und wann seiner losen Zunge etwas allzu freien Lauf ließ und ein ausgezeichnetes, aber nicht gerade harmloses *»mot«* über die hochadeligen Damen »lancierte«, dann rächte sie sich für seinen beißenden Spott, indem sie ihm fein, aber unverkennbar fühlen ließen, wie er trotz allem nun und nimmermehr sich zu den »ihren« zählen durfte.

In den letzten Tagen zwar hatte er sich eines großen Erfolges rühmen können: von dem regierenden Fürsten irgend eines Minimalländchens war sein im vorletzten Kunstverein ausgestellter »Winterabend in Dachau« angekauft worden, und zugleich hatte ihm der erlauchte Mäcen den im besagten Ländchen für Kunst und Wissenschaften gestifteten Orden verliehen. In der freudigen Stimmung, die diese Auszeichnung in ihm hervorrief, fand er den Mut zu einer unerhört abenteuerlichen Caprice: Ohne irgend welchen zwingenden Grund blieb er dem Rout des österreichischen Botschafters fern, erinnerte sich plötzlich, daß auch er einst das grüne Cerevis der Franken getragen hatte, und beschloß, seinen Ball nach jahrelanger Pause wieder einmal zu besuchen. Kaum war er indessen dort, so reute es ihn auch schon wieder, er fand keinen rechten Anschluß, und im Gewühl des Tanzes wurde weder der Verkauf des Bildes noch der neue Orden so gewürdigt, wie seine Eitelkeit es sich gewünscht und vorgestellt hatte. Die »alten Herren« beglückwünschten ihn recht leidenschaftslos mit leeren, hergebrachten Redensarten, und die Jugend hielt offenbar ihren Kotillon mit seinen endlosen Touren, Orden, Blumen und Papierzipfelmützen für viel wichtiger als das, was das Herz des Geheimen Legationsrats stürmisch bewegte.

Schon war er im Begriff, der ersten mißglückten Capriee eine zweite folgen zu lassen, und doch noch den verschmähten Rout aufzusuchen, als er das Becker'sche Ehepaar erblickte und wohl oder übel auf sie zugehen mußte, um ihnen guten Abend zu sagen. Dabei fiel ihm zum ersten Male auf, wie hübsch Elisabeth war, wie angenehm sie plaudern konnte. Als sie ihn nun erst gar mit ein paar einfachen, anscheinend so recht aus dem Herzen kommenden Worten beglückwünschte, war er so entzückt, daß er seinen frühzeitig geplanten Aufbruch völlig vergaß; er soupierte sogar mit Becker's zusammen, und alle drei unterhielten sich ausgezeichnet gut. Max Heßling war wohl immer, auch bei den langweiligsten Diners, ein lebhafter und geistvoller Tischnachbar, sehr selten aber so lustig, so fortreißend, so funkensprühend wie heute. Wie ein böser Bann hatte die einsame Langeweile dieses Ballabends auf ihn gelastet, nun aber, da sie gewichen, da er anfing sich zu amüsieren, nun sprudelte seine gute Laune auch um so überschäumender hervor, und die innere Befriedigung ob seines jüngsten Künstlererfolges lachte ihm jetzt ordentlich zu den Augen heraus. Und nun noch die unmittelbare Nähe der jungen, blühenden Frau inmitten des nervenerregenden Ballgetriebes mit seiner weichen, puderdurchstäubten Hitze, seinen surrenden Gasflammen, seinem Lachen und Plaudern, seiner schmetternden Musik, seinen leuchtenden Augen, seinen nackten Schultern, seinem Bewundern, Locken, Verneinen, Gewähren, das, je weiter die Nacht voranschritt, um so brünstiger die Luft durchzitterte, bald laut und bald leise, bald beredt und bald schüchtern, bald gesprochen und bald ungesprochen, jetzt zu einer einzigen, großen, leidenschaftgepeitschten Woge anschwellend, um dann wieder in hundert kleinen, sehnsüchtig hingelächelten Flüsterwellen zu ersterben. – –

Sein Gespräch war voll prickelnder Grazie, voll treffender Sarkasmen, die Elisabeth sehr entzückten; doppelt, da sie gleich den meisten Frauen Heßlings spöttelnde Frivolität nicht für echt hielt, sondern als stachliges Panzerhemd betrachtete, mit dem sich eine ideale Seele schamhaft bekleidete, um ihre zarten Regungen vor unzarter Berührung zu wahren.

Ein paar Mal sahen Elisabeth und Friedrich sich vergnügt an: Einen so reizenden Menschen hatten sie nur selten getroffen, und beide meinten sich noch nie so gut unterhalten zu haben, wie auf diesem Frankenball. Elisabeth ging völlig aus sich heraus; aller Mißmut war geschwunden und hatte einer freudigen, fast übermütigen Erregung Platz gemacht; Heßling bewunderte sie wohl nicht in Worten, aber sie fühlte rasch, wie sehr sie ihm gefiel, und aus allem, was er sprach, wehte es sie wie ein unbekanntes, aber kräftiges Leben an. Alles, was er sagte, hatte den Reiz des Eigenartigen, ob er nun über skandinavische Litteratur und *plein air* sprach, Toiletten bekrittelte oder auch einen kleinen Klatsch zum Besten gab, niemals war er uninteressant oder gar schulmeisterhaft-pedantisch, immer leuchtete eine scharfe Beobachtungsgabe hervor und eine durch und durch originelle Auffassung aller Dinge und Verhältnisse. Elisabeth dachte im Stillen bei sich, daß nur ein reiches, buntbewegtes Dasein einen Mann wie Heßling hervorzubringen vermöchte, und thatsächlich hatte er ja auch, begünstigt durch äußere und innere Verhältnisse, überreiche Gelegenheit gehabt, das Leben mit all' seinen buntschillernden Facetten kennen zu lernen; es war aber auch ein glücklicher Zug seines Charakters, daß er allem, auch dem anscheinend Nüchternen oder Konventionellen, eine interessante Seite abzugewinnen verstand.

Von dieser glücklichen Veranlagung wußte jedoch Elisabeth nichts. Sie dachte nur, daß es schön sein müßte, so sein eigener Herr zu sein, so in steter Berührung mit allen Fasern des Lebens, mit allem Großen, was es bedeutet, und mit allem Kleinen, was es schmückt, nicht gebunden sein an die abgezirkelte Enge eines eigenen Hausstandes und in der endlosen Reihenfolge schöner Tage die schönsten noch unerlebt in blauer Zukunft schlummern wissen, es noch ungesprochen bei sich tragen, das große Wort der Liebe – ja, wer auch noch so frei und glücklich wäre! Nicht etwa, daß sie das alles in logischer Reihenfolge überdachte, nein – – – nur unfrei fühlte sie sich in Heßlings Gegenwart und schier schamhaft ergriffen, der weibgewordenen Walküre nicht unähnlich, die zum ersten Male seit ihrer Erniedrigung dem walhallbewohnenden Gott begegnet. – – Und dennoch war sie freudig bewegt, als sei ihr eine verwandte Seele nahe, die sie stumm grüßte und verstand, wenn auch die ihre den kostbarsten, göttlichen Schatz lange, lange schon vergeben hatte – – –

Als sie einmal die beiden Männer nebeneinander im Gespräche stehen sah, fiel ihr auf, wie kraftvoll und imponierend Friedrichs breitschultrige Gestalt neben dem schmächtigeren, nicht viel mehr als mittelgroßen Heßling emporragte. »Ach, ich habe doch den besten Mann von der ganzen Welt«, dachte sie aufrichtig bei sich, und gar zu gern wäre sie ihm um den Hals gefallen und hätte ihn tüchtig abgeküßt; sie hatte keine Ahnung davon, daß diese plötzliche Wallung ihres Gefühls nur die Rückwirkung von jenes Andern Gegenwart war.

Als Beckers sich zu später Stunde zum Weggehen anschickten, bat Heßling um die Erlaubnis, seinen Besuch machen zu dürfen, die ihm natürlich gerne gewährt wurde.

»Bleiben Sie noch?« fragte Elisabeth, während ihr Mann ihr in den Mantel half.

»Gott behüte! Sobald ich Sie in den Wagen gehoben habe, ist der Frankenball um zwei Sterne ärmer.«

»Zwei! Wie bescheiden Sie sind!«

»Ach, gnädige Frau, nur die Lumpe sind bescheiden.«

»Goethefest sind Sie also auch?«

»Goethe- und feuerfest.«

»Wirklich?«

»Wirklich! Kokettieren Sie mit mir, so viel Sie wollen, Sie werden keinen Funken aus mir herausschlagen.«

Rasch und lachend waren sich Rede und Gegenrede gefolgt, jetzt erwiderte Elisabeth nichts mehr; sie glaubte zu fühlen, daß Heßling das

Gegenteil von dem sagte, was er meinte, und die feine Schmeichelei, die sich in dieser Heimlichkeit barg, gefiel ihr.

Als sie im Wagen neben Friedrich saß, schmiegte sie sich zärtlich an ihn an.

»Du hast Dich gut unterhalten?« fragte er liebevoll.

»Ausgezeichnet! Du Dich doch auch?«

»Freilich. Und Du hast reizend ausgesehen, ich glaube sogar, daß Du auf Heßling Eindruck gemacht hast.«

»Ach geh! Das bildest Du Dir ein« entgegnete sie einfach, aber sie log; denn es freute sie, die Bestätigung ihrer eigenen Empfindung aus ihres Gatten Munde zu vernehmen. –

Heßling hatte wirklich den Ball sogleich verlassen, und während er durch die leichtbeschneiten Straßen nach Hause ging, überlegte er, daß Frau Becker eigentlich sehr nett sei. Sie hatte so etwas Jugendliches, Natürliches an sich – so ungeschminkt im Wesen, wie im Gesicht – hübsch war sie auch und ganz chic! Ob er sich zu ihrem Verehrer erklären und sie damit »lancieren« sollte? .... Vielleicht war etwas aus ihr zu machen, vielleicht schlummerte in ihr eine künftige Königin der Salons, und auf ihn fiele dann das Verdienst zurück, sie entdeckt zu haben ....

Auch würden sich zweifelsohne die reiferen Gesellschaftsfürstinnen gehörig ärgern, wenn er solch' eine unverdorbene, blühende Schönheit, die noch kein elektrisches Licht zu scheuen brauchte, an den ihr zukommenden Platz führte – –

Das war ausschlaggebend. Nebenbei gefiel sie ihm auch recht gut. –

IV.

Bald war Max Heßling ein oft und gern gesehener Gast im Bekkerschen Hause. Er entzückte Friedrich durch seine Liebenswürdigkeit und sein tiefes Wissen, während Elisabeth sich sonnte in den leisen, vornehm gespendeten Beifallsbezeugungen, die er ihr zuteil werden ließ. Als er Lieschen zum ersten Mal erblickte, gingen seine Augen unwillkürlich von dem Gesicht des Kindes zu Elisabeth hin, als suche er eine Ähnlichkeit zwischen der schönen Mutter und dem unscheinbaren Töchterchen, und dieser Vergleich schmerzte Elisabeth, wennschon sie fühlte, wie sehr er zu ihren Gunsten ausfallen mußte. Denn sie liebte ihr Kind so leidenschaftlich, daß jede, noch so leise Hintansetzung oder Kränkung, die ihm widerfuhr, ihr nicht nur schmerzlich wehe that, sondern sie auch für ganze Tage verstimmen konnte. So schoß ihr auch jetzt das Blut ins Gesicht; in diesem Augenblick erschien ihr Heßling unerträglich, die Art seiner Bewunderung, sowie sie kundzuthun, gewöhlich, ja abstoßend. Wie hilfesuchend schaute sie zu ihrem Manne hin, der das verschüchterte Dingelchen aus der Kinderstube ins Wohnzimmer geholt und dem Besuch vorgestellt hatte. Fest hielt er die dünnen Finger Lieschens in seiner kräftigen Hand, und nach Väterart dachte er nicht im entferntesten daran, daß irgend jemand dieses Kind, sein Kind für unscheinbar oder gar häßlich halten konnte. Beim Eintritt ins Wohnzimmer hatte Lieschen mit einem langen Blick ihre Mama angesehen, die auf der türkischen Ottomane mehr lag als saß und den fremden Herrn, der seinen Stuhl ganz dicht zu ihr hingerückt hatte, dann blickte sie zu seinem Vater hinauf und versuchte ihm durch allerhand heimliche kindliche Zeichen verständlich zu machen, daß er je eher je lieber den Rückzug bedenken möge. Elisabeth wäre gar zu gern aufgesprungen und hätte das Kind an sich gedrückt und geküßt, wie um ihm eine Entschädigung zu gewähren für das ungesprochene und dennoch so lieblose Urteil jenes Fremden, aber es widerstrebte ihr, gewaltsamen Gefühlsausbrüchen in Gegenwart eines Dritten, Unberufenen freien Lauf zu lassen. Zudem drängte jetzt auch Lieschen mit nicht mißzudeutender Energie der Ausgangsthüre zu, und Fritz, der ihre ersten schüchternen Willensäußerungen nicht verstanden oder vielleicht auch nicht hatte verstehen wollen, mußte wohl oder übel nachgeben und entfernte sich lachend mit ihr.

»Sie haben nur das eine Kind, gnädige Frau?« fragte Heßling, als sich die Thüre hinter ihnen geschlossen hatte.

»Ja, nur das eine.«

Er sah sie an und lächelte. »Ich bin neugierig, ob Sie noch mehr Kinder bekommen.«

Elisabeth wurde feuerrot, und das belustigte ihn. »Aber nehmen Sie sich in acht«, fuhr er leichthin fort, »denn die Schönheit ihrer Mutter –«

»Ist der Kinder liebster Fraß.«

»Ist der Kinder – –«

Er brach ab und schaute sie an, deren Gesicht immer noch in Purpurröte glühte. Ihre Verlegenheit schien ihm unbegreiflich; eine Frau in ihren Jahren und in ihrer Stellung, die über so harmlose Worte noch rot zu werden vermochte, war ihm lange nicht mehr vorgekommen. Immerhin aber fand er, daß diese Naivetät sehr reizvoll sei. – Elisabeth war im Tiefinnersten erschrocken, nicht so sehr über Heßlings Bemerkung, als über ihre eigene Verlegenheit: Der Mann mußte ihr etwas Unrechtes oder Beleidigendes gesagt haben, daß sie so völlig fassungslos darüber werden konnte. Nun aber überlegte sie blitzschnell, was er eigentlich gesagt hatte – und sie mußte über sich selbst lächeln. Weiß Gott, es war nichts dabei, mit ihr, einer verheirateten Frau, von derlei Dingen zu reden, und was ihr das Blut ins Gesicht getrieben, war ganz gewiß auch nicht berechtigte Scham oder Entrüstung, sondern einzig und allein jene engherzige Spießbürgerlichkeit der Empfindung, die man sich leider, leider so bald angewöhnt, wenn man solid verheiratet ist und ungefeiert, unbegehrt – – Als sie dann abends mit ihrem Manne bei Tische saß, besprachen sie noch allerlei, was Heßling geredet oder erzählt hatte, aber mit keiner Silbe kam sie auf jenen kleinen peinlichen Vorfall zurück. Die kecken Worte, die nicht am Unerlaubten rührten, nur am Geheimen, hatten sie seltsam erregt, es erwuchs etwas aus ihnen, wie eine Zusammengehörigkeit zwischen ihr und jenem fremden Manne. Wie mußte er ihrer gedenken, um so zu fragen und so zu sprechen! Bei diesem »wie« begann ihr Herz heftig zu klopfen: Seine Gedanken weilten bei ihr, nicht nur wenn er in ihrer Nähe, nein, auch wenn er ferne war, und suchten sie zu jeder Stunde des Tages, zu aller Zeit. – – Der instinktive Schrecken, der sie zuerst bei seinen Worten befallen, war verschwunden – mit süßem Schauder erfüllte es sie jetzt, sich geliebt, begehrt zu wissen. Was war dagegen die gleichmäßige Zärtlichkeit ihres Mannes, dem jahrelange Ehegewohnheit alles Ungestüm, alles Auflodern abgestreift hatte! Und doch wollt's ihr scheinen, als laste eine zentnerschwere Schuld auf ihr, als müsse sie ihrem Manne abbitten, daß sie ihn überhaupt mit jenem verglichen, und fast scheu küßte sie Lieschens Mund, als es kam, ihr Gutenacht zu sagen. Daß aber Friedrich von dem Zwiespalt ihrer Seele, wie sie ihre Stimmung großartig betitelte, garnichts zu merken schien, ernüchterte sie alsbald wieder, – daß er sich auch gerade heute so recht philiströs nach dem Abendessen einen Glühwein bringen ließ und sich dann ganz ruhig und unbekümmert an seinen Arbeitstisch setzte, als sei alles rings umher in schönster Ordnung. Ja, wars etwa nicht so? Elisabeth ließ das Kinderröckchen, an dem sie gerade häkelte, in den Schoß sinken und starrte geradeaus vor sich hin ins Leere hinein. Keinen einzigen Blick gönnte sie dem schönen Gemach, das sie umfing und doch mußte sichs hier gut hinträumen lassen in dem freundlichen Zimmer mit den anheimelnden Eichenmöbeln, dem dicken kirschroten Smyrnateppich und den farbenprächtigen orientalischen Portieren. Nichts unterbrach die Stille ringsum, als das geschwätzige Ticken der runden silbernen Wanduhr und wie jetzt ihr goldener Zeiger zum Schlage ausholte und gleich darauf ihr feines Metallstimmchen zehnmal verkündete, daß wieder eine flüchtige Stunde dahingeronnen sei, da war es wirklich, als wehe ein hörbarer Atemzug wohliger Behaglichkeit durch den schweigenden Raum. Aber Elisabeth fühlte nichts von der Traulichkeit, die sie umfing; sie dachte nur daran, daß das Leben prosaisch sei, – – oder vielleicht wars nur gerade ihr Leben, das so nüchtern dahinglitt. – – Sie sah ihren Mann an, der über seine Bücher gebeugt saß und von Zeit zu Zeit aus dem vor ihm stehenden Glase trank. Über die Lampe, die dicht vor ihm brannte, hatte er in augenblicklicher Ermangelung eines Lichtschirmes ein Stück Zeitungspapier gezogen, weil der helle Schein seinen Angen wehe that. Elisabeth, die neben dem Schreibtische saß, fing an, sich über dieses Zeitungsblatt zu ärgern, einmal weil es ihren ästhetischen Sinn verletzte, und dann auch, weil es mahnte, daß der schon vorgestern verbrannte Lampenschleier noch immer unersetzt geblieben. Es empörte sie geradezu, daß sich selbst in den wichtigsten Augenblicken ihres Seelenlebens immer wieder die kleinliche Alltagsmisere heranschob.

»Ja, ja, ich kauf' ja morgen einen neuen«, sagte sie dann ganz unvermittelt und gereizt zu ihrem Manne hin.

Bei ihren Worten blickte er auf und schaute ihr ins Gesicht, ohne sie indeß eigentlich zu sehen, denn sonst wäre ihm der böse Zug aufgefallen, der um ihren Mund lagerte. Aber er lächelte ihr mechanisch zu, während er an etwas ihr ganz fern liegendes dachte, und versenkte sich dann wieder in seine Akten.

Und Elisabeth, die phantastische, nach Lebensschönheit durstende Frau, sah und fühlte nicht, daß in dem Manne da, der für Weib und Kind arbeitete, ein gut Stück schlichter, aber warmer Poesie sich barg.

Poesie gab es für sie ja überhaupt nur in großen, gewaltigen, oder auch in sanft lyrischen Formen – von der erquickenden Poesie freudiger Pflichterfüllung, die auch das engste Dasein goldig verklären kann, war ihr niemals ein Strahl aufgegangen.

– – Schöne Tage kamen jetzt für sie. Heßlings Huldigungen wurden immer wärmer, wenngleich er sie so diskret darbrachte, daß niemand etwas davon bemerkte, außer sie, der sie galten. Auch waren es keine eigentlichen Huldigungen, nur verstand er es, die allereinfachsten Dinge so zu sagen, daß immer etwas darin klang, wie heimlich zugeflüsterte Schmeichelei, wie ein ungesprochenes und dennoch bethörendes Liebeswort – – Fast war's ihr, als ob ihr Leben jetzt erst Zweck und Sinn erhielte: Wenn sie ausging, geschah es in der Erwartung, ihn zu treffen, wenn sie in traulicher Dämmerstunde den Thee bereitete, lauschte sie auf jedes Glockenzeichen, ob keines seinen Besuch verkündete, bei jedem neuen Toilettenstück, das sie anlegte, bei jeder Veränderung, die sie in ihrer häuslichen Umgebung vornahm, bei allem, was sie sah, las oder empfand, mußte sie daran denken, wie er wohl darüber urteilen würde. Und die respektvolle Art, in der er dann ihrer Meinung beipflichtete oder widersprach, ließ auch nicht einen Augenblick lang den Gedanken in ihr aufkommen, daß sie beide im Innern schon längst die Grenzen des Erlaubten überschritten hatten, daß ihre äußeren Beziehungen also erlogen waren, und auf die Länge der Zeit nicht von Bestand sein konnten. Sie redete sich mit Erfolg ein, daß sie nur aus Eitelkeit solch treuen Verehrer duldete, ja vielleicht sogar ermutigte, daß der Wert, den sie seinem Urteil und seinen Ansichten beimaß, eine ganz harmlose Anerkennung seiner Vorzüge, die »Sympathie«, die sie für einander empfanden, das Resultat ihrer Charakterverwandtschaft sei. Diese Charakterverwandtschaft existierte nun freilich nur in Elisabeths Phantasie, denn gerade der hervorragendste Zug ihres Wesens, das phantastisch Aufflackernde fehlte Max vollkommen. Er war eine außerordentlich kühle, schwer zu entflammende Natur, und da er sich selbst genau kannte, so hatte er es bislang für unnöthig gehalten, viel oder gründlich über feine Empfindungen für die junge Frau nachzudenken, zudem er sich durch die Tändelei mit ihr natürlich in keiner seiner Junggesellengewohnheiten beirren ließ. So war es also auch recht begreiflich, wenn Elisabeth fest davon überzeugt blieb, daß sie mit Max kein anderes Gefühl verband, als eine jener guten, starken Seelenfreundschaften, von denen frühere, schönselige Zeiten viel zu erzählen wissen, und daß die stille Seligkeit, dic über sie gekommen war, eben gerade nur in der völlig unirdischen Leidenschaftslosigkeit jenes erfreulichen Verhältnisses hatte Wurzel schlagen können. »Ich dürfte alles, was ich denke und was wir zusammen sprechen, unbesorgt meinem Manne erzählen«, beruhigte sie sich wohl auch selber, wenn sie doch mitunter nicht mehr genau wußte, wie es eigentlich um sie stand. Aber obwohl sie ihrem Manne wirklich nichts zu verhehlen brauchte, so vermied sie es dennoch, mit ihm von Heßling zu sprechen, und fing Friedrich selbst an, vom Legationsrat zu reden, dann spöttelte sie gerne über irgend eine kleinliche Schwäche, eine Lächerlichkeit, die sie an ihm entdeckt haben wollte. Ein paar Mal auch hatte sie ihrem Manne schon darüber geklagt, daß ihr, der 30jährigen, immer noch eine gewisse verspätete und sehr störende Schüchternheit anhänge.

»Siehst Du, ich werd' zum Beispiel immer rot, sobald uns Heßling aus der Straße anspricht oder ins Zimmer kommt! Das ist so peinlich! Was muß sich der nur denken?!«

»Er bemerkt's wahrscheinlich ebensowenig, wie ich es bis jetzt bemerkt habe«, entgegnete Friedrich.

Elisabeth sah ihn überlegen an.

»Wie schlecht Du Dich doch auf Menschen verstehst«, dachte sie bei sich, aber sie erwiderte nichts mehr. Nur ein ganz leises, halb unterdrücktes Lächeln machte ihre Lippen beben – –

Und doch hätte es dieses, allerdings mehr instinktiven als berechneten Komödienspiels für Friedrichs Arglosigkeit gar nicht bedurft. Er setzte so felsenfestes, unbegrenztes Vertrauen in seine Frau, ihre Treue erschien ihm als etwas so selbstverständliches, daß er sich wirklich geschämt hätte, wär' in all' den Jahren seiner Ehe auch nur ein einziges Mal ein Zweifel in ihm aufgestiegen. Und so war es ihm gerade recht, daß Elisabeth, die allzeit ein bischen über geistige Vereinsamung geklagt hatte, mit dem Legationsrat eine Anzahl von Berührungspunkten fand, mit ihm über neue Bewegungen und Erscheinungen der Litteratur streiten konnte, über wirklich realistische Schauspielkunst, über die Unzulänglichkeit des Bebelschen Zukunftsstaates, über das Recht auf Frauenemanzipation und über viele andere, ähnliche Dinge, die der Geistesrichtung des Amtsrichters teils völlig fern lagen, oder mit denen er sich nur wenig beschäftigen konnte, weil ihm die Tretmühle seines Berufs kaum mehr Zeit und Lust dazu übrig ließ. Heßling dagegen, der Diplomat der Künstler, der Mann der großen Welt, verstand so vieles meisterlich, was der Andere sozusagen nur dilettantenhaft hatte betreiben können, und Friedrichs Bescheidenheit und blindes Vertrauen fanden es also nur begreiflich, daß Elisabeth allgemach des Freundes Rat auch in Angelegenheiten einholte, die doch eigentlich vor das Forum des Gatten gehört hätten. In gewissen gesellschaftlichen und ästhetischen Fragen wies er selbst sie unentwegt zum Legationsrat hin: »Glaub' mir, mein Herz, er versteht mehr davon, wie wir beide zusammen.«

V.

Der Winter mit seinen Ballfreuden und auch die tanzlose Fastenzeit neigten sich ihrem Ende zu. Heßling hatte während des Karnevals, auf dessen Dauer sich ja in München alle öffentlichen Bälle konzentrieren, viele vergnügte Abende mit Beckers verbracht und sah mit einem leisen Bedauern dem Frühjahr entgegen, das die ohnehin laue süddeutsche Geselligkeit völlig vernichtet. Um so mehr freute er sich, als er gegen Ende März trotz herrlichsten Frühlingswetters und vorlauter Blütenpracht eine Souper-Einladung von Professor Karmann erhielt, einem weithin bekannten Porträtmaler, in dessen Hause Beckers viel verkehrten.

Als er, genau eine Viertelstunde nach der auf den Einladungskarten angegebenen Zeit, den großen, mit vornehmstem Künstlergeschmack ausgestatteten Empfangssalon des Karmannschen Hauses betrat, fand er schon an dreißig Personen versammelt, so daß sich den Neuankommenden ein recht anmutig bewegtes, buntes Bild darbot, wenn auch die »zwanglos plaudernden und scherzenden Gruppen«, die es den deutschen Romanschriftstellern nun einmal angethan haben, mit dem besten Willen nicht zu bemerken waren. Saßen doch alle Damen noch streng getrennt vom starken Geschlechte auf der einen Seite des Zimmers, eng aneinandergerückt auf dem geradlehnigen Rokokosopha, oder auf kunterbunt aus allen Nebenräumen herbeigeholten Stühlen, und da die Professorin in Anbetracht der später zu erwartenden unvermeidlichen Hitze gar nicht hatte einfeuern lassen, so hüllten sich alle leise fröstelnd in ihre Spitzentücher und orientalischen Fichus und die Eine oder Andere von ihnen warf wohl neidvolle Blicke nach den Männern hin, deren Uniformen und Fräcke sich den Vorsichtsmaßregeln der denkenden Hausfrau jedenfalls besser anpaßten als tiefausgeschnittene, ärmellose Seiden- oder Sammetkleider.

Auf der andern Seite des Zimmers, den Damen gegenüber, hatten sich die Herren aufgepflanzt, und jede dieser beiden großen Gruppen führte gezwungene, abspringende Gespräche, die immer durch das

Erscheinen eines neuen Gastes und den üblichen Begrüßungs- und Vorstellungsceremonien erfreulich abgekürzt wurden. Heßling allein machte eine rühmliche Ausnahme, indem er sich sogleich dem »Harem« (wie er die Damenkolonne im Stillen nannte) beigesellte und hiemit das nachahmenswerte Beispiel zur Vermischung der Geschlechter bot. Langsam löste sich denn auch ein Frack, ein Schleppsäbel nach dem andern von der Männergruppe los und überschritt den Rubikon des spiegelnden Parketts um den blühenden Damenflor mit einigen gut gemeinten Befindens- und Witterungsfragen zu beglücken. Ein jeder fühlte sich erleichtert, daß der Bann nun endlich gebrochen war, die Gespräche rascher und lebendiger zu kreisen begannen, am zufriedensten aber leuchtete das Gesicht der Hausfrau, der es unsagbar peinlich gewesen, den Flügelschlag der Langeweile so vernehmlich über allen rauschen zu hören. Übrigens brachte Max fast in jeder Gesellschaft diese wohlthätige Wirkung hervor: er war geschaffen für den Verkehr mit Frauen, hauptsächlich mit schönen, vornehmen Frauen, und ohne daß er sich für irgend einen Typus besonders begeistert hätte, waren ihm ihre Gespräche, ihr Lachen, der Duft ihrer Haare, das Rascheln ihrer Kleider, die ganze kapriziöse Unruhe ihres Wesens etwas so angenehm Erregendes, daß ihm die Herrenabende, dieser Krebsschaden des modernen Gesellschaftslebens, immer unerträglich und langweilig vorgekommen waren.

Als Elisabeth ungefähr zehn Minuten nach seinem Eintritt mit ihrem Manne auf der Schwelle erschien, wußte er sofort, obschon er mit dem Rücken gegen die Eingangsthüre saß, daß sie jetzt gekommen sein mußte. Ein plötzliches inneres Wohlbehagen verriet ihm, daß sie da war, und er freute sich aufrichtig, nicht nur ob ihrer Anwesenheit, sondern fast mehr noch über sein eigenes jugendlich starkes Empfindungsvermögen, das er sich selbst eigentlich gar nicht mehr zugetraut hätte. Der Ausdruck, den sein Gesicht infolge dieser Entdeckung annahm, wurde von Elisabeth völlig mißverstanden, von ihr nur als Wiedersehensfreude gedeutet. Die Begrüßung, die von beiden Seiten erfolgte, war eine ungemein herzliche; in dem Blick, den Elisabeth und Max tauschten, lag etwas wie ein gemeinsames Geheimnis, und doch hatten sie sich selber nichts zu gestehen, den Andern nichts zu verbergen. Max fand, daß Elisabeth wundervoll aussähe, obschon die Haartracht, die sie für den Abend gewählt, ihr thatsächlich nicht gut stand und das zarte Blau ihres Kleides unvorteilhaft gegen ihre frischen Farben abstach; aber soweit war er doch schon in seinen Gefühlen für sie gekommen, daß ihn der Anblick ihrer prachtvollen nackten Arme und ihres Nackens vollkommen berauschte. Sobald man bemerkte, daß er sich auffallend viel mit ihr beschäftigte, sammelte sich ein ziemlicher Kreis von jungen Männern um sie, die alle erfinden wollten, wie denn die Zauberformel dieser Frau lautete, und ob irgend eine Aussicht vorhanden sei, mit Heßling zu wetteifern, ihn auszustechen oder sein Nachfolger zu werden – – Denn es herrschte kein Zweifel, daß von einem Besitzergreifen seinerseits bereits gesprochen werden konnte, wenn auch vielleicht der allerletzte Sieg noch nicht erfochten war. Heßling wehrte jede allzu ungestüme Huldigung, ja jedes übereifrige Sichvordrängen mit der Überlegenheit eines rechtmäßigen Gatten ab und Elisabeth, sowie die Männer ließen diesen Schutz gelten, ganz ebenso als habe sie mit ihm, nicht aber mit einem anderen vor dem Altar gestanden. Friedrich spielte die alte tragikomische Rolle des vertrauensseligen Gatten: er allein sah da noch immer harmlose Unterhaltung, allerhöchstens kokette Tändelei, wo die scharfsichtige Gesellschaft bereits das kommende Verhängnis witterte. Er freute sich, daß seine Frau gefiel, umsomehr da er wußte, wie eitel sie war, er zupfte ihr sogar ein paar widerspenstige Nakkenlöckchen zurecht und bemerkte nicht einmal, wie ironisch es da und dort um die Mundwinkel zuckte, welch' vielsagende Blicke sich begegneten, staunten, fragten, bejahten, lächelten, als er den Herrenring verließ, der sich um Elisabeth gebildet hatte, und sich zu ein paar älteren Damen seiner Bekanntschaft setzte. – Er war eben auch da vollkommen Durchschnittsmensch.

Kurz ehe man zu Tische ging, trat Professor Karmann, ein vierschrötiger Vierziger, auf Heßling zu. Mit dem Zeigefinger drückte er den Bügel seines schwarzgefaßten Kneifers fester auf die Nase – eine Bewegung, die er gewohnheitsmäßig vor jeder längeren oder kürzeren Rede machte.

»Sie, lieber Legationsrat, Sie soll'n … ja, warten's a bissel! I muß erst nachschaug'n, was S' soll'n – –«

Mit absichtlicher Ungeschicklichkeit begannen seine, schon etwas gichtisch verzogenen Hände suchend all' seine Taschen abzutasten, denn er posierte gern, der weltberühmte Mann, und außer seiner Kunst war eigentlich alles Pose an ihm: seine unmöglichen Kravatten, seine linkische Formlosigkeit, seine Kraftmeierei, sein unverfälschter Münchner Dialekt, und obwohl er behauptete, daß ihm »dös G'schmalk von die Leut wurscht sei«, so freute er sich doch kindisch, wenn die Menschen, insbesondere die Norddeutschen, seine Altbaierntümlei für ganz waschecht hielten und das »Berliner Tageblatt« oder die »Vossische« wieder einmal von »dem rauhen Sohn der Berge« faselten, dem man immer noch »den ehemaligen ehrsamen Schlosserlehrling« anmerke.

Endlich hatte er gefunden, was er suchte, die Tischordnung, und hielt nun den zerknitterten Zettel dicht vor seine klugen, kurzsichtigen Augen.

»Aha, da steht's ja, was S' soll'n! D' Professorin Riegel zu Tisch führ'n, geltn's? Mei Frau will's hab'n«, flüsterte er mit seiner heiseren Bierstimme.

Der Legationsrat verneigte sich leicht.

»Es wird mir nicht nur ein Vergnügen, sondern auch eine ganz besondere Auszeichnung sein!«

Wie glatt und verbindlich ihm die Redensart von den Lippen floß! Und doch war's ihm weder ein Vergnügen, noch eine Auszeichnung, die Professorin zu Tisch zu führen, obschon die glattgescheitelte Rheinländerin mit dem Feuerbach'schen Iphigeniengesicht zu den allerschönsten Frauen Münchens zählte, obschon ihr Vater eine der besten Federn, ihr Mann einer der ersten Psychiater war. Und während die Professorin ihren Arm in den seinen legte und ihre großen schwarzen Augen zu ihm aufschlug, daß jedem Andern Hören und Sehen vergangen wäre, suchte sein Blick Elisabeth. Ihr hatten sie einen Rittmeister von den schweren Reitern zudiktiert, der mit seinen steif nach auswärts gerichteten Beinen und seinem merkwürdig schleppenden Gang bereits den beginnenden Rückenmärkler verriet. –

»Hier, gnädigste Frau, hier ist Ihr Platz.« Der Legationsrat wies auf ein Kouvert, aus dessen kunstvoll gefalteter Serviette eine kleine japanische Tischkarte »Frau Professor Riegel« hervorlugte. Dienstbeflissen beeilte er sich, seiner schönen Dame den Stuhl zurechtzurücken, als ganz dicht neben ihm des Rittmeisters Stimme echoete:

»Hier, gnädigste Frau, hier ist ihr Platz.«

Und wirklich, auf der kleinen japanischen Tischkarte zur Linken des Legationsrates stand geschrieben: Frau Amtsrichter Becker. –

Die Gesellschaft kuppelt ja gar zu gern, selbst dann, wenn sich das beschützte Paar nicht gerade auf die Brautkammer kapriziert, sondern findet, daß man sich auch ohne Ring am Finger etwas zu Liebe thun könne. Es liegt etwas mephistophelisches in der neugierigen Freude, mit der sie zusieht, wie unerlaubte Beziehungen sich anspinnen, und etwas unendlich feiges in der Entrüstung, mit der sie sich von dem »sündigen Paare« zurückzieht, sobald der Skandal öffentlich geworden ist, derselbe Skandal, den sie vorher sorgsam beschützt und langsam ausgebrütet hat.

Mit einem einzigen Blick überflogen Max und Elisabeth die Situation und in eines Herzschlags Schnelle hatten sie sie begriffen. Aber während Max lächelte und im Innern die gefälligen Gastgeber glossierte, erschrak Elisabeth einen Augenblick lang tötlich – ganz wie damals, als Heßling erörtert hatte, ob sie wohl noch mehr Kinder bekäme. Sofort aber bespöttelte sie bei sich ihre eigene Angst, als sie sich nach deren Ursache befragen wollte – mein Gott, im eigenen Haus hatte doch jeder das Recht, die Tischplätze so zu legen, wie's ihm behagte, und was war denn auch schließlich dabei, wenn die Leute merkten, wie sehr sie Heßling gefiel und ihm deshalb gerade die Tischnachbarin zudachten, die er sich wahrscheinlich auch nach eigener Wahl ausgesucht hätte?! ...

Die Beiden unterhielten sich natürlich ausgezeichnet, und Elisabeth vergaß fast eben so sehr auf ihren Tischherrn zur Linken, wie Max auf das Iphigeniengesicht zu seiner Rechten. Aber weder der Rittmeister, noch die Professorin schienen ernsthaft verletzt durch die Vernachlässigung; sie warfen sich nur dann und wann über die Stuhllehnen der zwei hinweg einen bedeutsamen Blick zu, wenn Max und Elisabeth gar zu angelegentlich flüsterten, wohl auch dem einen oder andern von ihnen eine gutmütig-spöttische Bemerkung und überließen sie dann wieder sich selbst und ihrem augenscheinlich eben aufkeimenden Glück. – Über den Tisch her sah ihnen die Professorin Karmann einmal lange zu und ein zufriedenes Lächeln spielte auf ihrem schon etwas verblühten, sympathischen Soubrettengesichtchen. Mit richtigem Flair hatte sie noch in elfter Stunde eiligst die Tischkarten so verlegt; denn ursprünglich wäre ja die Sitzordnung eine ganz andere gewesen ... Ihr Lächeln wurde nachdenklich. Schau, schau, der Legationsrat! Im ganzen Leben hätt' sie ihm das nicht zugetraut. Techtelmechtels natürlich, Beziehungen, wie sie jeder Mann eben hat, haben muß – – obwohl sie sich ihn nie zärtlich oder küssend hatte vorstellen können. Aber nun gar so was – – –

Ordentlich erleichtert atmete sie aus. Sie war eine herzensgute, aber wenig gebildete Frau (man munkelte sogar, das sie ehedem das Modell ihres Mannes gewesen) und hatte dem würdevollen, klugen und als sarkastisch bekannten Legationsrat stets einen ängstlichen, unbegrenzten Respekt entgegengetragen. Sie wußte nie, was sie mit ihm reden oder anfangen sollte und verzweifelte fast vor Langeweile und Verlegenheit, wenn sie seinen Besuch allein, ohne ihren Mann empfangen, ihn in einer Gesellschaft als Tischherrn annehmen mußte. Heut zum ersten Male fühlte sie sich ihm gegenüber etwas freier: auf des hürnernen Siegfried Schulter hatte sie das Schwächezeichen erspäht. Wie er so dasaß und in die Amtsrichterin hineintuschelte, war er ihr ein gut Teil menschlich näher gerückt und so unverständlich und fremd ihr seine Art sonst auch geblieben, heut endlich einmal war er an einem Punkt angelangt, den auch das ehemalige Modell begriff. Und wie Heßling, der ihren Blick fühlte, sich jetzt zu ihr wandte, um ihr ein paar Liebenswürdigkeiten über das Tafelarrangement zu sagen, da zwinkerte sie ihm nur lächelnd zu und fing sofort an, sich mit ihren Nachbarn eifrig und ausdauernd über den neuen Gobelin in ihres Mannes Atelier zu unterhalten.

So hätten die Beiden denn völlig vergessen können, daß sie inmitten von fünfzig fremden Menschen saßen, wäre nicht ihr Gespräch wieder und immer wieder durch zahlreiche ernsthafte und humoristische Toaste unterbrochen worden. Für diese sich immer erneuernden Störungen rächten sie sich gleich unartigen Kindern, indem sie heimlich, hinter Elisabeths Fächer, jede Rede unbarmherzig zerpflückten. Bis jetzt hatten sie für ihre kleinen Bosheiten auch überreichen Stoff gefunden; nun aber klopfte Dr. Saloschin ans Glas, der bekannte Philologe, der immer noch vergeblich nach einem Lehrstuhl suchte, auf den er sein stark angejahrtes Dozententum hätte betten können. Er war ein glänzender Redner und bei seinem Toast, der den Damen insgesamt galt und in reizender Weise halb ernsthaft, halb launig von den Symphosien der Alten erzählte, wurde Elisabeth ein paar Augenblicke lang ernst, fast nachdenklich.

»Es muß doch eine schöne Welt gewesen sein, diese versunkene Antike«, sagte sie zu Heßling, als Saloschins Rede unter Bewunderungsrufen und Gläserklirren verklang. Da tönte ein halblautes »Prosit, gnädige Frau« neben ihr; zaghaft, als fürchte er zu stören, hielt ihr der Rittmeister sein Glas entgegen. Liebenswürdig lächelnd stieß sie mit ihm an. Und als sie sich mit halberhobenem Champagnerkelch nach allen Seiten hin dankend oder grüßend verneigt hatte: »Die schönheitstrunkenen Griechen müssen das Leben doch ganz anders verstanden haben, wie unsere moderne Zeit.«

»Anders gewiß«, entgegnete Max, »ob aber besser? Ich möchte es bezweifeln.«

»Sie scherzen! Glauben Sie denn wirklich, daß wir so gut und glücklich leben?«

»Das weiß ich nicht, ich glaube aber ja. Und jedenfalls haben Sie als Frau nicht die leiseste Veranlassung, die Zeit des liederlichen Göttergesindels zurückzuwünschen.«

»Ach so, wieder einmal etwas, was nur das starke Geschlecht sich erlauben darf.«

»Wie könnte ich mir an Ihrer Seite etwas anderes wünschen, als die Gegenwart!« entgegnete er mit absichtlich schmachtender Süßlichkeit.

»Sehr liebenswürdig! Aber thun Sie es ganz ruhig! Denken Sie doch einmal, wie schön solch ein antikes Gastmahl gewesen sein muß! Die Räume dufterfüllt, blumenbestreut, die Gäste in malerischen, weichen Gewändern, mit Rosenkränzen in den Haaren –«

»Oder auch auf den Glatzen. Und nun will ich Ihr Bild vollenden. Da liegen sie also herum auf üppigen Polstern, alte und junge Lebemänner, vielleicht einige mit Dickbäuchen, so wie der gute Oberst da drüben, oder – nein, nein, erschrecken Sie nicht, ich will Ihnen die andern Eigentümlichkeiten solcher Herren erlassen. Oder denken Sie meinetwegen auch, es wären gar keine solchen dabei, sondern nur Leute, wie Ihr Herr Gemahl, dem ja natürlich ein Rosenkranz sehr gut stehen müßte –«

»Und Sie natürlich«, neckte Elisabeth.

»Und ich«, gab er ebenso zurück. »Aber Sie, gnädige Frau, Sie wären nicht dabei, denn die Frau spielte bei den Alten nur die Rolle der, hm, wollen wir sagen, der Hausfrau und Mutter. Die Verschönerung des Lebens, seine Poesie legte der Grieche in die Hände der Hetäre. An unserm rosenbekränzten Gelage würden wir also einen auserwählten Kreis auserwählter *Demi-monde* willkommen heißen, während Sie, verehrte gnädige Frau, in ihren Gemächern bleiben und Lieschen spinnen lehren könnten. Mein Gott! Was sollten Sie denn auch bei uns thun? Sie wären ja total überflüssig, denn die Hetäre versieht die Doppelrolle der Geliebten und Repräsentantin – –«

»Nun bitte ich mir aber aus, daß Sie aufhören«, rief Elisabeth halb lachend, halb ärgerlich.

»Ich höre auf«, entgegnete er, sich leicht verneigend. »Übrigens werden wir, dank der modernen Männererziehung, bald wieder auf altgriechischem Standpunkt angelangt sein. Üppiges Gelage unter Ausschluß des Weibes und Zulassung der Weiber oder Souper im *chambre séparé* mit ein paar Balletratten – – es kommt ziemlich auf das Gleiche hinaus.«

»Sie werden doch unsere heutige *Demi-monde* nicht mit Laïs und Phryne vergleichen wollen?«

»Aber ganz gewiß will ich das, und der Vergleich wird sogar sehr zum Vorteil der unsrigen ausfallen; denn die Witz- und Geistesproben, die uns von jenen gefeierten Hetären erhalten geblieben, sind so lau und flau, ja eigentlich so derb und gewöhnlich, daß es mir unbegreiflich ist, wie sie als geistreich und schlagfertig der Nachwelt überliefert werden konnten. Nein, nein, gnädige Frau, das 19. Jahrhundert hat wirklich keinen Grund, sich frühere Zeiten zurückzuwünschen, es mögen vielleicht bessere nachkommen, dagewesen sind sie ganz gewiß noch nicht. Das schönheitstrunkene Griechenland, das seine Ehefrauen den Mägden gleich rangierte, die poetisch kampflustige Ritterzeit, die nur in Ausnahmefällen lesen und schreiben konnte, die prunkende Rokokokoketterie, die immer Handschuhe trug, weil sie immer schmutzige Hände hatte – was sind sie gegen unser vornehmes, gebildetes, reinliches Zeitalter?!«

Heßling hatte zu Anfang ganz ernsthaft gesprochen und war erst gegen Schluß seiner Abhandlung in einen leichteren, scherzenden Ton verfallen, den er jetzt auch in allen Gesprächen, die sie noch miteinander führten, beibehielt ....

Das Souper war auf seinem Höhepunkt angelangt. In schweigender Geschäftigkeit umkreisten die glattrasierten Lohndiener die lang hingestreckte Tafel, riesige Silberschüsseln mit allen Leckerbissen des scheidenden Winters und des nahenden Frühjahrs darbietend, sich gegenseitig nur durch einen Blick, durch ein geflüstertes Wort, durch ein Heben oder Senken der Augenbrauen über die Obliegenheiten ihres Dienstes, vielleicht auch noch über manches andere, verständigend. Schwere Hitze floß in breiten Wellen von den unruhig zitternden Flammen der Gaskrone nieder und unter ihrem Hauch erstarb die bunte Blumenpracht dahin, die sich so reizvoll von dem nüchternen Weiß des Tischtuchs abgehoben hatte. Langsam welkten sie dahin unter dem glutigen Hauch des künstlichen Lichts: pausbäckige, feuerrote Ranunkeln, chromgelbe, starkduftende Narzissen, überlebensgroße, seelenlose Parmaveilchen, stilisiert aussehender, gefüllter Mohn, duftlose, hellrote Nelken, weiße, nervös-anmutige Tazetten, feinblättrige, rosenrote Röschen, ernsthafte, dunkellila Anemonen, steifblumige, fleischfarbige Schwertlilien, überschattet von den gelben Blütenbällchen der zartbeblätterten Mimose. Und neben den italienischen die deutschen Frühlingsschwestern: rührend-schüchterne, noch verschlafene Schneeglöckchen, großglockige, blaßgelbe Märzenbecher, bescheidene, dunkle, schönheitausströmende Veilchen – – Und gleich dem Tafelschmuck welkten die Rosen dahin, welche die Frauen, zu losen Sträußen gefügt, neben ihren Tellern gefunden und sich vor den Busen gesteckt hatten; gleich schweren Thränen entfiel ihnen ein Blütenblatt nach dem andern: Der melancholischen *Marechal Neal*, der prangenden *La France*, der mädchenhaften *Gloire de Dijon*. – – Aber für die Blumen, die an der Brust hinwelkten, glühten frische Rosen auf den Wangen der Frauen auf und der Anblick dieser Feuerblüten entzückte die Männer, berauschte sie mehr noch, als der eisige Sekt, den die Lohndiener so verschwenderisch in die schlanken Kelche eingossen, daß unaufhörlich sein ungestüm brausender Gischt das Tischtuch in schaumigen Streifen beperlte ... Wie ein lebendiges Hohelied auf die Wonnen der Tafelfreuden war die Gesellschaft jetzt anzuschauen. Schöne Frauen, die gierig eine parfümiert duftende Mandarine, ein paar fleischige Trauben naschten, erhitzte Männer, deren Hände die zarten Kelche bis zum Rande gefüllt emporhoben und bis zur Neige geleert niedersetzten, die lange schmale Tafel mit dem glänzenden Damasttuch, dessen feines Blättergeranke schon da und dort mit dunklem Rotwein getränkt worden war, und auf diesem entweihten Linnen das üppige Durcheinander eines verschwenderischen Gastmahls: halbabgegessene mächtige Silberschüsseln, geleerte Flaschen, zierliche Krystallschalen mit einem Rest von Pralines, mächtige Aufsätze, aus deren moosiger Füllverzierung noch da und dort eine Goldorange glänzte, zerknitterte Servietten, schimmerndes Porzellan, feingeschliffene, halbgeleerte Gläser, dazu der süßlich-starke Duft der absterbenden Blumen, die flackernden Gasflammen, die schwälende Hitze und ringsumher heiße Gesichter, lärmendes Sprechen, schallendes Gelächter, die ganze Luft durchweht von satter, übermütiger Festeslaune. – In allen Tonarten schien er darin emporzurauschen, der Hymnus auf die geselligen Freuden, auf die fröhliche, fürstliche Gastfreundschaft – – Und wenn einer ein feines Ohr besaß, dann hörte er, daß in dem brausenden Gewoge ein Ton mitklang, der nicht hinein gehörte und dessen starkes, nervenerregendes Schwirren doch die ganze Jubelsymphonie zu übertönen drohte – – Und wenn einer ein scharfes Auge besaß, dann sah er, daß es über die nackten Frauenschultern flüchtig wie ein Frösteln hinlief, trotz der Treibhauswärme, die den Raum erfüllte – – daß es in der Männer Augen fragend aufzuzüngeln begann, wenn sie dies Erschauern bemerkten, daß leuchtende Augensterne tiefer und immer tiefer in einander tauchten, ein Frag- und Antwortspiel blitzend, zu dem die Lippen bald leise lächelten, bald schmetternd lachten, bald jäh verstummten – – brennend, halbgeöffnet – blutend rot – – –

Sonst hatte Max sich stets dieses feinen Ohres und dieses scharfen Auges rühmen können und fast immer war er als einzig Nüchterner an einer lustberauschten Tafel gesessen. Auch heute war er lange Zeit noch vollkommen Herr seiner selbst geblieben, jetzt aber trieb auch ihm der Sekt das Blut in rascheren Wirbeln; vor seine Augen breitete sich rosiger Nebel, durch den er nur noch Elisabeths glühende Wangen und ihre funkelnden Augen leuchten sah. Seine geflüsterten Bemerkungen wurden immer feuriger, – immer verständlicher – – Elisabeth lachte jetzt zu allem: zu seinen Witzen, zu seinen Paradoxen, zu seinen schmachtenden Anspielungen, zu den geistlosen Mottos der Knallbonbons – – – sie lachte auch, wenn ihre Finger sich zufällig berührten, wenn sein Atem ihre heißen Wangen streifte. Sie war übermütig, wie seit langem nicht, und ein paar Mal schon hatte sie versucht, ihrem Mann fröhlich-bedeutsam zuzublinzeln – ganz so, wie sie als Mädchen ihrer Mutter zuzublinzeln pflegte, zu der Zeit, da Friedrich so neben ihr saß, wie jetzt Max. –

Aber Friedrich, im Gespräch mit seiner Tischdame vertieft, konnte den vergnügten Blick seiner Frau nicht einmal bemerken, geschweige denn verstehen oder deuten, und so wandte sich Elisabeth halb ärgerlich, halb erleichtert wieder ihrem Nachbar zur Rechten zu – der zur Linken hatte sich schon längst bescheiden und diskret ausschließlich seiner andern Dame gewidmet und half vollenden, was die ahnungsvolle Hausfrau zartfühlend anbahnen gewollt: einen ungezwungenen Verkehr des neuvereinten Paares inmitten des anregenden Getriebes einer großen Gesellschaft. –

– Als man sich bereits anschickte, vom Tisch aufzustehen, Verbeugungen, Händedrücke zu wechseln und sich gegenseitig »gesegnete Mahlzeit« zu wünschen, erhob Max noch einmal sein Glas gegen Elisabeth und sagte lachend: »Den originellsten Trinkspruch dürfen doch geistreiche Leute wie wir nicht völlig umgehen – was wir lieben!«

Mit unsicherer Hand ergriff sie den Kelch, der halb geleert vor ihr stand, hoch hob sie ihn empor und mit seltsamem Geflimmer tauchten die Blicke ineinander … Dann schlug Elisabeth die Augen zu Boden, und purpurrot erglühend, die Gläser aneinander klingen lassend, sprach sie leise, kaum hörbar nach: »Was wir lieben.« Und hastig tranken beide aus.

VI.

Frische, den ersten Morgenschauern nicht unähnliche Kühle umfing die Gäste, als sie aus dem stickig heißen Speisezimmer in den Empfangssalon zurückkehrten und wurde im ersten Augenblick fast von jedem Einzelnen als unangenehm erkältend empfunden, erst allgemach wollte es ihnen behagen, daß ihre heißen Gesichter sich abzukühlen begannen, ihre überhitzten Lungen wieder reinere Luft einatmen konnten. Mit der Temperatur hatte aber auch die Stimmung gewechselt und die genußdürstenden ausgelassenen Festlagerer des Speisesaales belebten den vornehmen, kalten Empfangssalon nur noch als tadellose, wohlerzogen-fröhliche Soupergäste, die in größere und kleinere Gruppen verteilt, bald heitere, bald ernsthafte, bald alltägliche, bald interessante Gespräche miteinander führten. Nachdem jede einzelne dieser Gruppen das letzte Skandälchen, die eben verflossenen Gesellschaften, die neueste Ver- oder Entlobung, die jüngste Residenztheaterpremiere, den neuen Lenbach und die letzte Kaiserrede gründlich besprochen hatte, und auch vor den üblichen Debatten über Ibsen und Hauptmann nicht zurückgeschreckt war, wandte sich das nach und nach ziemlich allgemein gewordene Gespräch insofern wissenschaftlichen Gebieten zu, als sich ein leidenschaftlicher Streit erhob, um Sein oder Nichtsein von Spiritismus, Magnetismus und Hypnotismus – lauter geheimnisvollen Dingen, die damals nach jahrzehntelanger Pause eben erst wieder salonfähig geworden und die Gemüter in ungewöhnlicher Weise beschäftigten. »Trans« und »Astral« fingen an, geläufige Worte zu werden, in Gesellschaften gab es nach der Tafel Gedankenlesen und Tischrücken geradeso wie Kaffee, Cognac und Cigarren, einzelner auserwählter Zirkel gar nicht zu gedenken, die unter Leitung eines bekannten Mystikers freundschaftliche Beziehungen mit den Bewohnern des Jenseits anzuknüpfen versuchten.

Im Salon des Professors Karmann kam man nach kurzer Zeit dahin überein, daß bloßes theoretisches Für und Wider den Streit in keiner

Weise fördere und es wurde mit ziemlich allgemeiner Befriedigung aufgenommen, daß Heßling, ein eifriger Gegner der drei »ismen« sich bereit erklärte, ein Gedankenübertragungsexperiment an sich vornehmen lassen zu wollen. So hieß man ihn einstweilen in ein Nebenzimmer gehen, damit die Anderen ungestört beraten konnten, welche Aufgabe er lösen sollte – als er schon die Thürklinke in der Hand hielt, blickte er noch einmal auf Elisabeth zurück.

Entschieden spielte sie heute eine ganz andere Rolle, wie damals auf dem Frankenball, wo sie eben nur gerade Tänzer gefunden – weiter nichts. Vorhin war erst Dr. Saloschin lange, lange bei ihr gestanden und jetzt hatte sich sogar der kleine Baron Zobel vom Leibregiment neben sie gesetzt, der amüsanteste, faszinierendste Mensch, den man sich nur denken konnte, der trotz seiner Häßlichkeit, seines Cynismus und seiner naiven Indiskretion Frauenherzen zerbröckelte als wären es Pfefferkuchen, der noch um keine vergebens geworben – – Freilich war er nun auch vorsichtig genug, meist nur dort zu werben, wo ein Anderer, weniger vorsichtig, bereits gefreit hatte – – Mit glänzenden Augen redete er eifrigst auf die Amtsrichterin ein, obwohl sie ihm »ganz schnuppe« war, wie er später lachend im Club erzählte. Aber es freute ihn, Max ein wenig zu ärgern, den korrekten Mann, den er in gewisser Hinsicht doch immer für sehr *vieux jeu* gehalten. Wenn der Legationsrat mit der oder jener angefangen, ja ihm selbst die eigene Geliebte weggekapert hätte, was lag daran!? »*Que grand bien lui fasse*« wie des kleinen Lieutenants Lieblingsredensart lautete. Aber eine entdecken, eine »*primeur*«, an die der Sachverständige von Zobel niemals gedacht, die er allzeit für einen Ausbund von Tugend und Temperamentlosigkeit eingeschätzt hatte, das ging über das Maß des Erlaubten hinaus. – Und leise, leise begann die adrige, wappenringgeschmückte Linke mit der äußersten Kante des Spitzenvolants zu spielen, das in duftiger Breite von Elisabeths Schultern niederfloß – – Sie aber schien zu fühlen, daß zwei Augen sie suchten. Sie wandte den Kopf nach der Seite hin, wo Max noch mit der Thürklinke in der Hand stand, und ein flüchtiger Blick lächelte dem seinen Antwort – –

»Gebt ihm nur etwas recht Einfaches auf, damit er's gewiß herausbringt«, schlug die *beauté* der letzten zwei Dezennien, die goldblonde Majorin Ortloff vor, als Heßling endlich gegangen war. Ihr kam die ganze Sache sehr ungelegen: »Denn man zieht sich doch nicht ein schönes Kleidel an und geht in Gesellschaft um zuzuschauen, wie der

Legationsrat wegen dem dummen Hypnotismus mit verbundenen Augen im Zimmer rumläuft! Da hat man doch weis Gott was Besseres zu thun!«

Bei diesen Worten neigte sie den feinen Kopf ein klein wenig auf die Seite, so daß ihre im Halbkreis um sie aufgepflanzten Verehrer den seit zwei Dezennien als klassisch berühmten Halsansatz in einer neuen Wendung bewundern und sich *ad oculus* davon überzeugen konnten, daß es wirklich thöricht war, mit verbundenen Augen im Salon herumzulaufen – – Und sie klatschte die feinbehandschuhten Hände zusammen und ihre flache Kinderstimme wiederholte immer aufs neue mit papageienhafter Ausdauer:

»Ja, ja, gebt ihm was recht Einfaches auf!«

Aber ihr Vorschlag fand keine Anerkennung.

»Ganz im Gegenteil«, meinten die Andern, »etwas recht Schweres soll er herausbringen«, und nur ein verschwindend kleines Häuflein pflichtete der Majorin bei mit dem Bemerken, daß ja die Übertragungsmöglichkeit an sich das Interessante sei und der überzuleitende Gedanke schließlich doch Nebensache bleibe.« Aber mit diesem hin und her, mit allerlei Vorschlägen für die zu stellende Aufgabe war beinahe eine Viertelstunde verstrichen und Heßling wartete noch immer im Nebenzimmer, während die Majorin fast verging vor innerer Ungeduld, die sie hinter einem etwas gequälten Lächeln zu verbergen trachtete. Endlich fuhr Karmanns heisere Stimme dazwischen:

»Jessas, Jessas! Wirds denn no net bald was? Der Unglücks-Heßling sitzt scho bald a halbe Stund da draußen« –

»Ja, ja, wir sind ja gleich fertig.«

Selbstverständlich wurde aber nun erst recht durcheinandergeschrien und gestikuliert. Elisabeth war die Einzige, die stumm, fast teilnahmlos inmitten des allgemeinen Lärmens saß. Dem geübten Auge der Majorin entging dieses beredte Schweigen nicht und in ihrem Herzen quoll etwas wie eine mitleidig ehrende Anerkennung auf. Auch war sie nachgrade ein bischen nervös geworden durch dies endlose Zuwarten und Teilnehmenmüssen an Dingen, die ihr so gleichgiltig waren wie der Mann im Mond.

»Jetzt laßt ihn ganz einfach vor der Amtsrichterin Becker einen Kniefall machen! Thut er's, ist's recht, thut er's nicht, – na, dann ist eben der ganze Hypnotismus blamiert und der Legationsrat –« Sie vollendete nur mit einem Achselzucken. Sie hatte dieses Mal nicht sehr laut, eigentlich nur zu den Nächststehenden gesprochen, sie galt auch nicht gerade für ein großes Geisteskind und war's gewöhnt, daß man ihr nur den Hof machte, sie aber bei vernünftigen Gesprächen keineswegs ernsthaft nahm. Um so erstaunter schaute sie jetzt drein, als ihren letzten Worten sekundenlanges tiefes Schweigen folgte: Jeder empfand, wie taktlos der Vorschlag der Majorin war, und doch durfte man nicht widersprechen, ihn nicht ablehnen, sollte sich der ersten unbewußten Geschmacklosigkeit nicht eine zweite, wohlüberlegte anreihen.

Friedrich war auf das Peinlichste berührt. Er sah, wie Elisabeth errötete und glaubte, daß sie sein Empfinden teile – das Hämmern ihres Herzens konnt' er ja nicht hören ... Und schon kam Heßling mit verbundenen Augen herein, geleitet von den besten »Führern«, die man diesen Abend zur Verfügung hatte. Sie hielten ihn leicht bei den Handgelenken gefaßt und vorerst schien es, als ob viel eher sein Wille gelten solle, als der ihre, denn gefügig folgten sie seinen anscheinend planlos und unsicher umherirrenden Schritten, blieben mit ihm stehen, wenn er stand, gingen mit ihm weiter, sobald er sich wieder in Bewegung setzte. Lautlos versuchten die anderen Gäste, dem seltsamen Kleeblatt auszuweichen, behutsam räumten sie alles aus dem Wege, was nur irgend umherstand, damit Max durch keine unfreiwillige Berührung mit einem Fremdkörper aus seinem gewollten Hindämmern aufgeschreckt oder irregeleitet werden konnte. Unwillkürlich aber ging die ganze Gesellschaft ihm immer vorsichtig nach und verfolgte teils mit skeptischem Lächeln, teils mit atemloser Spannung den Verlauf des Experiments. Ob die beiden Führer nun wirklich die Fähigkeit besaßen, ihren Willen zu übertragen und Max sich als gutes Medium erprobte, ob sie ihn doch ein klein wenig zogen und zerrten, ... ob er vielleicht gelauscht hatte oder auch nur ahnte, wie feinfühlig die Gesellschaft sein kann, und wie durchsichtig ein Damentaschentuch – kurz, nach längerem Umherwandern und nach zwecklosem, von unterdrücktem Zuschauergelächter begleiteten Verweilen vor einer Marmorbüste, einem Nippestisch und dem Ofen blieb er endlich vor Elisabeth stehen. Als er sich ihr näherte, wichen alle andern unwillkürlich zurück und so stand sie jetzt, einen Schritt von den übrigen, hocherhobenen Hauptes ganz allein unter dem funkelnden Kronleuchter, wie eine Königin vor ihrem Gefolge. Ein fast ehrfurchtsvoll zu nennendes Schweigen lag über allen ausgebreitet, nur hier und da ein tieferer, hörbarer Atemzug, das leise Geknister eines

Seidenkleides – – Trotz seiner verbundenen Augen empfand Max die feierlich-erwartungsvolle Stimmung mit, die sich der andern bemächtigt hatte, fühlte er unwillkürlich, vor wem er stand. Ein paar Sekunden lang blieben sie sich so gegenüber, die hochaufgerichtete, königliche Frau und der Mann mit den verbundenen Augen. Noch zögerte Max, wie in innerlichem Zweifel befangen – – sein Atem ging rascher als vorher – – seine Gesichtsmuskeln begannen zu zucken – – wie eine einzige Bewegung lief es durch seinen Körper – – Dann ließ er sich langsam in die Knie sinken, und lachend die Binde von den Augen reißend, blickte er in etwas geziert-huldigender Stellung strahlenden Auges zu Elisabeth empor. Allgemeines »ah« und »bravo« ringsumher, und Elisabeth war's zu Mute, als sei sie eine wirkliche Fürstin, der ein getreues Volk laut rufend zujubelte – ihr und dem Manne ihrer Wahl, der immer noch in seiner geziert-huldigenden Stellung zu ihren Füßen lag …

»Ich kniee vor Euch als getreuer Vasall,
»Pfalzgräfin, schönste der Frauen!
»Befehlt, so streit ich für Kaiser und Reich,
»Befehlt, so will ich für Euch, für Euch,
»Die Welt in Fetzen zerhauen.«

Wie gerne hätte sie sich niedergeneigt zu dem dunklen Haupte, es ihm zärtlich flüsternd vorgesprochen – – aber sie waren ja nicht allein. Und so sahen sie sich nur noch einmal selig, weltvergessen an … Dann sprang Max auf, mit Fragen und Bemerkungen drängten sich die andern herbei, – verschwunden war das anmutige, lebende Bild, und mit ihm der Zauber dieser Stunde ….

An den großen Empfangssalon stieß ein kleines, einfenstriges Zimmer an, mit wertvollen, echten Rokokomöbeln eingerichtet, die einst der schönen Aurora von Königsmark gehört hatten. Ein gar lauschiges Nestchen war's, das die schweren Falten eines lichtblauen Sammetvorhanges da erschlossen: weiße Angorafelle breiteten ihr weiches, langes Haar über das kalte Parkett hin, sehnten sich darnach, hochhackige, kleine Frauenschuhe zu umschmeicheln; heitere, feingeschwungene Bergères und Sesselchen schmiegten sich an seidenbespannte Wände, schienen noch zu träumen von den weißgepuderten Herren, den zartschulterigen Frauen, die als wehmütig verblaßte Miniaturen aus kunstvollen florentiner Goldrahmen niederblickten ….Von der opalhaft schillernden Venezianerkrone flutete mildes Wachskerzenlicht auf die silberig schimmernden Wände, die straffen, glänzenden Atlaspolster mit dem duftigen Blumenstreumuster, auf die hohe Fächerpalme dort vor dem dichtverhüllten Fenster, die ihre fingrig gezackten Blätter groß und kräftig auseinanderbreitete. – Hoch oben an der Decke saßen dickbäckige, vergnügte Stuckputen, die schütteten rosenspendende Füllhörner aus, als sollte die ganze verblichene Herrlichkeit da unten ertrinken in weichem, berauschenden Rosenregen – – Im Kamin (dessen mächtige Höhe aber freilich einen – irischen Kokesofen bergen mußte) flammten ungefüge Buchenklötze; ganz ernsthaft, als benötige man sie hier wirklich alle Tage, lagen Feuerzange und Blasebalg daneben – – Feiner Ambrageruch durchzog die Luft – –

Historische, parfümierte Erinnerungen mochten hier wieder lebendig werden – – Wäre Aurora von Königsmark durch die rosenbemalte Thüre neben dem Kamin jetzt wiederum eingetreten, hier hätte sie es nicht bemerkt, daß ihr Spindelührchen um anderthalb Jahrhunderte nachging, daß sie vorüber waren, die Zeiten, da man »*suprema lex*« mit »Fürstenliebchens Wille« übersetzte und vom Frisiertisch aus Geschichte machte; daß sie in ihrem üppigen Liebesbett in einen unfrohem Morgen hineingeschlafen hatte, bei dessen rasselnden Waffenlärm ein neues Zeitalter geschmiedet wurde, und die Weltherrschaft der Frauen in Trümmer zersprang – –

Den ganzen Abend über hatte sich kaum einer der Gäste hier herein verirrt. Der kleine Zobel war einmal mit der Majorin Ortloff drinnen gesessen, aber schon nach kaum zehn Minuten zu den Übrigen zurückgekehrt. Die Majorin mußte also sehr tugendhaft sein, oder sehr langweilig – vielleicht auch beides zusammen. So fand denn Elisabeth hier die einsame Zufluchtsstätte, nach der ihr übervolles Herz verlangte. Hastig war sie eingetreten, mit scheuem Blicke forschend, ob sie auch wirklich allein sei – – Nun sank sie, tief Atem schöpfend, in einen Armsessel dicht am Kamin und obwohl ihr Gesicht glühte, blieb sie doch halb bewußtlos vor dem prasselnden Feuer sitzen. Mechanisch fing sie an, sich mit dem Fächer Kühlung zuzuwehen; ihr war heiß zum Ersticken und der Kopf schmerzte sie. – Nach ein paar Augenblicken schon schob eine wohlgepflegte Männerhand vorsichtig den lichtblauen Sammetvorhang zur Seite: der Legationsrat trat ein.

»So pensiv, gnädige Frau«, fragte er ein wenig spöttisch, als die einlaßgewährende Portiere wieder hinter ihm zugefallen war. Er zog sich einen kleinen Stuhl zum Kamin und setzte sich ihr gegenüber – so nahe, daß fast ihr Kleid seine Knie streifen mußte.

»Sehr pensiv«, entgegnete sie mechanisch und nach einer Pause setzte sie hastig, gänzlich unvermittelt hinzu:

»Glauben Sie, daß man die Treue auch in Worten, ja in Gedanken brechen kann?«

Er bog sich weit vor und versuchte es, ihr unters Gesicht zu sehen, aber sie hielt den Kopf gesenkt und, die Augen fest auf ihren Fächer gerichtet, dessen weiße Straußenfedern ihre Finger in nervösem Spiel bald unzart zerpflückten, bald vorsichtig streichelten.

»Solche Sachen lassen sich theoretisch nicht erörtern«, meinte er übermütig, »das muß ausprobiert werden. Und dann – ja dann, gnädige Frau, bin ich stets der Ansicht, daß man nichts halb thun soll, aber auch gar nichts.« Merkwürdigerweise hielt bei ihm, dem sonst so nüchternen Menschen, die Champagnerlaune immer noch an, ja sie war noch erhöht worden durch das vorhin erlebte, anscheinend unbedeutende Begebnis, während bei Elisabeth bereits der Rückschlag begann.

»Sie sind klassisch!« Es war ein gezwungenes Lachen, das ihre Antwort begleitete. Dann sprachen sie nichts mehr, sondern blieben schweigend beisammen sitzen, aber ihre Gedanken liefen denselben Weg nebeneinander hin: er mit dem brutalen Vorandrängen des Mannes, der die Schönheiten des Pfades übersieht, um des letzten Endziels willen, sie mit der instinktiven Zurückhaltung des Weibes, das sich gerne am Wege verzögert, sei's weil es jeder neuen Wendung einen neuen Reiz abzugewinnen weiß, sei's, weil es in entzückender Scheu doch immer wieder vor dem zurückbebt, was es mit allen Fasern seines Wesens ersehnt. Und so fand denn Elisabeth nur, wie hübsch es hier war, – zu Zweien allein – mit dem märchenhaft schönen Gefühl im Herzen: »Du wirst geliebt – geliebt.« Und dann träumte sie mehr als sie dachte weiter, von einer ziemlich sentimentalen, ehrbar, fast bräutlich aussehenden Idylle, mit einem geflüsterten Geständnis, hier in dem lauschigen Nestchen und einem ersten süßen Kuß dort unter der breitblättrigen Palme. –

Max verwandte indessen keinen Blick von ihrer Brust, die sich quellend, fast gar zu üppig aus dem tiefen Ausschnitt ihres Kleides hob und von ihren nackten Armen, die in tadelloser Schönheit auf den Seitenlehnen ihres Sessels ruhten.

»Was für einen herrlichen Körper sie hat«, dachte er bei sich. »Weiß

Gott, der Mann ist zu beneiden.« Dann fing es an, ihm in den Ohren zu surren, vor den Augen zu flimmern, und seine Nasenflügel bebten leise. Noch ehe Elisabeth recht wußte, wie ihr geschah, hatte er ihre beiden Hände ergriffen, flüsterte mit leidenschafterstickter Stimme ihren Namen und ein Schauer heißer Küsse flutete auf ihre Arme nieder. Und nun ereignete sich etwas, worüber sie sich niemals hätte Rechenschaft geben können, etwas, das sie späterhin noch in größte Verwunderung setzte: Dieser erste Ausbruch seiner Leidenschaft riß sie nicht hin, weder zu halb bewußtlos gestammelten Liebesworten, noch zu einer entrüsteten Zurückweisung. Der Taumel von vorhin war verflogen, klaren Kopfes und kühlen Herzens stand sie mit einem Male sozusagen über der Situation und fühlte sich ihrer selbst so sicher, daß sie es nicht einmal für nötig erachtete, aufzustehen oder ihn gehen zu heißen.

»*Fi donc*, mein Lieber!« Nichts weiter sagte sie ihm als die paar verächtlich-spöttischen Worte. Dabei entwand sie ihm ihre Hände und zuckte mit einer gelangweilt aussehenden Geberde die Schultern zurück, so daß ihr Arm von seinem Munde wegglitt und er einen letzten Kuß nur noch ins Leere küßte. – So endete denn dieser erste Versuch einer Liebesszene mit beiderseitiger gründlicher Enttäuschung: denn mehr nach, wie sie sich ernüchtert fühlte von seiner brutalen Zärtlichkeit, die sie so ohne alle Präliminarien überfallen hatte, war er es von diesem affektiert klingenden, unendlich überlegenen »*Fi donc*, mein Lieber!« Mit einem Male begriff er sich selbst gar nicht mehr – war er denn ein grüner Junge, den ein paar Glas Sekt und eine schöne Frau vollkommen unzurechnungsfähig machten? Wo in aller Welt benahm sich denn ein Mann in seinen Jahren und seiner Stellung so völlig unpassend und, was noch weit schlimmer war, so abgeschmackt, lächerlich? Und er ärgerte und schämte sich so, daß er, der große Weltmann, ein solch kindisches Benehmen an den Tag gelegt hatte, daß er eilig aufstand, ein paar undeutliche Entschuldigungsworte murmelte und rasch die lichtblaue Sammetportiere hinter sich zufallen ließ. Elisabeth blieb allein zurück und dachte, wie thöricht es gewesen, daß sie nicht zeitiger vom Feste aufbrechen gewollt. Nach jenem Kniefall hätte sie gehen sollen, den schönen poesieverklärten Eindruck jener Huldigung im Herzen. – Diese Ernüchterung jetzt war entsetzlich! Sie stand auf, ging zu ihrem Mann und sagte ihm, daß sie heimfahren wolle, da es schon sehr spät sei und sie sich müde fühle zum Umsinken.

Unterwegs wechselten die Gatten kaum ein Wort; erst im Schlafzimmer begann Fritz einige Bemerkungen zu machen über die Taktlosigkeit der Majorin Ortloff, über das alles begeifernde Gerede der Welt, das in den Worten der schönen Frau sich so naiv-unverfroren geoffenbart und bat schließlich Elisabeth, doch ja recht vorsichtig zu sein, um dem häßlichen Klatsch keinerlei neue Nahrung zuzuführen. Aber schon bei seinen ersten Worten fing sie zu weinen an, so daß er alle Mühe hatte, sie zu beruhigen und ihr wieder und immer wieder beteuerte, daß er ja einzig und allein nur für sie und für nichts weiter Sorge trage. Sie fühlte sich so zerknirscht und gedemütigt, daß sie ihm am liebsten alles erzählt hätte, was ihr heut Abend begegnet war, aber eine unerklärliche Scheu band ihr die Zunge. Und am nächsten Morgen war sie sehr froh, daß sie geschwiegen und sich durch ihre momentane Abspannung nicht zu irgend einer Unvorsichtigkeit hatte hinreißen lassen.

VII.

Wenige Tage nachher trafen sich Max und Elisabeth beim *five o' clock* der Mrs. Clarendon, einer Amerikanerin, die mit zwei halbwüchsigen Töchtern eine hübsche Etage in der Barerstraße bewohnte. Mrs. Clarendon war genau so, wie drei Viertel der in Deutschland vagabundierenden Amerikanerinnen sind: sechsunddreißig gewesen, jugendlich, rotbackig und weißhaarig, trotz jahrelangen Aufenthalts in Weimar und Dresden immer noch ein unglaubliches Deutsch kauderwelschend, vor einem Jahre erst nach München gekommen, nur um Lucy und Mary am Konservatorium studieren zu lassen; böse Zungen freilich murmelten etwas von »sich in Dresden schuldenhalber nicht mehr halten können« ....Von einem Gatten natürlich nach gut amerikanischer Sitte keine Spur, kein baierisch Auge hatte noch je einen Mr. Clarendon erblickt und es blieb also der Phantasie seiner Lebensgefährtin und den eben erwähnten bösen Zungen überlassen, ihn zum Vorsitzenden der *South-African-Gold-Mining-Company* zu erheben oder – zum Schweineschlächter zu degradieren. Ob aber Minenbesitzer oder Selcher, jedenfalls schien er seine eheherrlichen Rechte oder Pflichten nur in sofern geltend zu machen, als er seine Frau mit einem Einkommen versah, das es ihr ermöglichte, auf Bällen ein rotes Sammetkleid zu tragen und sieben Reihen erbsengroßer Perlen um den Hals, Gesellschaften zu geben, musikalische Abende, an denen Lucy und Mary weiße, wappengezierte Atlasprogramms verteilten – denn die Clarendons waren ja selbstverständlich Blutsverwandte der englischen Herzöge gleichen Namens. Da die hübsche Mrs. Clarendon neben all diesen Vorzügen auch noch den besaß, eine Ausländerin zu sein, obendrein eine Ausländerin mit verblüffend schlechtem Deutsch, so konnte es natürlich nicht fehlen, daß man sich um ihre Einladungen riß, zu ihren *five ò clocks* drängte, daß ihre flachshaarigen, langhändigen Töchter für entzückend galten und sogar da und dort schon ein Aristokrat auftauchte, der Mrs. Clarendon nicht nur sehr *lady like* fand, sondern ihr auch »*un esprit très fin*« nachzurühmen wußte – –

Als der Bediente die Thür des Clarendonschen Salons aufriß, um Elisabeth eintreten zu lassen, saßen 5-6 Personen um den kleinen japanischen Theetisch mit der hochgestengelten, gelbverschleierten Lampe: Die Dame des Hauses, die Majorin Ortloff, ein semmelblonder, sehr jugendlicher, hoch modern gekleideter Mr. Cunning, der kleine v. Zobel, ein etwas melancholisch dreinschauender, krummbeiniger Kapitän Wheeler, Legationsrat Heßling. Ein merkwürdiger Zufall wollte es, daß Elisabeth wieder neben ihn zu sitzen kam, und nun waren sie beide etwas schweigsam und verlegen, wußten zuerst nicht recht, wie sie sich zu einander stellen sollten. Max versuchte durch fast unterwürfiges Wesen die Kühnheit jenes Abends vergessen zu machen, und Elisabeth fand in kühl-förmlicher Artigkeit einen festen Halt, um seltsame Erinnerungen zu bekämpfen, die sie bei seinem Anblicke beschlichen, die aber nicht der Szene jener Festnacht galten, sondern innerlichen Vorgängen, die sie seit jener Stunde erlebte. Wohl war ihr im ersten Augenblick seine Zärtlichkeit roh und abstoßend erschienen, wohl hatte es sie zuerst geekelt, physisch geekelt vor der schmeichelnden Berührung seiner heißen zitternden Hände und seines weinduftenden Atems, aber der peinliche, schreckhafte Eindruck hielt nicht lange vor, kaum, daß er die Nacht überdauern konnte! Bald verblaßte die Erinnerung an das Widerwärtige jenes Augenblicks mehr und mehr; reizvolle Einzelheiten, die nur damals ihrer Bewegung, ihrer Übermüdung entgangen waren, fielen ihr jetzt erst ein. Jetzt erschien ihr die eigene Kälte unbegreiflich, jetzt schauderte sie halb erschreckt, halb entzückt beim Gedanken an seine Küsse; sie schloß die Augen, vergegenwärtigte sich wieder die ganze Szene und rechnete sich's hoch an, daß sie nicht schwach geworden. Wieder und immer wieder kam sie darauf zurück; sie redete sich in eine leidenschaftdurchglühte Sinnlichkeit hinein, die sie in der That nicht besaß, – jetzt, wo sie allein war, glaubte sie vor Verlangen nach ihm vergehen zu müssen, und sie zitterte für sich selbst, wenn sie an das Wiedersehen dachte. Als sie ihm aber nun in Wirklichkeit gegenüberstand, fand sie sich ebenso ruhig und kühl wie damals und sie schämte sich, als sie ihrer phantastisch-erhitzten Träumereien gedachte; ihr war's, als müßte er ihr alles vom Gesicht ablesen können – – Kaum hatte sie indes dies peinliche Gefühl überwunden, so war sie auch nur noch die eitle, kokette Frau, die sich des demütigen Wesens ihres getreuen Verehrers freut und mit fast kindischem Vergnügen rasch wieder den tändelnd-neckenden

Ton anzugeben wußte, in dem sie sich zumeist unterhielten, hauptsächlich, wenn dritte Personen zugegen waren. Dabei verflog die Zeit blitzschnell; sie bemerkten es kaum, daß die Ortloff und Mr. Wheeler sich längst verabschiedet, Mr. Cunning und der kleine von Zobel sich ins offenstehende Nebenzimmer zum Flügel, zu Lucy und Mary zurückgezogen hatten und sie beide als einzige Theegäste immer noch bei der Hausfrau und der gelbverschleierten Lampe saßen. Endlich aber stand Elisabeth doch auf.

»Es ist unverantwortlich, Mrs. Clarendon, daß ich Sie so lange aufgehalten habe.«

»Ich schließe mich dem Antrag der gnädigen Frau an«, meinte Heßling, der sich gleichfalls erhoben hatte.

»O, bitte, machen Sie doch keine Redensarten«, radebrechte Mrs. Clarendon und mühte sich, ein leises Gähnen zu unterdrücken. »Bleiben Sie doch noch ein wenig«, bat sie dann ganz beherzt, denn es war mittlerweile spät geworden, und aus allerhand Andeutungen, die nachmittags gefallen waren, glaubte sie schließen zu dürfen, daß die beiden jetzt doch miteinander fortgehen wollten.

»Ja, bleiben Sie doch noch!« pflichtete Elisabeth bei, sich mit kaum merklichem Lächeln zu Heßling wendend, »bei mir ist's ja etwas anderes, ich habe ja Pflichten – –«

»Vielleicht hat er auch Pflichten! *You don't know*«, warf der *»esprit fin«* mit abermaligem bekämpften Gähnen ein.

»Ja, er hat auch Pflichten«, entgegnete Heßling, ein wenig betreten, »in erster Linie die, Sie, gnädige Frau, jetzt in der Dunkelheit nicht allein nach Hause gehen zu lassen.«

Elisabeth neigte den Kopf ein wenig, und um ihre Lippen spielte immer noch ein ganz leichtes Lächeln. »Die gnädige Frau dankt, die gnädige Frau ist gerührt von so viel Ritterlichkeit, aber sie hält es mit Gretchen: »kann ungeleitet nach Hause gehen«, oder vielmehr fahren, denn ich habe mich – wie immer – bei der reizenden Theestunde der gnädigen Frau so verplaudert, daß ich mir beim nächsten Droschkenstand einen Wagen nehmen werde.«

Das war sehr fein, aber sehr deutlich gesagt, daß sie auf seine Begleitung verzichte, und so blieb ihm nichts übrig, als ihr »Gutenacht« zu wünschen und doch noch für einen Augenblick Platz zu nehmen, zum nicht geringen Schrecken der immer öfter gähnenden Mrs. Clarendon.

»Nur den Vergleich mit Gretchen halte ich für bedenklich«, sagte er spöttisch lächelnd, nachdem er einen Kuß auf Elisabeths behandschuhte Rechte gedrückt hatte.

»Warum? Heutzutage kann man sich seelensruhig Gretchen nennen, – die Männer sind nicht so verführerisch, daß jede gleich ihren Faust fände.« Sie verneigte sich höflich-freundlich gegen ihn, forderte ihn auf, sich doch recht bald bei ihr sehen zu lassen, nahm sehr herzlich Abschied von der Dame des Hauses und ging, dieselbe in einem wahren Gähnkrampf zurücklassend.

Auf dem ganzen Nachhauseweg war sie sehr zufrieden mit sich und der großen Überlegenheit, die sie heute so offenkundig bewiesen hatte – ganz klein und lächerlich kam ihr Heßling daneben vor, und es schien ihr undenkbar, daß sie jemals eine wärmere Empfindung für ihn gehegt haben oder dereinst noch kennen lernen sollte. Aber seltsam! Kaum saß sie allein zu Hause, so begann der Spuk der aufregenden Träumereien von neuem, um bei Heßlings erstem Besuch sofort wieder zu verschwinden. Und so blieb es nun eine ganze lange Zeit hindurch: War er fern, so verging sie in Sehnsucht und Verlangen nach ihm, und kam er, fand er sie gleichgiltig und kalt. Und während sie allerhand bedeutungsloses Zeug mit ihm redete, nahm sie sich wohl auch fest vor, ihre vorerst mehr empfundenen, denn vorhandenen Beziehungen zu ihm zu lösen, nicht mehr und nicht anders an ihn zu denken, als an irgend einen der andern Männer, die ihr Haus aufsuchten; aber kaum hatte er die Thüre hinter sich geschlossen, so umspann ihn schon wieder das wilde Geranke ihrer süß-sinnlichen Gedanken … Vielleicht war's ihr mit dem Sichlosreißen auch nicht recht ernst, vielleicht bangte ihr vor dem Abschied der wonnigen Heimlichkeiten, der keimenden Neigung, vor dem ausgetretenen Geleise des ehrbar-langweiligen Alltagslebens, das sie wieder beschreiten mußte, sobald sie sich von dem ihr noch nicht einmal zu eigen gewordenen Geliebten lossagte – – Bei ihr arbeitete die Phantasie viel stärker, als die treibende Empfindung: in glühenden Farben malte sie sich's hundertmal aus, in welchem Freudentaumel sie das süße Gift der Sünde schlürfen wollte und wandte sich doch mit unwillkürlichem Schauder ab, sobald nur ein einziger Tropfen aus dem lockenden Becher ihr Kleid bespritzen wollte.

Und gerade weil diese instinktive Keuschheit immer noch im rechten Augenblick zum Durchbruch kam, wandelte sie keck und schwindelfrei am Abgrund dahin, denn neben ihr schritt ja ein bedächtiger

Schutzengel, auf den sie wohl auch mitunter leise schalt, weil er sie gar nie aus den Augen lassen wollte. – –

In München währt das eigentliche Frühjahr stets nur wenige Wochen, und mit seinem, in diesem Jahre ungewöhnlich frühzeitigen Ende erlosch auch jede gesellige Vereinigung vollständig. Max konnte kaum mehr auf einen günstigen Zufall zählen, wenn er Elisabeth sehen wollte, sondern er mußte zu ihr gehen und sie aufsuchen. Das that er auch häufig genug, denn die leise Spannung, die nach jenem Abend zuerst zwischen ihnen geherrscht, war bälder geschwunden, als sie beide es geglaubt hatten, und die früheren halb freundschaftlichen, halb intimen Beziehungen waren wieder in ihre Rechte getreten. Der Legationsrat kam nach wie vor zum Thee, *à la fortune du pot*, recht oft auch als einziger Mittags- oder Abendgast, begleitete Bekkers sehr häufig auf ihren Spaziergängen, verabredete sich mit ihnen zum Theater oder zu Tagespartien und versuchte sogar mit Lieschen gute Freundschaft zu halten. Aber es blieb bei dem Versuche; das kleine Mädchen hegte eine merkwürdige Abneigung gegen ihn, und nach Kinderart versuchte und verstand es in keiner Weise, dieselbe zu verbergen.

Elisabeth hingegen war sehr befriedigt, aus Maxens Munde immer wieder zu vernehmen, daß Lieschen sehr klug sei und sich überhaupt sehr zu ihrem Vorteil entwickle; liebte sie ihr Kind doch so abgöttisch, daß sie nur gar zu gern und willig alles glaubte, was man ihr Lobenswertes von ihm zu erzählen wußte. Und obschon es eines festenden Bandes zwischen ihr und Max kaum noch bedurfte, so hing sie doch an ihm mehr denn vorher, seit er sich ihrem angebeteten Kinde freundlich bezeigte; ja, ihre Gefühle für ihn kamen ihr nach und nach wie sanktioniert vor, da sie einem Manne galten, der nicht nur sie allein, sondern auch ihr Kind liebte. – Mißmut und unmotivierte Verstimmung, die sie in früheren Tagen so oft heimgesucht, schienen für immer verschwunden: eine große innere Freudigkeit war über sie gekommen, die sich zwar nicht in lauten Heiterkeitsausbrüchen äußerte, wohl aber in einer stillen, vergnügten Zufriedenheit, die gleich einem duftigen Schleier über ihr ausgebreitet lag und ihr ganzes Wesen verschönte und verklärte. Sie war wieder, wie sie als Braut gewesen, so von innen heraus ruhig und sonnig durchleuchtet; sie hatte wieder ein heimliches Glück, dessen letzte Seligkeit ihr noch ungekostet bevorstand, sie durfte wieder etwas erwarten, sich erträumen, ersehnen – –

Und heute war sie ja nicht mehr das junge Mädchen, das noch nicht einmal wußte, was seine schüchterne Sehnsucht eigentlich bedeutete, was es mit seiner einfachen Unschuld verschenkte – heute war sie ein Weib, in ihres Lebens Sommer prangend, und kannte die Wonnen, die sie bereiten und im seligen Geben trunken eintauschen wollte – –

Oft staunte sie im Stillen, daß man ihr das Glück nicht ansah, sie nicht fragte, was ihr denn Frohes widerfahren, sie nicht mit den wundervollen Dichterworten grüßte:

»Möchtest Du hehlen vergebens,
»Daß nun die Krone des Lebens
»Strahlend die Stirne Dir schmückt.«

Aber freilich, wessen Augen hätten sie denn auch so liebend und verständnisvoll angeblickt, daß ihnen »die strahlende Krone des Lebens« auf ihrem Haupte aufgefallen wäre! Die Eltern – ja, denen war wohl kein Schatten und kein Lichtstreif auf ihres Kindes Stirne entgangen, aber der Vater war bald nach ihrer Verheiratung gestorben, die Mutter hatte vor ungefähr einem Jahr einen schweren Schlaganfall erlitten, von dem ihr Geist nie wieder gesundete und lebte ihre Tage dahin, nur mit sich und den kleinlichen Bedürfnissen ihres Lebens beschäftigt, in völlig apathische, wenn auch nicht unfreundliche Stumpfheit für die ganze Außenwelt versunken. Ihr Mann hatte ja nie das feinere Verständnis für sie und ihre Art gehabt, und wenn er jetzt abgearbeitet vom Bureau nach Hause kam, so freute er sich wohl ihrer »guten Laune«, wie er, der prosaische Philister, den Ausdruck ihres Glücks benannte, aber nie fiel es ihm ein, besondere Gründe für diesen Frohsinn zu vermuten, ihnen nachzuforschen. Die Leute – »o, die sind viel zu gleichgiltig und materiell, um so etwas zu sehen«, dachte Elisabeth bei sich, aber ihre Voraussetzung traf nur zur Hälfte zu. Die Leute waren gar nicht so gleichgiltig, als daß ihnen die Veränderung im Wesen der jungen Frau entgangen wäre, aber allerdings waren sie materiell genug, um zu behaupten, daß in ihrem sonnigen Wesen, ihren verträumten Augen bereits der Abglanz genossener Freuden schimmere, und hätten es für unmöglich gehalten, daß eine vollerblühte verheiratete Frau sich's immer noch an der bloßen Erwartung genügen ließ, ja, sich so in ihre sündigbräutlichen Gefühle einzuleben verstand, daß sie, wie von einer Verklärungsgloriole umflossen, einherschritt.

Inzwischen hatte auch Frau Fama oder, um sich zeitgemäßer auszudrücken, das *on dit* in der Stille emsig und erfolgreich gearbeitet und bald galt es als eine ausgemachte Sache, daß Elisabeth und Max zu den »berühmten Liebespaaren« gehörten. So hatte nämlich der Legationsrat früher einmal treffend-boshaft jene besondere Spezies zarter Beziehungen benannt, welche die Gesellschaft um der Blindheit oder – Nachsicht des Gatten willen zuerst duldet, und die sich dann im Laufe der Zeit durch ihre langausdauernde Treue, durch ihre pikante naiv-frivole Offenheit und – *last not least* – durch ihre taktvolle, jeden Skandal vermeidende Geräuschlosigkeit zu einem beinahe legitim aussehenden und geltenden Verhältnis emporschwingen. Da das *on dit* aber bekanntlich nicht nur über tausend Zungen, sondern noch über tausend Schleichwege verfügt, so war es nur natürlich, daß auch Friedrich fein verblümt zu hören bekam, was über seine Frau und seinen Freund gesprochen wurde. Zuerst verdrossen ihn die Tuscheleien und Anzüglichkeiten wohl sehr und Elisabeth mußte ihre ganze frohe Stimmung zusammennehmen, um den Mißmut zu verscheuchen, der ihn oft beschlich, und von dem sie ein rauhes Eingreifen in ihren zart erblühenden Roman fürchtete. Aber er war so rührend vertrauensselig und sie verstand es so gut, ihm selbst allerhand kleine Konzessionen vorzuschlagen, die man dem Gerede der Leute machen wollte und müßte, wußte so meisterhaft mit gut empfundener Überzeugung bald die gekränkte Unschuld zu spielen, bald das beleidigte Weib, das Verleumdung nur mit stolzem Schweigen beantwortet, und war außerdem so liebevoll, zärtlich und teilnehmend, daß auch ein argwöhnischerer Charakter als Friedrich ruhig geblieben wäre. Bald hörte er auch gar nicht mehr auf das, was man ihm zutrug, änderte in seinen Beziehungen und seinen Gefühlen für Heßling nicht das Mindeste, sondern setzte allem Klatsch die vornehme Gleichgiltigkeit des vollsten Sicherheitsgefühles entgegen.

VIII.

Für einen der seltenen schönen Julisonntage, die das regenreiche Jahr bescheerte, hatten Beckers mit Karmanns und Mrs. Clarendon, die Elisabeth erst kürzlich mit einander bekannt gemacht, einen Tagesausflug nach dem Starnberger See verabredet, zu dem jeder nach Gutdünken befreundete Familien, junge Mädchen oder Junggesellen auffordern sollte. Beckers brachten nur den Legationsrat Heßling mit, Karmanns einige verheiratete Kollegen des Professors, fast lauter berühmte Männer und fast lauter nichtssagende Frauen; Mrs. Clarendon den kleinen von Zobel, seit einiger Zeit ein begeisterter Verehrer der fünfzehnjährigen Lucy und offenbar durchaus nicht abgeneigt, Mr. Clarendon finanziell wenigstens als Vorsitzenden der S. A. G. M. C. aufzufassen und aus seinen Händen eine märchenhafte Mitgift zu empfangen; Lieutenant Braunmühl vom 1. Feldartillerie-Regiment, den beeideten Ausländerinnen-Amateur, von dem sie erzählten, daß ihm der Stationschef die mit dem Hamburger Schnellzuge ankommenden Amerikanerinnen bereits im Voraus avisieren müsse; den argentinischen Konsul Herrn Eberhart, den Frauenmann wie er im Buch steht und über den dennoch merkwürdige unkontrollierbare Gerüchte umliefen; Fürst Langenburg-Waldau-Krotosin, Durchlaucht, den ewigen Freier, den die böse Welt in Anbetracht dieses erfolglosen Permanenzzustandes Korbinian von Anhalt nannte. Da waren ferner Mr. Cunning, Mr. Wheeler, die hübsche Kläre Keim, die gar zu gern als urgesund, temperamentvoll, froh-sinnlich gegolten hätte, und in der doch so viel Altjungferngrazie steckte, daß weder ihr feines Gesichtchen, noch ihre Toilette, noch ihr Wesen sie jemals völlig verleugnen konnten, nicht zu vergessen eine ganze Anzahl junger *english girls and gentlemen*, die Mrs. Clarendon zu entbieten gewußt.

So war's denn eine recht große Gesellschaft, die sich zu frühester Morgenstunde im Mittelbau des Zentralbahnhofes zusammenfand, und vor Friedrichs Augen nickte wohl ein Dutzend blumengeschmückter, sommerlich heller Strohhüte, als er, die Häupter seiner Lieben überzählend, feststellte, wie viele Fahrkarten nach Starnberg er lösen sollte. Es kostete einen ziemlichen Kampf mit zahllosen andern Sonntagsausflüglern, bis die Gesellschaft sich endlich ein Coupé *III.* Klasse zu erstreiten vermochte, aber trotz der Lebhaftigkeit, mit der alle sich um Plätze bemüht und gewehrt hatten, wollte doch keine rechte Stimmung aufkommen, als sie nun endlich eng zusammengeschachtelt aus der großen Bahnhofshalle hinausrasselten. Die allzufrühe Abfahrtsstunde, der die meisten einen großen Teil des gewohnten süßen Morgenschlummers hatten opfern müssen, die fast noch empfindlich kühle Morgenluft, die durch die geöffneten Fenster hereinwehte, die unbequemen, geradlehnigen Holzbänke, die zu Anfang recht reizlose Gegend, welche ebenso übernächtigt und verschlafen aussah, wie die Menschen, die sie mit müden Augen anblinzelten, die Zufallstücke, daß gerade diejenigen nebeneinander zu sitzen gekommen waren, die am wenigsten zu einander paßten, z.B. der kleine von Zobel neben Kläre Kaim, Fürst Langenburg-Waldau- Krotosin, Durchlaucht, neben Mr. Cunning, und obendrein noch das an sich schon nervös und müdemachende Bewußtsein, daß man nun einen ganzen Tag unterwegs sein, schwatzen, lachen, sich selbst und die andern unterhalten müsse, ob man nun dazu aufgelegt war oder nicht, – kurz, manch' einer gedachte schon jetzt mit stiller Sehnsucht der, ach so fernen Abendstunde, da er, noch etwas müder und verschlafener, wieder in den Bahnhof einfahren und somit diesen »vergnügten Tag« hinter sich haben sollte. Aber je höher die Sonne stieg, je kräftiger ihr belebender Atem über die schlaftrunkene Welt hinwehte, um so lebendiger und heiterer wurden sie, und als der Zug endlich in Starnberg hielt und der langgestreckte See glitzernd und rauschend im Morgensonnenscheine vor ihnen lag, da atmeten alle erleichtert auf, daß sie nun für einen ganzen Tag der staubigen heißen Stadt hatten entfliehen können. Zuerst machten sie auf dem neuen Dampfer »Luitpold« die Rundfahrt um den ganzen See, vorbei an dem villenreichen Possenhofen, dem heitern Leoni, dem waldschattigen Bernried, dem idyllischen Ambach, dem einsamen Seeshaupt; dann legten sie in Tutzing an und eilten in ausgelassener Hast vom Dampfschiffsteg am rosenbewachsenen »Seehoff« vorüber zur »Post«, um dort im kühlen Garten mit dem malerischen Fernblick auf den See und die duftverschwommene Alpenkette einen guten Platz zu bekommen; doch als sie ankamen, fanden sie alles schon dicht besetzt. Der Wirt aber ließ ihnen von der Glasveranda zwei große Tische in den Garten hinausschaffen; auf der Speisekarte prangten trotz der vielen Gäste immer noch unausgestrichen »gebackene Renken«, sowie »Gansbraten mit Kopfsalat und Ei«, und da dieses Mal nicht Zufall, sondern »des Herzens Stimme« die Plätze verteilte, so wurde das Mittagmahl in übermütigster Laune verzehrt. Max und Elisabeth bombardierten sich mit allerhand kleinen Neckereien und verliebten Bosheiten, Lieutenant Braunmühl radebrechte beseligt Miß Mary englisch an, während Fürst Langenburg-Waldau-Krotosin, Durchlaucht, ihr von der andern Seite her unmenschlich den Hof machte; Friedrich ließ sich von Professor Karmann dessen letzte Reise in Valsugana schildern, Konsul Eberhard verschwand beglückt hinter Mrs. Clarendons kleingetupften Foulardpludderärmeln; der kleine v. Zobel, der zwar sozusagen schon Schulter an Schulter mit Lucy saß, rückte unter den unwahrscheinlichsten Vorwänden immer noch näher zu ihr hin, Kläre Kaim schob ihre spitzenbesetzten Ärmelchen ein wenig zurück, kränkte sich im Stillen, daß ihre schöne Blondinenhaut weder das Zola'sche *»poil fauve«*, noch die Maupassant'schen *»petites gouttes de sueur«* produzieren wollte und renommierte vor Mr. Cunning kräftigst mit ihrer unverwüstlichen Gesundheit, die ihr gestatte, bei 9 Grad Wasserwärme zu baden, mit dem »Mut zum Fehltritt« und dem »Recht auf heißblütige Sünde« – –

»Was thun wir jetzt eigentlich«, fragte die Professorin Karmann, als der Kaffee aufgetragen wurde und die Herren sich ihre Zigarren ansteckten.

»Baden möcht' ich«, sagte Kläre Kaim und breitete ihre Ärmchen weit aus; eine symbolische Andeutung, daß die innere Hitze sie zu ersticken drohte – –

»Bitte sehr«, rief ihr von Zobel ganz trocken über den Tisch hin zu. Alle lachten und sie war außer sich, denn sie konnt's nicht hindern, daß sie bei diesem Gelächter errötete.

»Aber Baron«, warnte Mrs. Clarendon.

»Gnädige Frau befehlen?«

»Nein, Kinder, ernsthaft, was thun wir?«

Nun kamen selbstverständlich alle möglichen, hauptsächlich aber alle unmöglichen Vorschläge; endlich aber einigten sie sich dahin, daß sie die allergrößte Hitze hier im schattigen Wirtsgarten abwarten, dann gegen Abend nach Feldafing zu Fuß gehen, dort zu Nacht essen und von da aus mit dem letzten Zug nach München zurückfahren wollten.

Gegen fünf Uhr rüsteten sie dann zum Aufbruch, und nachdem die erste kurze, aber sehr unangenehme Wegesstrecke zurückgelegt war, ein schmaler, baumloser Wiesenpfad, auf den die grelle Nachmittagssonne unbarmherzig niederbrannte, atmeten alle entzückt auf, als sich ihnen der schattenspendende, prächtige Wald erschloß, der die Ufer des Starnberger See's umkränzt, die verstreut liegenden Ortschaften gleichsam durch eine Riesenguirlande miteinander verbindend. Mächtig reckten sich die dunklen Tannen, die weißstämmigen Buchen dem Himmel entgegen, der in ernster, tiefer Bläue durch ihren feinverästelten Schleier niederschimmerte. Neugierig versuchten glitzernde Sonnenstrahlen das grüne Blätterdach zu durchdringen – aber trotz seiner Zartheit wehrte es ihnen den Eintritt so siegreich, daß nur da und dort ein Feuerschlänglein über einen Zweig kriechen, ein goldiger Fleck erzittern konnte auf dem braunroten Nadelteppich des schmalen Pfades, der sich dem Seeufer entlang zieht. Um so übermütiger und lachender lagerten sie sich draußen über dem blauen Gewoge des See's, und das einförmige Plätschern, mit dem die schaumgekrönten Wellen am waldbesäumten Strande zerschellten, klang wie hinsterbende Liebesseufzer, unter heißen Strahlenküssen verhaucht – –

Sonst kein Laut, keine Bewegung ringsumher – kein Vogel regte sich, kein Schmetterling durchschwebte mit buntem Flügelschlag die grüne Einsamkeit, nicht einmal eine Blindschleiche zog sich träge über den Weg; dumpfes, brütendes Schweigen über der ganzen Natur, als lausche sie ahnungsvoll, begierig, brünstig –

Gemächlich wandelte die lustige Gesellschaft dahin, und da auf dem engen Wege immer nur zwei nebeneinander gehen konnten, so war es ein ziemlich langer Zug, den Max und Elisabeth als letztes Paar beschlossen. Zuerst schritten sie kräftig aus, um immer dicht bei ihrer Gesellschaft zu bleiben, nach und nach aber verlangsamten sich ihre Schritte – jetzt waren sie schon ein gutes Stück hinter den andern zurück; zwar nahe genug, um jeden bösen Schein zu vermeiden, und doch schon so fern, daß die Stimmen der andern nur noch als wirres Getöne zu ihnen herdrangen –

Am dämmerigen Himmel schwamm schon die blasse Mondsichel in einem flutenden Meer durchsichtiger Lämmerwölkchen, der Wald mit seinen mächtigen Tannen und Buchen lag nun völlig in mildem Abendschatten gebreitet, aber draußen auf dem See tanzten immer noch glitzernde Sonnenstrahlen, so daß man unwillkürlich die Augen schließen mußte, wenn durch die Lichtungen des Buschwerks hindurch solch schimmernder Fleck erglänzte. Und immer noch das dumpfe, brütende Schweigen ringsumher, als harre schwüle, bange Neugier auf den mächtigen, alles übertönenden Schrei – – Jetzt begann ein Vögelchen zu zwitschern, erst leise und schüchtern, dann lauter und lauter, bis perlendes Schluchzen und herzberückendes Jubeln seiner Kehle entfloß; es sang so süß, so überselig, als sollt' es den heimlichen Zauber, den schweigenden Wonnerausch der Brautnacht verkünden – –

Bislang hatten Max und Elisabeth sich zusammen unterhalten, erst lebhaft und eifrig, dann immer flockender, jetzt verstummten sie völlig; beide standen unter dem Banne dieser Umgebung, die tändelndem Liebesgirren, leidenschaftlich-zärtlichem Geflüster entgegenzuträumen schien ....Und die beiden schwiegen, des äußeren Zwanges müde, der sie hieß, von gleichgitigen, fernabliegenden Dingen zu reden, während ihre Gedanken sich doch schon so innig vermählt hatten, daß jeder dem andern vom Gesicht ablesen konnte, wie sie immer und immer nur das eine, einzige umkreisten – – Mit gesenkten Augen ging Elisabeth dahin; in rätselhafter Scheu wich sie Heßlings Blicken aus, die sie unablässig auf sich ruhen fühlte, denn er konnte sich heute gar nicht satt sehen an dieser hohen, üppigen Gestalt, an diesem schlanken Halse, der sich so blendend weiß aus zarter Spitzenumsäumung hervorhob – –

Entzückend war sie anzuschauen in ihrem einfachen, hellen Sommerkleide und dem breitrandigen Strohhut, von dem große Rosen auf ihr dunkles Haar niederfielen, so recht dazu angethan, heißes Verlangen zu erwecken – – Wie diese schämig gesenkten Augen ihr den Reiz erhöhten! Und dennoch! Wenn sie sie nur aufschlagen möchte, nur ein einziges Mal, daß er den Widerschein seiner eigenen in ihnen erglänzen sähe – nur ein einziges Mal, wenn sie sie heben wollte – aber sie blickte nicht auf. Den ganzen Tag über war sie von einer zündenden, zuletzt unnatürlichen Heiterkeit gewesen; nun löste sich die nervöse Spannung ihres ganzen Wesens in schweigendes, unnennbar süßes Sehnen und Verlangen. Und doch mußte sie jenes Abends gedenken, an dem der Ekel alles in ihr ertötet hatte. – Ja, das mochte damals geschehen, in der ungesunden Luft des stickigen Salons, aber hier im duftenden Walde war jede Regung stark und lebensfähig, wie die Baumriesen, die kräftig und stumm sich dem Himmel entgegenreckten – –

Zum ersten Male sah sie ihn jetzt an, lange, lange gingen ihre Blicke ineinander, und Elisabeth war's, als sei jetzt schon jede Schranke gefallen, als stünde sie hüllenlos vor ihm da, gefesselt, daß sie sich nicht bergen konnte, und müßte vergehen vor Scham und wonnigem Verlangen unter seinem heißen, heißen Blick – –

Die Erinnerung an seine Küsse stieg wieder in ihr auf, und hier in der schwülen Einsamkeit des Waldes stachelte sie sanftes Begehren zu schier unbezähmbaren Wünschen empor, – einzig und allein von dem Willen des Mannes, der da neben ihr ging, hing jetzt alles ab. – Aber auch ihm fiel jener Abend wieder ein.

Nie zuvor und nie mehr in späteren Zeiten hatten sie sich so begehrt und ersehnt, so Eines dem Andern an die Brust stürzen mögen, um dort zu vergehen, aber ihre Lippen fanden keinen Laut. Schweigend schritten sie den Rest des Weges nebeneinander hin.

Erst als sie mit den andern auf der Strauchschen Terrasse saßen, kam wieder Leben in die Beiden zurück. Max war sogar sehr übermütig und riß alle zu einer lärmenden Heiterkeit mit fort. Elisabeth hingegen kostete es große Anstrengung, am allgemeinen Gespräche teilzunehmen: sie wäre gar zu gerne ruhig dagesessen und hätte hinausgestarrt auf den bläulichen See, in dem sich das Mondlicht zitternd spiegelte. Ein paar Mal sah Max zärtlich zu ihr hin, doch immer schlug sie errötend die Augen nieder.

Aber dieses Mal hielt der Rausch an. – Und dann kam der Augenblick, in dem ihre gewaltsam entfachte Sinnlichkeit endlich hell aufloderte, sie willenlos dem begehrenden Manne in die Arme sinken ließ.

Und ringsum nicht einmal eine stimmungsvoll abgetönte Umgebung, die solch plötzliches Aufwallen der Leidenschaft hätte zeitigen oder wenigstens rechtfertigen können, kein duftender Wald, kein murmelnder See, nicht die flirrende, gedankenlähmende Hitze des strahlenden Julitages, inmitten desselben Heims, in dem sie ihre Flitterwochen verlebt hatte, in dem Zimmer, wo ihr Kind mit seiner Puppe zu spielen pflegte, hinter den Portieren ihres Salons, durch die das Sonnenlicht in bunten Farben floß – – hastig, gewöhnlich, roh, wie das niedere Volk seine Liebesstunde begeht. – –

Aber das alles war ganz gleichgiltig, denn sie, die sonst gern einen Schuh hoch über dem Alltäglichen dahinwandelte, bemerkte gar nicht, wie furchtbar brutal all die großen und kleinen Züge dieser ganzen Begebenheit sich thatsächlich ausnahmen. Sie empfand nur, daß ihr

Verlangen gestillt war, daß sie etwas Außergewöhnliches erlebte, daß sie wieder und immer wieder begehrt wurde, und wie im Fiebertraum wandelte sie die folgenden Tage einher.

IX.

Tage, Wochen, Monate schwanden dahin, ohne daß Elisabeth zur Besinnung gekommen, sich über das Verbrecherische des Geschehenen klar geworden wäre. Sie war so erfüllt von dem Wunsch, ihren Geliebten bei sich zu haben, von dem Bestreben, ihren Mann durch eine geschickt gespielte Komödie zu täuschen, daß sie sich selbst nie recht angehörte und gar nicht zum Nachdenken kam. Für Friedrichs grenzenloses Vertrauen hätte sie zwar nicht einmal überklug zu Werke gehen brauchen, sein Glaube an sie blieb unerschüttert und er bewies sogar durch verdoppelte Liebenswürdigkeit gegen den Legationsrat, wie wenig ihm an dem gar nicht mehr verstummen wollenden Klatsche lag.

So ging die *ménage à trois* ruhig weiter, und Elisabeth traute oft ihren Augen nicht, wenn sie sah, mit welcher Zuvorkommenheit Friedrich den unfreiwilligen Gelegenheitsmacher spielte, wie er, gleich hundert andern seinesgleichen, keine Ahnung von dem hatte, was doch die Spatzen auf den Dächern pfiffen! Von wirklicher Liebe konnte in dem sündigen Verhältnis kaum die Rede sein; Elisabeths unbestimmte sehnsuchtsvolle Langeweile hatte sich endlich zu dem Bedürfnis abgeklärt, etwas Aufrüttelndes zu erleben: Heßlings Huldigungen schmeichelten ihrer Eitelkeit, ihre Überspanntheit flunkerte einiges von glühender Leidenschaft und alle konventionellen Schranken niederstürmender Liebe, der große Galeotto schwang kräftig seine Hetzpeitsche, und so war sie denn eben eines schönen Tages in die Arme des Legationsrats geeilt.

Für Max war die ganze Sache von Anfang an nur eine Spielerei gewesen, bei der er sich lange Zeit hindurch überhaupt gar nichts dachte, und als sie nun weiter geführt hatte, wie er's vermutet, da freute er sich seiner reizenden Eroberung, ganz so wie Elisabeth sich der eigenen Schwäche freute, und die erste Zeit dieses Liebesfrühlings ging den Beiden in einem Glück dahin, das zum Teil wirklich empfunden, zum weit größeren Teil aber erlogen war.

Den ersten Stelldicheins hatte Elisabeth mit fiebernder Ungeduld entgegengeblickt; in der Nacht, die dem glückseligen Tag vorausging, legte sie sich immer mit dem überschwenglichen Glücksgefühl zu Bett, das die Kinder am Abend vor der Christbescheerung durchzittert: »Morgen – endlich – morgen!« Sie mühte sich, schon beim allerersten Tagesgrauen wach zu sein, nur um die Wonne des Erwartens länger zu genießen, nur um wieder für Augenblicke einschlafen und dann verträumt lächelnd emporfahren zu können: »Heute kommt er!« Voll Ungeduld sah sie eine Stunde nach der andern Abschied nehmen, und dennoch wollte sie ein leises Bedauern beschleichen bei diesem Verrinnen – entschwand doch mit einer jeden Minute ein Teil des herrlichen, heißersehnten Märchentages.

Nie war sie liebevoller mit ihrem Mann, zärtlicher mit ihrem Kind, nachsichtiger gegen ihre Dienstboten als vor diesen Stunden; kein Armer ging da unbeschenkt von ihrer Thüre und mit aufrichtigem Mitleid sah sie zu, wie ihre Köchin aufwusch oder ein Bettler für ein Stück trockenen Brotes »Gelts Gott tausendmal« sagte. Thränen traten ihr in die Augen – großer Gott, die Welt war doch so schön, das Leben so strahlend – warum denn konnten nicht heute wenigstens alle Menschen so glückberauscht sein wie sie selbst? Je näher der Augenblick rückte, um so fiebriger wurde sie; wieder und immer wieder fand sie etwas verbessernd zu ändern, an ihrem Anzug, an ihrer Frisur, an ihrem Aussehen, an ihrem Zimmer, ja selbst an Dingen und Räumen, die sein Auge niemals erblickte – – Kam er dann endlich, so lag sie wie betäubt in seinen Armen und halbe Stunden vergingen, ohne daß ein wirklich gesprochenes Wort gewechselt worden wäre, in Küssen, in Zärtlichkeiten, in sinnlosem Liebesgeflüster – – Neigte sich aber die Schäferstunde zu Ende, mußten sie Friedrichs Heimkehr befürchten oder sonst irgend eine Störung ihres Liebesgetändels, dann saßen sie sich beklommen, ja verlegen gegenüber, und sie, die sich sonst so viel zu sagen gehabt, so vielerlei Berührungspunkte mit einander gefunden, sie mußten sich jetzt mühen, ein fortlaufendes Gespräch zu unterhalten, und fanden, daß die Zeit erstaunlich langsam dahinkröche. Ohne allzu tiefes Bedauern sagten sie sich Lebewohl, und wenn sie getrennt waren, gedachten sie einander ohne besondere Erregung; aber sobald die Stunde der Liebeswonnen näher rückten, waren sie wieder glühend verliebt. – Recht bald aber fand Elisabeth den Reiz des Heimlichen minder groß als früher, da sie sich noch nicht hingegeben und dennoch ein stilles Einverständnis sie mit Max verbunden hatte, war's auch nur ein Wort, die Betonung eines Wortes, ein Blick, ein Gedanke. Für diese entzückenden Heimlichkeiten zahlte sie jetzt einen zu hohen Preis, oder vielmehr sie wagte einen zu hohen Einsatz: Wenn heute eine unberufene Hand den Schleier des Geheimnisses lüftete, so mußte sie als Ehebrecherin errötend dastehen, während er damals nur eine geschickte Taschenspielerin barg, die lachend den Unschuldsbeweis hätte erbringen können, sobald man sie ernsthaft sündiger Zauberei beschuldigte. Auch war sie keine andauernd leidenschaftliche Natur, das Umworbenwerden hatte für sie weit mehr Reiz als das Gewähren; trotz allem war sie weit mehr zur leidenschaftslosen Braut, zur überzärtlichen Mutter geschaffen als zur liebeatmenden Frau, die stets mit neuer Glut Wonnen gewährt und empfängt. – Bald sah sie denn auch den einst so heiß erwarteten Liebesstunden ohne fiebernde Ungeduld entgegen, und es verletzte sie nicht einmal besonders, daß Max sich schon ein paar Mal dabei verspätet hatte, nur um Minuten natürlich, aber immerhin verspätet; er wiederum gestand sich erleichtert ein, daß Elisabeth einen allenfallsigen Bruch wohl nicht mit dem Leben oder mit ihrem Lebensglück bezahlen würde. Denn die Leidenschaftlichkeit, die sie in der allerersten Zeit ihrer Beziehungen an den Tag gelegt, hatte zwar seinen Sinnen gefallen, seiner Eitelkeit geschmeichelt, aber leise, ganz leise waren ihm doch schon trübe Bedenken gekommen, daß es ihm am Ende bestimmt sein möchte, immer wieder und wieder solche Gluten zu erwecken und rückwirkend zu empfinden, bis er eines schönen Tages unversehens in jenem verhaßten Hafen landete, den der Franzose »*collage*« benennt, während der Deutsche, eines gleichbedeutenden Wortes entbehrend, es galant und sentimental mit »unlöslicher Liebesbund« umschreiben muß. Denn an einen richtigen Krach durfte er gar nicht denken: Das war roh, geschmacklos, gefährlich sowohl für die Frau wie für ihn und seine Zukunft. Mit aufrichtigem Vergnügen konstatierte er also die allererste, nur einem außergewöhnlich scharfen und suchenden Auge bemerkbare Abkühlung in Elisabeths Gefühlen, und obschon sie für ihn nicht gerade etwas sehr Schmeichelhaftes bedeutete, so war er doch an diesem Tage zufriedener, gehobener, dankbarer als je zuvor; ja, ja, sein Scharfblick hatte ihn damals auf jenem Frankenball nicht getäuscht, sie war wirklich eine große, außerordentlich feinfühlige und taktvolle Weltdame, nicht ein spießbürgerlich verliebtes, lästig werdendes

Gänschen. Er durfte sich wohl der sicheren Hoffnung hingeben, daß sie sich einmal trennen würden, ganz so wie sie sich gefunden, ohne »éclat«, daß sie nicht nur ohne Bitterkeit, sondern mit freundlich dankbaren Gefühlen einst an einander zurückdenken würden. Allezeit wollte er erkenntlich bleiben für die Liebe, die ihm die schöne Frau gewährt, und diese wiederum dankte ihm nicht nur zärtliche Stunden, sondern auch in gewisser Hinsicht eine verbesserte gesellschaftliche Stellung. Denn wenn es ihm auch nicht gelungen war, sie zu einer »Königin des Salons« zu lancieren, wie er sich's einst in frevlem Übermute angemaßt, so wurde sie doch jetzt weit mehr aufgesucht wie früher. Männer, die sie früher fast völlig übersehen hatten, bestrebten sich jetzt, ihre Bekanntschaft zu machen, und auch die, ach so zahlreichen Frauen der guten Gesellschaft, deren Vergangenheit oder Gegenwart einen dunklen Punkt aufwies, bezeigten ihr jetzt, da ihrem Tugendkrönlein eine Perle entfallen, weit mehr Sympathieen als damals, da sie noch zu den unbesprochenen und folglich auch zu den besten Frauen gehörte. Jetzt erhielt sie Einladungen, bei Bazars mitzuverkaufen, in Wohlthätigkeitsvorstellungen mitzuwirken, Aufforderungen, die ihr früher nie zu teil geworden, ihr Erscheinen auf einem Ball, im Theater wurde mit einem Male bemerkt und besprochen, ein gewisser irrwischhafter Nimbus begann sich flimmernd um sie zu breiten. – Und wem anders verdankte sie das, als ihm, der ihr zuerst Gelegenheit gegeben, sich aus der Frauenmasse heraus als Individuum zu kennzeichnen, der staunenden Menge kund zu thun, daß sie noch zu anderm Neigung und Geschick besaß als zur Frau, Mutter und Amtsrichtersgattin. Und nachdem die Menge sattsam gestaunt, daß die einfache Hausfrau sich mit einem Mal zur pikanten Weltdame wandeln wollte, hatte sie sofort begriffen, daß diejenige, zu der Legationsrat Heßling sich »beseligend herabgelassen«, warmes förderndes Interesse beanspruchen durfte …

Zweifelsohne würde Elisabeth verständig genug sein, sich mit diesen ihr sehr wertvollen Errungenschaften über seinen dereinstigen, vielleicht nicht allzu fernen Verlust zu trösten. Denn da er allgemach anfing, seines etwas sehr in die Länge gezogenen, legationsrätlichen Zustandes überdrüssig zu werden, hatte er sich gerade in letzterer Zeit wieder mit einem Plan befreundet, dessen Für und Wider er schon früher einmal bedacht: dem Übertritt in den Reichsdienst, der ihm zwei glänzende Wege erschloß. Der eine davon führte zum diplomatischen

Konsulat, für das ihn seine Sprachkenntnisse und seine Umgangsformen fast zu prädestinieren schienen, am Ende des andern winkte vielleicht, wenn auch aus Rio, Nanking oder Teheran her, – der heiß umworbene Gesandtschaftspalast. Natürlich konnte sich eine derartige Veränderung nicht von heute auf morgen vollziehen; zuerst galt es, alle Chancen genau zu kennen, zu erwägen, zu überlegen, wenn möglich während einer Ferienreise an Ort und Stelle das Terrain zu sondieren. Auch sollte es um keinen Preis so aussehen – wie seinerzeit bei dem Präzedenzfall eines hochadeligen Kollegen – als ob er um einer Kränkung oder Hintansetzung willen mit dem baierischen Staate grolle; nein, ganz vorsichtig wollte er in einiger Zeit die ersten nötigen Andeutungen fallen lassen, bis sich schließlich, nach Jahr und Tag etwa kein Mensch mehr wundern konnte, wenn er um seine Entlassung ans dem baierischen Staatsdienste einkam und nach Berlin ging, »um dort dem nationalen Gedanken mit Leib und Seele zu dienen«. Fürs Allernächste freilich, bis er mit sich selbst völlig ins Reine gekommen, wollte er noch tiefes Stillschweigen bewahren, nur Elisabeth hatte er eingeweiht – nicht ohne leichtes Herzklopfen. – Aber jedenfalls hielt er es für geratener, auch sie langsam allmählig vorzubereiten, denn brutale Tobeszenen, wie sie plötzlichen Eröffnungen zu folgen pflegen, waren ihm in tiefster Seele zuwider und dann – wer konnte wissen, ob der Schreck über die Trennungskunde sie nicht so völlig darniederwarf, daß er sie, – fürs erste wenigstens, – unmöglich verlassen durfte, aus Rücksicht sowohl wie aus Klugheit.

Seine schonenden Vorbereitungen erwiesen sich indessen als völlig überflüssig. Elisabeth vernahm die Schreckenskunde ohne sonderliche Erregung, ja, sie freute sich sogar darüber um Heßlings Willen, dessen brennenden Ehrgeiz sie nur zu gut kannte, und war auch mit ihren Gefühlen für ihn bereits auf jenem Standpunkt angekommen, von dem aus sie den Gedanken der Trennung zwar immer noch mit einigem Bedauern betrachtete, aber doch ohne lautes Entsetzen oder stillen Gram zu erwägen imstande war. Sie weinte zwar furchtbar, als Max zum ersten Mal von diesem vielleicht nahe bevorstehenden Abschied sprach, sie fiel ihm auch um den Hals, beteuerte ihm, daß sie grenzenlos unglücklich sein werde, daß sie ihm immer treu bleiben wollte, und daß er ihr sehr oft schreiben müßte – – aber er sah, hörte und fühlte deutlich, daß dies alles weit mehr anempfunden, denn erlebt sei. Mit dieser Erkenntnis befiel ihn eine so freudige Rührung, daß auch ihm die Thränen in die Angen traten, seine Stimme zitterte, versagte, und als er der Geliebten mit warmen schwungvollen Worten beteuern konnte, daß nichts, aber auch gar nichts auf der Welt ihre Herzen je von einander reißen sollte, wenn auch dereinst die Pflicht ihn von hinnen treibe, die eherne, unerbittliche Pflicht, deren Ruf ein treuer Diener seines Herrn folgen muß, ob ihm auch das Herze darüber brechen will. Und Elisabeth, die an Seelengröße hinter diesem gewaltigen Manne nicht zurückstehen wollte, fand sich mit überraschender Leichtigkeit in die große starkgeistige Frau hinein, die mit übermenschlicher Anstrengung sich selbst bezwingt und den Geliebten zum Altar des Vaterlandes hingeleitet. Und wer konnte wissen, ob ihr heldenmütiges Opfer ihr dereinst nicht glänzend gelohnt wurde? Ob der Geliebte nicht emporstieg höher und immer höher, bis er endlich als eine der vornehmsten Zierden Deutschlands prangte und Elise von Hohenhausen ihren »berühmten Freundschaftspaaren« schleunigst ein neues Kapitel nachtragen mußte. Das längstverklungene Märchen vom sonnenmatten Adler und der jubelnden Gefährtin begann, sozusagen neu einstudiert, wieder in seine Rechte zu treten, und so völlig lebten sie sich in ihre Rollen ein: Der starke Held der Pflicht und das hochgesinnte entsagende Weib, daß sie wirkliches Erlebnis und Komödie nicht mehr genau unterscheiden konnten. Erst als sie von einander gegangen waren, fingen sie an, über sich nachzudenken, und jedes schämte sich ein ganz klein bißchen vor sich selbst und vor seinem Partner.

Von diesem Tage an ähnelten ihre Beziehungen gewissermaßen jenen Ehen, in denen Mann und Frau sich schweigend, heimlich lächelnd alles verzeihen, weil eben jeder sehr der Verzeihung bedarf. Und wenn sie fernerhin von der Abberufung und der Trennung auch nur mit Trauermienen sprachen, deren Heuchelei ihnen freilich nur halb zum Bewußtsein kam, so dachten sie doch gar zu gerne heimlich an das deutsche Reichsamt in Berlin, in dem ihre etwas abgemattete Liebe sich zur Ruhe setzen konnte.

X.

Elisabeths Gefühle für Friedrich hatten im Laufe dieser Zeiten mancherlei und seltsame Wandlungen zu erleiden. Von allem Anfang an fand sie seine gutmütige Vertrauensseligkeit unbegreiflich, ja lächerlich, und doch brachte sie es nicht übers Herz, ihn zu verachten, so gern sie es auch gethan und damit ihrer sündigen Liebe einen sophistischen Milderungsgrund geliehen hätte. In der ersten Zeit, da sie für Max noch flammte und glühte, betrachtete sie ihn mit jenem geringschätzigen, überlegenen Lächeln, das welterfahrene Menschen gerne für naive Träumer übrig haben; nach und nach aber stieg so etwas wie heimlicher Groll in ihr auf: sie fing an, ihm gram zu sein, weil sie fühlte, wie hoch sie in seiner Schuld stand, weil sie wußte, daß er jeden Augenblick ihrer erborgten Liebesherrlichkeit mit Schimpf und Schande ein Ende machen konnte – – Mitunter gewährte ihr ein tückisches Vergnügen, sich ihm gegenüber gar nicht zu bemeistern, und ohne jede Veranlassung zeigte sie ihm dann mürrische Mienen, gab ihm undliche, böse Reden. Forschte er dann liebevoll nach dem Grund ihrer Verstimmung oder ging er, wenn sie's gar zu toll getrieben, schweigend von dannen, anscheinend böse und doch den Schritt hemmend, um beim ersten guten Wort sie desto rascher in die Arme nehmen zu können, – dann schnürte es ihr das Herz zusammen, und wenn er gegangen war, weinte sie viele bittere Thränen um das reine, entschwundene Glück, das sie so frei und stolz hatte zeigen dürfen, das sie niemals erkannt und geschätzt, bis zum heutigen Tage, da es ihr verloren war für immer ... Ach Gott, mein Gott, wenn doch alles nur ein häßlicher, wirrer Traum wäre, von dem sie erwachen könnte und ihrem Mann lachend, wohlig aufatmend erzählen – – Aber der Traum schwand nicht, blieb garstige Wirklichkeit: sie war keine anständige Frau mehr, sondern die Geliebte eines fremden Mannes, die nicht frei und offen bekennen durfte, was sie bedrückte, die immerzu verbergen und heucheln mußte, um den Gatten in seinem seligen Nichtwissen, die Welt in ihrem freundlichen Nichtwissenwollen zu erhalten. Deutlicher als jemals zuvor offenbarte sich hier der Bruch in ihrem Charakter, das ungleiche Verhältnis darin zwischen Wollen und Können: sie wäre ja gar zu gerne eine außergewöhnliche Frau gewesen, eine von jenen, die als temperamentvoll gelten und über die hinweg sich die Männer mit verständnisvollen Blinzeln ansehen, aber sie war nicht schlecht genug, um sich ihres Fehltritts in aller Seelenruhe zu freuen, und bei weitem nicht groß genug, um ihr Thun nur vor den Gesetzen ihres eigenen Ichs verantworten zu wollen und zu können. Der Gedanke, daß es jetzt etwas in ihrem Leben gab, was niemand wissen durfte, was eine Schande bedeutete, plagte sie, verursachte ihr das größte Unbehagen; sie kam sich vor wie eine fürstlich gekleidete Dame, die unter ihren Prachtgewändern unsaubere Wäsche, zerrissene Strümpfe trägt. Die goldene Freiheit, von der sie sonst immer geträumt, kam ihr jetzt, da sie heimlich von ihr errungen und zu Nutze gemacht worden war, gar nicht mehr so golden vor, sie fand jetzt vielmehr, daß ihre frühere verantwortungslose, ruhige und anständige Unfreiheit ihr eigentlich bei weitem vorzuziehen war. Sonderbar! Von der Bühne herab sah sich solch sündiges Liebesglück doch meistens sehr verlockend an, es las sich auch recht hübsch davon, aber in Wirklichkeit war es doch sicher richtiger und besser, eine anständige Frau zu sein, als eine gefallene. Zuerst bäumte sie sich auf gegen ihre eigene Härte, wer durfte die eine Gefallene nennen, die sich aus Liebe um Liebe ergiebt? Aus Liebe – um Liebe – – wie eine Beschwörungsformel, die böse Geister bannen soll, wiederholte sie sich diese Worte immer auf's neue, aber wenn auch die Zärtlichkeiten des Geliebten zeitweise ihre Skrupel hinwegzuschmeicheln vermochten, so wuchs dennoch ihre innere Unzufriedenheit langsam, aber immer kräftiger empor; zehn Jahre ihres Lebens hätte sie willig hergegeben, wenn sie diese letzten Monate hatte auslöschen, das Gedächtnis daran für immer tilgen können.

Ein paar Mal hatte sie schon daran gedacht, mit Max zu brechen, jedesmal aber schob sie den Gedanken wieder weit von sich weg. Nein, nein, das ging nicht, ging wirklich nicht – – Mit dem besten Willen konnt' sie sich nicht entschließen, ihm so ohne weiteres den Abschied zu geben, ihm und den aufregend-reizvollen Heimlichkeiten, die solch ein Verhältnis bedingt – – Und wozu auch sich und ihm so offen eingestehen, daß sie sich Vorwürfe machte wie eine echte, rechte Spießbürgerin, daß sie sich einen Standpunkt angemaßt, den sie dauernd nicht zu vertreten vermochte, daß sie ganz und gar nicht das Zeug zum Übermenschen besaß, da sich doch in kurzer Zeit eine so schöne friedliche Lösung dieses Konfliktes bot: Maxens Abberufung ins Reichsamt. Und hatte er erst einmal München verlassen, dann wollte sie einen dicken Strich unter die Vergangenheit ziehen und durch hundertfältige Liebe und Sorgfalt ihrem Manne alles wieder einbringen, was sie, ohne sein Wissen freilich, an ihm gesündigt. Gar nicht mehr unfreundlich und launig wollte sie sein, gar nicht mehr unzufrieden mit der Enge ihres Lebensbezirkes; jetzt war sie gewitzigt, jetzt würde sie schon vollauf zu schätzen wissen, was sie besaß! Dann später einmal, wenn sie alte Leutchen waren mit schlohweißen Köpfen und zitterigen Händen, so etwa, wenn Lieschens Erstgeborenes Hochzeit hielt, dann würde sie ihrem Manne vielleicht auch alles beichten, und er würde ihr runzliches Gesicht in seine Hände nehmen und sagen: »Ich hab Dich doch lieb, denn Du hast mir Glück bereitet ein Leben lang.« Bald gehörte diese Greisenidylle zu ihren Lieblingsvorstellungen, es lag wirklich etwas rührend-poetisches darin und es gewährte auch solche Beruhigung, zu denken, daß man sich vor dem Tode noch durch ein Geständnis erleichtert, denn die haltlose Natur Elisabeths schrie förmlich nach der inneren Entlastung, welche das offene Bekennen einer Schuld gerade schwachen Charaktern so wohlthätig gewährt.

Wenn nur erst Max einmal fort war! Wieder sah sie den Stelldicheins mit fiebernder Ungeduld entgegen, aber jetzt nur, weil sie hoffte, er sollt' ihr endlich einmal in schonenden Worten mitteilen, daß es nun ernst würde mit dem Reichsdienst. Ein paar Mas fragte sie auch so von hinten herum, wie lange denn ihr »Glück« wohl noch dauern könne ... Als aber Tag auf Tag verstrich, ohne daß es »zerstört« worden wäre, als Max ihren zarten Fragen zuerst nur mit ausweichenden Antworten begegnete, bis er ihr schließlich mit ziemlich konventionell aussehender Freude erklärte, daß die Auseinanderreißung im Namen des Vaterlandes als »auf unbestimmte Zeit verschoben« zu betrachten sei, da bemächtigte sich ihrer eine solche innere Unruhe und Nervosität, daß sie nur mehr mit halbem Ohre hinhörte, wie er ihr die ungehoffte Verlängerung ihrer Liebesidylle erklärte ... Zum Henker auch, sie wollte doch nun wieder eine anständige Frau sein, da war doch die Vorsehung wirklich verpflichtet, ihr den Rückweg zur Tugend zu ebnen, statt ihn geflissentlich zu verlängern und zu erschweren. War's denn nicht ganz gemeine, hinterlistige Schicksalstücke, daß Max die Reichsdienstidee schon wieder beiseite schob, nur um einiger halber Andeutungen willen, die Seine Excellenz der Minister hatte fallen lassen über einen in absehbarer Zeit vielleicht neu zu kreierenden Geschäftsträgerposten in – ach, wahrscheinlich irgendwo sich die Füchse gute Nacht sagten. »Vielleicht« ... absehbare Zeit ... wirklich unglaublich, daß der gute Max, gegen den sich Baiern doch immer sehr unfreundlich benommen hatte, nun trotzdem wieder herwartete und herwartete, statt nach Berlin zu gehen, wo ihm Ruhm und Ehren winkten, wo er seine glänzenden Fähigkeiten bethätigen konnte, ein Talleyrand, ein Metternich werden – ja, warum nicht auch ein zweiter Bismarck?! ....

Nun kamen schlimme Zeiten für sie und ihre ganze Umgebung. Sie war unzufrieden mit sich, daß es ihr an Mut gebrach, sich von Max loszulösen, aufgebracht über ihn, daß er, vollkommen in die verheißungsvollen Andeutungen des Ministers versunken, ihre Verstimmung mit freundlicher Gleichgiltigkeit übersah – ob absichtlich oder unabsichtlich mußte dahingestellt bleiben – gereizt über ihren Mann, der immerfort täppisch-besorgt herumfragte, was ihr fehle und für ihre »überreizten Nerven« den Hausarzt konsultieren wollte, außer sich über die guten Freunde, die sie immer noch mit dem Legationsrat hänselten, den Platz an seiner Seite für sie frei machten, geradeso wie früher, die gar nicht zu begreifen schienen, daß sie nun genug daran hatte und ihre Ruhe haben wollte ....Eines Nachts bekam auch noch das Kind einen heftigen Croupanfall, der zwar in ein paar Stunden vorüberging, die Eltern aber auf den Tod erschreckte und insbesondere Elisabeth so zusetzte, daß sie mehrere Tage das Bett hüten mußte.

»Ach die Ärmste!« bedauerte der Legationsrat, als der Amtsrichter ihm auf der Straße von dem Anfall des Kindes berichtete und zufügte, daß seine Frau seit jener Nacht krank läge. »Ja, ja, ich kann mir's lebhaft vorstellen, es gehören starke Nerven dazu, um so etwas zu ertragen.« Bei sich aber dachte er: »Es gehören wahrscheinlich auch starke Nerven dazu, um diese Frau zu ertragen«, und der Amtsrichter kam ihm nicht mehr ganz so beneidenswert vor, wie damals auf jenem Fest im Hause Karmann – –

Im Laufe der nächsten Zeit sollte der Legationsrat reichlich Gelegenheit finden, die Solidität seiner Nervenstränge zu erproben. Elisabeth, die von Tag zu Tag zerfahrener wurde, verstand es, ihn mit ihren Launen bis ins Unendliche zu quälen, jedes Wort, das er sagte, reizte ihren Widerspruch, alles, was er that oder auch nur zu thun beabsichtigte, fand ihre lebhafteste Mißbilligung, sie suchte Streit und Zänkerei mit ihm, wo immer sie nur konnte, und gab nicht nach mit thörichten Grillen und unlogischen Einwürfen, bis er, der sich allezeit mühte, freundlich oder wenigstens ruhig zu bleiben, am Ende doch die Geduld verlor, heftig und barsch gegen sie wurde.

Waren sie dann endlich so weit gekommen, dann brach sie in hysterisches Weinen aus, beklagte sich über eine Lieblosigkeit und Härte, warf ihm vor, daß sie ihm nur eine Last sei – o mein Gott – das lasse er sie ja deutlich genug fühlen, aber lag's denn an ihr, daß er immer noch nicht Geschäftsträger war? Konnte sie denn etwas dafür, daß er immer noch hier sein, sich immer noch mit ihr beschleppen mußte? Und sie hatte ihm doch alles geopfert, was sie besaß – ihre Liebe, ihre Ehre, ja sogar die Ehre ihres guten Mannes, der sie so lieb hatte – o so lieb – Und Max, der spöttische erfahrene Weltmann, der allem ein *paroli* zu bieten verstand, war Frauenthränen gegenüber weich, ja feige wie ein Primaner; wenn Elisabeth weinte, kam er sich wirklich sehr erbärmlich vor, obschon er nicht einen Augenblick verkannte, daß sie ihm nur ihre eigenen Empfindungen unterschob – aber fast jedesmal küßte er ihr die Thränen von den Wangen, ließ alle Register der Liebesskala spielen, bis sie sich wieder in den Armen lagen und noch mit zornbebenden Lippen einander küssend die Welt und alles um sich her vergaßen …

XI.

Nach und nach schien Elisabeth nicht nur seelisch, sondern auch körperlich unter diesen unerquicklichen Verhältnissen zu leiden: sie sah blaß und abgespannt aus, bekam unschön scharfe Züge um Mund und Wangen und fühlte sich den ganzen Tag über müde, zerschlagen, unlustig zu allem, zu der kleinsten häuslichen Arbeit, zu jeder geistigen Anregung, zu jeder noch so harmlosen Zerstreuung. Friedrich bat sie aufs Neue, doch endlich ihren langjährigen Hausarzt Dr. Helmstedt zu konsultieren, aber Elisabeth weigerte es mit krankhaftem Eigensinn.

»Nein, nein, ich will keinen Arzt.«

»Aber warum denn nicht, jeder vernünftige Mensch läßt sich doch kurieren, wenn er krank ist!«

»Ich bin aber nicht krank, ich bin nur nervös, das kann mir ein Doktor auch nicht weghexen, Du mußt eben auch einmal Geduld mit mir haben.«

»Liebes Herz, ich hab doch weiß Gott immer Geduld mit Dir!«

»Immer? Soll das vielleicht heißen, daß man immer Geduld braucht, um mit mir auszukommen?«

»Es soll gar nichts heißen, als daß Du leidend bist und ich mich um Dich sorge.«

»Das ist ganz überflüssig, mir fehlt gar nichts. Ich weiß nicht, warum Du mich mitten drin à *tout prix* krank haben willst!«

Sie war immer erregter und verbissener geworden, und Friedrich mußte wirklich an sich halten, um nicht grob zu werden und ihr ein »Himmel-Herrgott-Donnerwetter« entgegenzuschleudern. Aber er bezwang sich, ging ohne etwas zu erwidern aus dem Zimmer und schlug nur krachend die Thüre hinter sich zu. Als er sich wieder etwas beruhigt hatte, überlegte er, ob er nicht vielleicht zu Dr. Helmstedt schicken sollte, ohne Elisabeth erst zu fragen ... Nein, es ging doch nicht gut; ernstlich krank schien sie ja nicht zu sein und wer weiß, wie sie in ihrer Launenhaftigkeit mit dem Arzt umspränge. Vielleicht auch hatte sie recht, sie war wohl nur nervös; man mußte wirklich mit ihr Geduld haben, sie nicht durch Widerspruch noch mehr reizen – – schließlich würde sie wohl von selbst zur bessern Einsicht kommen. Als er ein paar Stunden später zum Abendessen erschien, war sie denn auch in der That ebenso reizend, wie sie vorher unerträglich gewesen, und Friedrich beglückwünschte sich schon im Stillen, daß er geschwiegen; recht bald aber schlug die gute Stimmung wieder ins Gegenteil um, dann kam wieder einmal Lachen und Sonnenschein, bis Friedrich sich der Überzeugung nicht mehr verschließen konnte, daß seine Frau, die sonst doch einen leidlich guten Humor besessen, sich allgemach zum unberechenbar launenhaften Geschöpf herausgebildet hatte – –

Ein paar Wochen verstrichen so.

Dann ging ein Tag auf, an dem Elisabeth alles um sich her vergaß und mit heißen Verzweiflungsthränen bereute, daß sie ihrem Manne nicht folgen gewollt, sich durch die Diagnose des Arztes nicht ein schweres Geständnis hatte ersparen lassen – – Nun freilich war es zu spät, und der erbärmlichste Teil der Ehebruchskomödie stand ihr jetzt bevor.

Als ihr zuerst der Gedanke kam, daß es so um sie stehen könnte, als ein Anzeichen um das andere ihr bewies, daß ihre Vermutung zutraf, da meinte sie einen Augenblick lang, das Herz müßt ihr stille stehen vor Schreck. Max war einigermaßen bestürzt, als sie ihm das »süße Geheimnis« verriet – selbstverständlich noch ehe sie sonst mit irgend jemand davon gesprochen – und da auch er seltsamerweise niemals an diese, doch eigentlich sehr logische Möglichkeit gedacht zu haben schien, war sein Mißvergnügen ein so großes, daß er im ersten Augenblick jede Selbstbeherrschung vergaß, ein sehr verdrießliches Gesicht zeigte und etwas von »unglaublichem Pech« durch die Zähne murmelte. Diese sehr begreiflichen aber keineswegs schmeichelhaften Gefühlsausbrüche seinerseits trieben Elisabeths Zerfahrenheit bis zum Äußersten. Denn wenn sie auch nicht gerade erwartet hatte, daß er sie gerührt an seine Brust ziehen und ihr für das neue heilige Glück danken würde, das sie sich anschickte, ihm zu bereiten, so kam er ihr doch furchtbar selbstsüchtig und gemein vor, als er so völlig verstört neben ihr saß, ihre Hände ganz teilnahmslos in den seinen und, nervös an seinem Schnurrbart kauend, nur ab und zu ein einzelnes mehr zu sich denn zu ihr gesprochenes Wort hervorstieß, das trotz des großen Reichtums der deutschen Sprache eben doch nur immer wieder »Dummheit«, »Pech« oder »unglaublich« lautete. Als er sie aber dann gar mit mühsam erkämpfter Fassung bat, ihrem Mann so bald als möglich, ja heute noch, die nötige Mitteilung zu machen, da geriet sie völlig außer sich vor Wut, Ekel und – Angst vor dem, was er ihr da so ruhig zumutete.

»Weißt Du, was ich ihm sagen werde?« schrie sie ihm zornglühend zu.

Mit verschwommen-müdem Gesichtsausdruck schaute er sie an.

»Was willst Du ihm denn sagen? Ich meine, das liegt so klar auf der Hand, daß es sich nicht recht verlohnt, Rätselfragen darüber aufzugeben.«

Er lächelte schon wieder ein wenig bei diesen Worten, aber es war ein bitteres, gezwungenes Lächeln, und seine linke Schläfe zuckte dabei wie im Krampf. Seine leise Ironie wirkte auf Elisabeth ähnlich wie ein feuerrotes Tuch auf einen wütenden Stier.

»So, meinst Du, das sei so einfach?« Mit funkelnden Augen stellte sie sich ihm gegenüber. »O, es ist auch einfach, sehr einfach«, ein hysterisches Lachen gurgelte aus ihrer Kehle hervor. »Alles werd' ich ihm sagen, – verstehst Du – alles, alles – ja wohl, alles!« setzte sie wie bekräftigend hinzu, als er sie mit halb offenem Munde anstarrte – und sie lachte ihr garstiges Lachen weiter, bis es sich in krampfhaftem Weinen brach. Bitterlich aufschluchzend sank sie in die Knie, warf die verschränkten Arme auf den Sitz eines Sessels und, ihr Gesicht darin bergend, stöhnte und jammerte sie, daß es einen Stein erbarmen konnte. Beruhigend glitt Max mit seiner Rechten über ihr zerzaustes Haar, hob sie vorsichtig empor und zwang sie mit zärtlicher Gewalt, sich wieder neben ihn zu setzen. Als sie sich dann ein wenig gefaßt hatte, begann er ihr zuzureden, ernst und vernünftig; stellte ihr vor, daß es heller Wahnsinn wäre, jetzt durch ein freimütiges Geständnis einen unabsehbaren Skandal hervorzurufen, anstatt in aller Ruhe und Gelassenheit ihrem Manne eine Eröffnung zu machen, die ihn ja doch nicht wundern konnte, nicht wahr? über die er sich sogar wahrscheinlich sehr freuen würde.

»Aber ich will nicht – ich will nicht«, schluchzte sie eigensinnig weiter, »es ist zu gemein, o, so gemein, ihm auch das noch anzuthun!«

Gar zu gern hätte Max ihr klar gemacht, daß allerdings von einem besondern Mißgeschick ihrerseits die Rede sein konnte, schwerlich aber von einer Mehrung ihrer Schuld, die ja doch moralisch ganz die gleiche blieb, ob sie nun von Folgen begleitet war oder nicht. Aber er wußte, daß mit Frauen im allgemeinen und mit Elisabeth im besonderen niemals eine Einigung zwischen empfundenen und realen Thatsachen zu erzielen war, und so begnügte er sich, ihr abermals auseinanderzusetzen, und zwar noch eindringlicher als vorhin, daß es einfach unverantwortlich wäre, die Dinge von ihrer normalen glatten Bahn abzulenken und an dem ehrwürdig weisen Gesetze rütteln zu wollen, das da befiehlt: *»Pater est quem nuptiae demonstrant«.* Dies lateinische Zitat verletzte Elisabeth aufs neue, weniger seines Inhalts halber, als weil es lateinisch war und ihr von Max erst verdeutscht werden mußte. Sie schäumte förmlich vor Wut, daß er ihr immer, auch in den kleinsten Kleinigkeiten überlegen blieb. Ja, er hatte es freilich gut, er konnte lachen, er brauchte keine Geständnisse zu heucheln, er brauchte für das Kind nicht zu sorgen, er setzte sich aufs hohe Pferd, warf mit lateinischen Brocken herum, und wenn morgen sein Abberufungsdekret kam, dann machte er einen höflichen Abschiedsbesuch und war ein freier Mann, den die ganze Sache nichts, aber auch gar nichts mehr anging. Und doch war er ihr Mitschuldiger, ihr Spießgeselle, und er wollte sich so einfach von allem losschrauben, so gar kein Teil haben an dem, was er da mit angerichtet.

»Und ich sag' ihm doch alles – alles!« heulte sie immer weiter, »jetzt erst recht, – alles – alles –«

Langsam stand Max auf und griff nach seinem Hut, den er vorhin beim Kommen auf den Tisch gestellt hatte. Er sah deutlich, daß sie jetzt in keiner Weise zurechnungsfähig war, und aus dieser Erkenntnis glaubte er die beruhigende Gewißheit schöpfen zu können, daß sie nur in sinnloser Aufregung in den Tag hineinrede und nicht daran dachte, ihre abenteuerlich-gewissenhaften Pläne in Wahrheit umzusetzen. Eine Sekunde lang überlegte er, ob er ihr sagen sollte, was er sich dachte, gewann aber die Überzeugung, daß es rätlicher sein dürfte, die erregte Frau anscheinend vollkommen ernst zu nehmen.

»Ma chère, je suis au bout de mon latin«, sprach er mit einfacher Würde, sich zum Gehen wendend. »Thue, was Du nicht lassen kannst, was Du für recht findest, und sei überzeugt, daß ich Dir gegenüber stets meine Pflicht thun werde.« Diese letzten Worte sagte er allerdings nicht ohne eine gewisse peinliche Beklommenheit; wenn sein waghalsiges *va-banque* Spiel sie am Ende ermutigte, ihren tollen Plan

auszuführen! Er wartete, daß sie irgend etwas erwidern sollte, irgend einer jener nichtigen, anklammernden Abschiedszärtlichkeiten finden, mit denen sie sonst stets die Scheidestunde ins Endlose zu verlängern gewußt, aber sie war ans Fenster getreten, starrte hinaus in den langsam niederrieselnden kalten Märzregen und wandte nicht einmal den Kopf, als die Thüre vernehmlich hinter ihm ins Schloß gefallen war. –

Als er draußen auf der schlüpfrig nassen Straße stand und ihm der Wind sausend die kalten Regentropfen ins Gesicht wehte, als er's nun nicht mehr nötig hatte, sich selbst zu beherrschen, um dem sinnlos verzweifelten Weib das Gegengewicht zu halten, da überkam ihn ein so grenzenloses, inneres Unbehagen, eine so niederdrückende Erkenntnis seiner eigenen gefahrvollen Lage, daß ihm alles vor den Augen tanzte und er einen guten Bekannten und Kollegen, der freundlich grüßend vorüberging, ausdruckslos anstarrte, ohne ihn zu erkennen und den Hut erst lüftete, als der andere schon um die nächste Straßenecke bog. Auch fühlte er sich durch den eben erlebten heftigen Auftritt körperlich so elend und abgehetzt, daß es ihm unmöglich schien, jetzt auf's Bureau zu gehen und dort stundenlang mit gesammelten Gedanken ruhig arbeitend dazusitzen. So beschloß er denn, obschon dringende, fast unaufschiebbare Angelegenheiten seiner dort warteten, einmal in seinem Beamtenleben der Pflicht zu vergessen und schlug den Weg nach seiner Wohnung ein. Das Gehen wurde ihm ordentlich schwer, die Beine waren ihm matt und zerschlagen, als hätte er eben erst eine schwere Krankheit überstanden, die Straßen schlecht gekehrt, glitschig-naß, so daß man wirklich bei jedem Schritte Gefahr lief hinzufallen, all' diese vorbeidrängenden Menschen, die ihre aufgespannten Regenschirme so ungeschickt trugen, so linkisch auswichen … Trotz der Gummischuhe wurden seine Stiefel naß, weil er unaufmerksam genug war, in die allergrößten Pfützen kräftig hineinzutreten, statt sie sorgfältig zu umschreiten; wenn er einen Bekannten sah, befiel ihn eine nervöse Angst, daß der ihn gerade jetzt ansprechen möchte, und trotz alledem kam ihm der einfache Gedanke nicht, in eine Droschke einzusteigen und sich damit all den kleinen Unannehmlichkeiten zu entziehen, die ihn augenblicklich fast zur Verzweiflung brachten. Er empfand eben nur noch und dachte nicht mehr oder vielmehr er dachte immerfort nur an das, was sich eben abgespielt; verschwommen und nebelhaft zuckte ihm auch durch den Sinn, was jetzt wohl eigentlich werden sollte.

Seine alte Haushälterin war aufs höchste erstaunt, daß er zu so ungewöhnlicher Stunde heimkehrte, und als sie nun erst bemerkte, daß er grau, fast verfallen aussah, daß seine Augen wie verglast aus dem müden Gesicht blickten, daß er trotz des abscheulichen Regenwetters die Beinkleider nicht aufgekrempelt hatte und sich anschickte, ins Zimmer zu gehen, ohne den triefend nassen Überzieher abzulegen, da wußte sie bei sich, daß mit »ihrem Legationsrat« – wie sie ihn im Stillen und auch im intimen Zirkel der Gesindestube zu benennen pflegte – etwas Außergewöhnliches vorgegangen sein mußte. Gar zu gerne hätte sie eine vorsichtig ausholende Bemerkung über die Witterung, eine diskrete Frage nach seinem Befinden riskiert, aber er machte doch einen so wenig »umgänglichen« Eindruck, daß sie es für geratener hielt, sich in die Küche zurückzuziehen und von dort aus den in aller Eile wohlunterrichteten Bedienten mit der Anfrage zu entsenden, ob der gnädige Herr Thee, Licht oder sonst irgend etwas befehle. Ja, der gnädige Herr befahl, daß man ihn von Kopf bis Fuß frisch ankleide und dann so rasch wie möglich starken Thee bereite, aber Licht – nein, noch kein Licht, er zog es vor, noch im Halbdunkel zu bleiben und in dem beruhigend einlullenden Weben der Dämmerung seinen erschöpften Nerven, seinen brennenden Augen wohlthätige Ruhe zu gewähren. Als er dann in seinem eleganten Hausrock vor dem silberfunkelnden Theetischchen saß und ganz mechanisch sich eine Zigarrette zu drehen begann, da umfingen ihn die äußere Ruhe, Wärme und Behaglichkeit so wohlthätig lösend, daß er einen Augenblick lang den Kopf auf die Brust fallen ließ, die Augen schloß und sich sehr unglücklich fühlte – ernsthaft unglücklich – Aber alsbald raffte er sich wieder empor und versuchte Ordnung zu schaffen in dem Chaos von Worten, Empfindungen, Drohungen, die in den letzten Stunden an sein Ohr geklungen. Ob Elisabeth wohl bei ihrem wahnwitzigen Entschluß bleiben würde? Die größere Wahrscheinlichkeit sprach freilich dagegen, denn es lag ja gar keine Veranlassung zu einem derartigen Geständnis vor, und schließlich sagt sich so etwas leichter, als sich's thut – –

Wie aber, wenn sie bei ihrem Vorhaben beharrte? Wenn es dann den unvermeidlichen Skandal gäbe, der mit einem Schlage seine ganze glänzende Zukunft vernichtete und ihn zu einer Heirat nötigte, die ganz gewiß ebenso glücklos verlaufen mußte, wie viele andere Ehen, die unter dem Druck ähnlicher Verhältnisse zu stande gekommen waren. Er sprang auf und begann hastig im Zimmer auf und ab zu gehen, als wollt' er durch eine körperlich ermüdende Bewegung seinen Geist ablenken von jenen unerfreulichen, gar nicht auszudenkenden Betrachtungen – – So sollte es denn ein Ende nehmen mit seinem entzückenden Junggesellenleben, er, der freie, vornehme, elegante Mann sollte an eine Frau gefesselt sein; an den engumfriedeten Bezirk einer Häuslichkeit, abhängig von den zweifelhaften Mysterien der Küche, der Wochenstube, des Kinderzimmers – – Eine grenzenlose höhnische Wut überfiel ihn: er dachte gar nicht mehr daran, daß er Elisabeth nicht nur als gute Hausfrau, als ausgezeichnete Mutter, sondern auch als sichere Weltdame kennengelernt hatte; es gewährte ihm ein selbstquälerisches Vergnügen, sich im Geiste schon als Gartenlaubenfamilienvater zu sehen, dem man Leibgerichte – (wie er den Ausdruck haßte!) – kocht, dem eine verblühte, etwas vernachlässigte Hausfrau zu Weihnachten Straminpantoffeln stickt und Hosenträger, und als Hintergrund zu dieser erfreulichen Idylle ein Kinderzimmer, in dem ein ungezogener Bengel schreit, das beständig nach trockenbedürftiger Wäsche duftet – – Das also sollte seine Zukunft sein? So sollte er enden, er, dessen Ehrgeiz keine Schranke geachtet, er, der das Leben nur in schönster Harmonie kennengelernt hatte, er sollte jetzt scheitern an schmerzlichen, großen Verneinungen, an widerwärtig kleinlichen Enttäuschungen?! Nein, nein und tausendmal nein, dahin durfte es nicht kommen! ... Zu seiner Ehre sei es gesagt, er dachte nicht eine Sekunde daran, Elisabeth im Stich zu lassen, aber vorsichtig mußte man eben sein, nichts forcieren, nichts übers Knie abbrechen, sondern langsam, allmählig einen Übergang finden vom Bestehenden zum Künftigen. Er beruhigte sich ein wenig und fing an, seinen inzwischen fast kalt gewordenen Thee in kleinen Zügen zu trinken. Natürlich, Ruhe und Besonnenheit machten alles eben auf der Welt, heut und morgen konnte es ja auch sicher noch nicht zum Äußersten kommen, trotz ihrer prahlerischen Drohungen würde Elisabeth sich die Sache doch noch zweimal überlegen, und Zeit gewonnen hieß alles gewonnen – –

Wär er nur wenigstens dem Reichsdienst treu geblieben! Dann säße er jetzt ruhig und behaglich in Berlin, statt – – Aber was half das Nachgrübeln? Jetzt hieß es, sich mit Thatsachen abfinden. Nur um Gotteswillen keinen Skandal, wenigstens keinen Skandal, bei dem er gegenwärtig sein, der den Geschäftsträger ein für alle Mal vernichten mußte und auch dem künftigen Reichsbeamten unmöglich förderlich sein konnte. Ja, wie wäre es denn mit – – Ein Lächeln glitt über seine abgespannten Züge. Ja, ja, das ging vielleicht – – Er konnte vielleicht um einen längeren Urlaub für eine weite interessante Reise einkommen – – früher schon war ihm einmal ein solcher für Japan gewährt worden – somit dem ausbrechenden Skandal fernbleiben, vielleicht mußte er gar nicht mehr als geheimer Legationsrat nach München zurück, sondern wurde gleich als neu kreierter Geschäftsträger in die Fremde entsendet – oder er konnte zum Mindesten mit aller Ruhe und allem Anstand seine Entlassung aus baierischen Diensten nehmen, ohne daß es so aussah, als ob skandalöse äußere Vorfälle ihn zu diesem entscheidenden Schritt drängten ... So kam er dann wenigstens als Lilie sonder Makel nach Berlin, und späterhin, wenn erst Gras über die Sache gewachsen war, nun, dann zöge eben in den exotischen Gesandtschaftspalast nicht seine frühere Geliebte ein, sondern eine zum zweiten Mal ehrbar vermählte Frau ... Weiß Gott, keine üble Karriere, die sie da machte! ... Schließlich in Rio oder Teheran hätten die Leute ja auch wahrscheinlich Besseres zu thun, als der allenfallsigen Vergangenheit einer schönen Gesandtin nachzuspüren – – Elisabeths Ehre war wieder hergestellt, seine Zukunft gesichert, vielleicht schaukelte er übers Jahr bereits einen Erben und Träger seines Namens auf den Knieen – – Schon sah das Zukunftsbild bedeutend anders aus als vorhin, und er lächelte auch ein wenig, als ihm dieser letzte väterliche Gedanke kam, aber sehr weh, sehr wehmütig. Wie schön hatte er's doch bis zum heutigen Tage gehabt! Mit leise-dankbarer Rührung blickte er umher. Wie hübsch sich das Zimmer ausnahm in der schnell anbrechenden Dämmerung! Wie behaglich dort das schwarzzottige Bärenfell seine Pranken über die schräg gestellte Ottomane breitete, wie gemütlich-märchenhaft leuchtete die dunkelrote Glut durch die Glimmerfensterchen des kleinen amerikanischen Ofens in das dunkle Zimmer herein, wie heimlich hörte sich das dumpf rasselnde Gepolter an, mit dem die Kohlen aus dem stumpfen Füllcylinder niederfielen auf den roten Glutenkranz oder von da hindurch – in die graue Asche hinein – – Und dort am Fenster sein Schreibtisch mit der grünverschleierten Studierlampe und da seine Staffelei mit dem halbvollendeten »Motiv vom Starnberger See« darauf, das er vor langer Zeit einmal in einer zärtlich-pietätvollen Stimmung begonnen, in einer ritterlich-sentimentalen Regung Elisabeth als Geschenk versprochen und noch immer nicht vollendet hatte.

Langsam begann er sein Zimmer im Rundgang abzuschreiten, da und dort einen Augenblick verweilend, dem halb geöffneten Pastellkasten einen Stift entnehmend, ein Nippes zurechtrückend, einen Band aus einem der langen Büchergestelle ziehend, gedankenlos darin herumblätternd, um ihn wieder zurückzustellen. Und bei jedem Schritt, den er that, war's ihm, als sei sein Herz hier festgerankt mit tausend feinen Wurzeln, mit unzähligen Äderchen, deren jedes einzelne blutete, wenn man ihn von hier losreißen wollte. – Von hier? Von der liebgewordenen Scholle? hing er wirklich daran, er, dessen ewig wechselnde Heimat dort sein mußte, wohin sein allergnädigster Fürst ihn entsendete? Lächelnd schüttelte er den Kopf. Nein, nein, das war's nicht, was ihn festgeklammert hielt, wirklich nicht – und doch, es fehlte nicht viel, so hätte er die Arme weit ausgebreitet – – »Mein Reich, mein Schatz, mein Kaiserthron!« Natürlich sprach er ihn nicht, ja dachte ihn nicht einmal, den überschwänglichen Jubelruf, mit dem der Apostat in Ibsens gewaltigem Drama die Weltherrschaft antritt – aber er empfand ihn tief innen, ohne daß er's nötig gehabt hatte, ihn in Worten oder Gedanken zu äußern. Ja, auch er hatte sein Reich, seinen Schatz, seinen Kaiserthron, aber so hieß nicht das Land, das ihn geboren, nicht die Scholle, an die er sich gewöhnt, nicht das Heim, das er sich geschaffen, nicht der Freundeskreis, der es ihm belebte, es war überhaupt nicht dies und jenes, nicht ein Einzelnes, das man dem Ganzen entpflücken konnte, nein, mit einem heiß aufquellenden Strom sehnsüchtiger Anhänglichkeit umfing er in diesem einen Augenblick ausnahmslos alles, was zu seinem bisherigen Leben gehört hatte: Den ungebundenen freien Willen, den unerschütterlichen Glauben an eine glänzende Zukunft, die wie eine goldige Märchenküste zu ihm herüberglänzte, sein Junggesellenzimmer mit dem zottigen Bärenfell auf der schräggestellten Ottomane und darüber die Waffentrophäe mit Schlägern, Cerevis und Bandelier, seine glänzende gesellschaftliche Stellung, seine Pastellschachtel, seine bucklige Haushälterin, die eben mit der brennenden Lampe ins Zimmer trat, sein Michelsorden, der Lakai, der die Einladungen zu den Prinzenbällen überbrachte – – Gott, so schön, so schön war das alles gewesen, und nun kam eine ungeliebte Frau und verlangte, daß er um ihretwillen, wenn auch nicht allem, so doch so vielem entsage, daß er von jenem bezaubernden Dasein nur ein paar Scherben übrig behalten und damit beginnen sollte, sich ein neues Leben zurecht zu leimen. Und während er in die ruhig brennende Flamme der Lampe starrte, kam er von dem pathetischen Aufschwung, den seine Gefühle soeben genommen, wieder zu seiner allerersten, ebenso prosaischen wie richtigen Auffassung zurück, daß er es eben einem außergewöhnlich unglücklichen Zufall zu danken habe, wenn eine Tändelei, die bei tausend Andern spurlos vorüberging, bei ihm Klippe und Entscheid für sein ganzes Lebensgeschick wurde.

XII.

Elisabeth befand sich unterdessen in großer Angst und Verwirrung. Für den Augenblick dachte sie zwar wirklich nicht daran, ihrem Manne eine reumütige Beichte abzulegen, sie hatte das nur so hinausgeschrieen, um ihrer Aufregung Luft zu machen und Max aus seiner neidenswerten Ruhe und Sorglosigkeit aufzuschrecken.

Sobald sie aber wieder allein war und die Erregung der eben durchkämpften Stunde sich ein wenig gelegt hatte, machte sie sich doch klar, daß es nun eigentlich kein Zurück mehr gäbe, daß es das einzig Richtige war, ihrem Manne statt eines verzweifelten Geständnisses eine frohe Botschaft zuzuflüstern. Warum sollte sie auch nicht? Jede andere an ihrer Stelle thäte das Gleiche – ja, ja, es mußte geschehen, so bald wie möglich geschehen – heute noch. Heute noch?! – – Ein Frösteln überlief sie und ihre Knie begannen zu zittern. Es packte sie so etwas wie Lampenfieber: Wenn im verhängnisvollen Augenblick ein Ton, ein Blick, ein Lächeln, ein Erröten versagte, dann war alles verloren, entdeckt – – Ganz elend wurde ihr, sie mußte sich niedersetzen, sonst wär' sie umgefallen. Ach du mein Gott, mein Gott, was sollte das werden?! – – Dann fielen ihr doch wieder Augenblicke, Situationen ein, in denen Friedrichs Arglosigkeit sich glänzend bethätigt hatte ... Ein Lächeln huschte über das verängstigte Gesicht. Es war doch wohl nur dumme Kinderfurcht, in die sie sich gewaltsam hineinredete ... Freilich, freilich! Weshalb sollt' er denn gerade jetzt etwas merken?! ... In solchem Augenblick – – Nein, nein, sie konnt es ruhig wagen. Er würde sie nicht ertappen bei der großen Lüge – – Aber heute ging es doch nicht mehr. Sie war zu verstimmt, zu erregt – nicht froh genug – nicht genug Herrin ihrer selbst. Morgen dann – morgen – – Wie eine Zentnerlast fiel's ihr vom Herzen, als sie sich die kurze Frist gewährte.

Aber auch das »Morgen« kam, ohne daß sie sich getraut hätte, davon anzufangen, am dritten Tage ging ihr's nicht besser, und einer folgte dem andern in raschem Lauf, ohne daß sie zu einer Entscheidung gekommen wäre – –

Nach und nach geriet sie dabei in eine wirklich verzweiflungsvolle Lage, denn je länger sie mit dem Geständnis zögerte, um so mehr setzte sie sich der Gefahr einer zufälligen Entdeckung aus, und war es erst dahin gekommen, dann mußte auch der allervertrauensseligste Mann anfangen, lau zu werden im Glauben – – Dutzend Male hatte sie sich das schon klar gemacht, sich dumm und feig gescholten, daß sie furchtsam, thatenlos mit ansah, wie jeder neue Tag ihr ein Stück der sichern Scholle unter den Füßen abbröckelte, und wenn sie mit Friedrich allein war, nahm sie sich vor, jetzt gleich, auf der Stelle ihm ihr schweres Geheimnis als ein süßes anzuvertrauen. Dann wurde ihr schwarz vor den Augen und ihr Herz klopfte so heftig, daß sie kaum mehr atmen konnte. Und immer auf's neue folgten sie sich, diese Abendstunden, still und langsam, wie sie auch früher dahingeglitten waren, aber jede Minute, die ging, hatte Todesangst mit angesehen – – Wieder und immer wieder versuchte sie ihre Kraft zusammenzufassen, ein paar Mal schon hatte sie seinen Namen gerufen, aber wenn er dann so unbefangen von seiner Zeitung oder von seinen Büchern aufsah, so freundlich fragte: »Was, liebes Herz?« dann fand sie nicht die Kraft zu ihrer Lüge, und mit zitternder Stimme erzählte sie dann irgend eine unbedeutende Geschichte, befragte ihn um seinen Rat in irgend einer unwichtigen Angelegenheit – – Sie stellte sich minutenlange Fristen, die sie noch zum Nachdenken, zum Überlegen benützen wollte – nach fünf Minuten – sie sah nach der Uhr – dann, dann – – Und die fünf Minuten verstrichen, diesmal mit erschreckender Geschwindigkeit, die Arbeit in ihren Händen zitterte immer heftiger, sie öffnete die Lippen, um das schwere Wort zu sprechen, und – schwieg.

Wie zu Tode gehetzt kam sie sich vor, denn nicht nur die Zeit trieb mehr und mehr, sondern auch Max stand hinter ihr mit unablässigem Drängen, mit allen möglichen, recht vernünftigen Vorstellungen, die aber eben doch alle dasselbe von ihr forderten: diesem kindischen Gethue ein Ende zu machen und sich zu dem zu bequemen, was schließlich sein mußte, denn es mußte doch sein, nicht wahr, das hatte sie doch endlich einsehen gelernt?! ... Sie nickte nur mit dem Kopf und ließ ihn weiterreden; schon seit vielen Tagen, denn jede freie Stunde, die er jetzt ergattern konnte, saß er bei ihr, freilich nicht, um sie zu trösten oder zu liebkosen, sondern nur, um durch fördernden Zuspruch reifen zu helfen, was ihn als bloßer Entschluß schon mit hellem Jubel erfüllt, wenn er ihn auch mit großer äußerer Ruhe und Würde entgegengenommen hatte. Mitunter, wenn er gar zu viel auf sie einsprach, hielt sie sich die Ohren zu und sagte nur, an allen Gliedern zitternd: »Ich hab' solche Angst! Er merkt's, Du wirst sehen, er merkt's!« Von ihrem ersten verzweifelten Vorhaben war schon längst keine Rede mehr; auch ihr unwirsches, rechthaberisches Wesen hatte sie abgelegt, nicht einmal mehr ein lauter oder leiser Tadel, ja nicht einmal eine Empfindung blieb ihr übrig für den kleinlich-ängstlichen Egoismus, der aus Maxens Worten herausklang. Die ganze Frau ging auf in namenloser, würgender Angst – – Und wie lange konnt' es noch dauern, dann würde sich auch noch die Schreckensvorstellung dazu gesellen, daß ihr diese ewige Furcht und Aufregung am Ende schaden, Begebnisse herbeiführen könnten, die alles, alles verraten mußten – –

Gerade um jene Zeit fing das allgemeine Gerede an, sich wieder etwas mehr mit Elisabeth und Max zu beschäftigen, denn es entging den scharfen Augen und den nicht minder scharfen Zungen der Gesellschaft keineswegs, daß das interessante Liebespaar, dessen man sich seinerzeit mit so viel Teilnahme und Zartgefühl angenommen, anfing, sich zu veruneinigen, zu zanken, mit einem Wort »eine schlechte Ehe zu führen«, wie der kleine von Zobel beim *five ò clock* der Mrs. Clarendon zu erzählen wußte – – Sofort begann das Wohlwollen zu schwinden, das man den beiden bis dahin immer gerne bewiesen, denn all' diese freundlichen, verständnisvollen Sympathieen hatten ja weit mehr dem reizend-unerlaubten Bunde gegolten, als den Menschen, die ihn geschlossen. Und nun, da sie mutwillig zerstören wollten, woran die andern nun 'mal ihre Freude gehabt, nun grollte man ihnen ein wenig, ließ es sie da und dort entgelten, daß sie so undankbar das traute Nest zerpflückten, das man ihnen so heimlich und bequem hatte einrichten helfen – – Bald gingen denn auch allerhand Gerüchte und Vermutungen über diese neueste Phase des Verhältnisses um, drangen auch zu Friedrichs Ohren, der seltsamerweise noch immer nicht zu begreifen schien und dessen mangelndem Verständnis man also unbedingt mit ein paar anonymen Briefen nachhelfen mußte, mit Kreuzbandsendungen, welche die Nummer irgend eines einheimischen Schmutzblattes bergen, in dem sein Name freilich nicht geradezu genannt, aber immerhin so deutlich gekennzeichnet und lächerlich gemacht war, daß die Gassenbuben mit Fingern auf ihn weisen konnten. Und trotz der arglosen Treuherzigkeit, die Friedrich der Welt gegenüber zur Schau trug, fielen all' diese Andeutungen, Warnungen und Verhöhnungen nicht mehr auf so völlig unfruchtbaren Boden, wie damals, als sie zuerst aufgetaucht waren. Nicht, daß er eine Silbe von alledem glaubte, was man ihm so geflissentlich zutrug, aber allgemach fühlte er doch, daß die hundert und aberhundert Nadelstiche, die man ihm tagtäglich beibrachte, eine häßliche, böse Wunde bohrten. Und auch die hätt' er noch ertragen, wenn ihm als Entschädigung für das, was die andern ihm thaten, ungetrübter, häuslicher Frieden bescheert gewesen wäre. Aber das jäh wechselnde Wesen Elisabeths ließ auch im Haus keine rechte Behaglichkeit mehr aufkommen, und Fritz, der allem Geklatsche die Stirne geboten, solange er sich in seiner Ehe sehr glücklich gefühlt, fing jetzt an, mürbe zu werden, wollte wenigstens mit der Welt in Frieden leben, wenn er's schon in seinen vier Wänden nicht mehr konnte.

Ungern nur entschloß er sich, den Leuten Konzessionen zu machen, aber er sah ein, daß es nicht anders mehr ging: so gern er den Legationsrat auch leiden mochte, mußt' er ihn doch allmählig aus seinem Hause entfernen oder wenigstens den Verkehr mit ihm so einschränken, daß auch die giftigste Zunge nichts mehr zu lästern fand. Seiner Frau wollte er von diesem Entschusse gar nichts mitteilen, da er ihre Reizbarkeit, ihre Empfindlichkeit kannte und fürchtete.

Ohne daß jemals eine bindende Verabredung getroffen worden wäre, hatte sich Heßling nach und nach als ständiger Sonntagabendgast bei Beckers eingebürgert und alle drei waren so sehr an diesen *jour fix* gewöhnt, daß sie ihn nur mit Bedauern vermißten, wenn er einmal ausfallen mußte. Als nun wieder ein Sonntag herankam, fragte Fritz seine Frau beim Mittagessen so ganz nebenhin, ob sie nicht vielleicht abends einmal in ein Restaurant gehen wollten, etwa ins »Maximilian«, ins »Gisela«, »oder wenn Du's vornehmer wünschst, dann zu »Schleich« oder ins *»français«* «, fügte er lächelnd hinzu.

Elisabeth atmete auf – vor diesem Sonntag-Abend hatte ihr schon die ganze Woche über gegraut und zum Dank dafür, daß er ihr erspart blieb, wollte sie heute noch ihr Geständnis ablegen. Nachts vielleicht, wenn sie nach Hause kamen – ein wenig angeregt – ein wenig zärtlich gestimmt ....

»Wenn Dir's recht ist, gehen wir ins »Maximilian««, entgegnete sie sehr freundlich. »Nur nicht in ein Weinrestaurant, wo's immer leer ist und die Kellner einen immerzu beobachten.«

»Ganz wie Du willst, liebes Kind, mir ist's ohnehin angenehmer, wenn ich abends Bier bekomme.«

Den ganzen Tag über blieb Elisabeth heiter, gut gelaunt, blickte sie mit froher Zuversicht dem Abend entgegen, als sollt' er ihr etwas Wunderschönes bescheeren. Sie ließ sich ihr hübsches braunes Tuchkleid bringen, das sie sonst eigentlich nur zu Besuchen anzog, und den großen Empirehut dazu mit der sammetgefütterten Scheibe. Von den Handschuhen, die Fritz ihr neulich zum Geburtstag geschenkt, wählte sie ein Paar aus weißem Leder mit schwarzen Nähten. Ob sie Blumen vorstecken sollte? In der großen Sèvresjardinière, die Max ihr zu ihrem Festtage gespendet, blühten süß-duftende weiße Cyklamen – Ob sie sich welche davon abschnitt? Nein, nein, nur heute nichts, was an ihn erinnerte – –

Gerade als sie die letzten Knöpfe ihrer Taille einknöpfte, klopfte es.

»Herein!«

Die Bonne trat ein.

»Wenn gnädige Frau doch für einen Augenblick ins Kinderzimmer kommen möchten. Lieschen ist so merkwürdig; sie mag ihre Milch nicht zu Ende trinken und auch nicht spielen, wenn sie nur nicht wieder – –«

»Um Gotteswillen!« Sie stürzte ins Kinderzimmer, befühlte mit zitternden Fingern Lieschens Puls, den Kopf, die Hände – – Gott sei Dank, nein, kein Fieber, offenbar nur eine leichte Erkältung oder eine Magenverstimmung ....

»Kommen Sie, Marie, wir wollen sie gleich zu Bett bringen.«

Sie entkleidete das müde, weinerliche Kind, wickelt es kalt, läßt ihm heißen Kamillenthee kochen – –

»So, mein Engel, nun wirst Du sehen, bis Du morgen früh aufwachst, ist alles vorbei.«

Sie küßte das Kind zärtlich und dennoch voll innerer Hast – nur fort – fort – damit's desto bälder an den Heimweg geht – und dann, – o endlich wieder einmal frei aufatmen können, endlich einmal zur Ruhe kommen – –

Auf den Arm ihres Mannes gestützt, schritt sie durch schneeflockigen Frühlingssturm ihrem Ziel entgegen, und als nun die Glasthüre des »Maximilian« hinter ihnen zufiel, fühlte sie sich einen Augenblick so froh und frei, als wären sie einem hetzenden Verfolger entronnen und beträten eine schützende Freistatt, wo er ihnen und ihrer Liebe nichts mehr anhaben konnte – ja, ja, es war wirklich wieder von Liebe die Rede bei ihnen, oder vielmehr sie hatten ja nie aufgehört sich zu lieben – – An Heßling war sie ja nie sehr gehangen, und seitdem sie sich um seinetwillen auch noch so viel ängstigen und sorgen mußte, war er ihr ordentlich zuwider geworden.

In ihrer heutigen Stimmung gar schien sie sehr geneigt, in ihm nur einen gewissenlosen Verführer, den grausamen Würgengel ihres reinen, guten Glückes zu sehen. Denn sehr, sehr glücklich gewesen war sie mit ihrem armen, braven Mann, ihrem Kind und ihrer Tugend – was hatte denn der kommen brauchen, ihr thörichtes Zeug vorreden und nicht nachgeben, bis er sie zu Fall gebracht, zum Verrat an diesem armen, braven Mann, den sie so lieb hatte und der ihr so leid that – – Und immer kam er wieder, gar nicht mehr ließ er sie in Ruhe, drängte sich immer wieder zwischen sie ein – – Aber den heutigen Abend, Gott sei Dank, den hatten sie ihm abgejagt, überlistet hatten sie ihn wie Hänsel und Gretel die böse Hexe. Die Ähnlichkeit zwischen ihnen beiden und ein paar armseligen verfolgten Märchenkindern schien ihr groß und sympathisch. Aber wart' nur, heute noch wollte sie ganz gewiß ihr Geständnis ablegen, und mit ihm das garstige trübe Wesen, das ihr allgemach ihren Mann entfremden mußte. Und war sie dann erst wieder völlig die Seine geworden, liebte, hätschelte, verzog er sie erst wieder wie früher, oder jetzt mehr noch wie früher, dann mochte der Herr Legationsrat sehen, wo er blieb; nichts, aber auch gar nichts mehr würde er bekommen, nicht mehr so viel, nicht das allerkleinste Brosämchen ihres neuerrungenen Glücks.

Ganz kindlich-vergnügt überdachte sie das alles, während sie neben ihrem Mann an einem der kleinen Fensternischentischchen saß. Eifrig ging sie die Speisenkarte von oben bis unten durch, bestellte nacheinander drei ganz verschiedenartige Gerichte, um die Kellnerin jedesmal wieder zurückzurufen, sobald sie den Auftrag am Büffet melden wollte, und fragte schließlich ihren Mann schüchtern, als habe sie eben erst die Hochzeitsreise angetreten, ob sie nicht einstweilen, bis sie sich's überlegt, bei ihm von der Forelle naschen dürfe, die er sich bestellt. »O, nur ein ganz kleines Stückchen! Wir können ja nachher noch etwas anderes zusammen essen, nicht?« himmelte sie ihn an.

»Ja ja, iß einstweilen mit mir! Also Thekla, zwei Couverts zur Forelle. Und die »Kölnische« nicht vergessen, gelt!?« Dann noch als Flüsterbemerkung zu seiner Frau: »Laß sie jetzt gehen; die hat noch mehr zu thun, als uns zu bedienen.«

Ganz erstaunt – vorwurfsvoll sah sie ihn an – – Herrjeh, endlich einmal war man den Quälgeist los und er dachte noch daran, ob die Kellnerin sich ärgerte, andere Gäste ungeduldig wurden – – Behaglich lehnte sie sich dann zurück, und während ihr Mann die »Kölnische« studierte, ließ sie ihre Blicke umherwandern. Nie war ihr das »Maximilian« so hübsch, so heimlich erschienen wie heute, und doch kannte sie seit Jahren alles so genau: die säulengetragene Decke, deren blaugetünchte, sternenbesäte Wölbung das Firmament vorstellen soll, gegenüber der Eingangsthüre das Buffet und daneben die langen Spiegel in etwas schmutzigen Goldrahmen, die roten Sammetbänke, welche die Wandtische umschließen, die schmucklosen, goldarmigen Kronleuchter, durch deren Glastulpen das weiße Gasglühlicht schimmert, die großen Billards, die sich heute zu gedeckten Tischen umgewandelt, in anbetracht des Gästeschwalls, der in den langen Zwischenakten der »Götterdämmerung« dem gegenüberliegenden Opernhause entquellen und hier hereinströmen mußte, dort an der Wand in der Ecke links die stattliche Reihe schwarzer Cereviskäppchen, welche diesen Ecktisch als Stammeigentum der »Suevia« kennzeichnet, rechts drüben die allabendliche Tafelrunde von Künstlern und Offizieren, und in mäßiger Eile von einem Tisch zum andern schreitend die schwarzgekleideten Kellnerinnen mit der weißen Schürze und der traditionellen Rose vor dem hochgeschnürten Busen – –

Ein schrilles Glockenzeichen verkündete, daß drüben sich zum ersten Male der Vorhang über der Gibichungenhalle gesenkt. Vereinzelte Gäste nahten, die in aller Eile ein Fricandeau mit Reis oder ein Paprikahuhn mit Nockerln verzehren wollten, aber es war doch nur ein verschwindend kleines Häuflein Theaterbesucher, das jetzt schon, im ersten Zwischenakt, an die Leibessättigung dachte. Mrs. Clarendon, Lucy und Mary waren darunter, mit ihnen der kleine von Zobel. Sie traten zu Beckers an den Tisch und schwatzten ein paar gleichgiltige, nichtssagende Worte über Vogl's Stimme und der Moran-Olden Aussehen, dann gingen sie wieder. »Gott sei Dank«, dachte Elisabeth, denn sie wollte heut allein sein mit ihrem Mann – ganz allein – –

Überall saßen Bekannte, zwar keine so intim Befreundeten, daß man eines Überfalls hätte gewärtig sein müssen, aber Leute, die man vom Sehen kannte, die man da und dort vor langer Zeit einmal getroffen – – Gar nicht genug hineinnicken und grüßen konnte man in die qualmige, speisendunsterfüllte Hitze, welche die Gesichter all dieser essenden, lesenden, rauchenden, schwatzenden und lachenden Menschen allmählig zu verschleiern begann.

Friedrich legte seine Zeitung beiseite und unterhielt sich mit seiner Frau, die heute so gut, so gesprächig, so lebhaft war, wie seit langem nicht mehr. Und wie hübsch sie aussah in dem knappsitzenden Tuchkleid und dem großen Hut mit den steifen Bandmaschen ...

Und was ihr heut nicht alles für Dummheiten einfielen – und wie sie darüber lachen konnte ... Ganz verliebt schaute er sie an. Ja, heut war's endlich einmal wieder wie früher, wie in der allerersten Zeit ihrer Ehe – – Plötzlich brach Elisabeths Lachen jäh ab, sie fuhr zusammen und sah hastig verstohlen auf Friedrich hin, dessen Blicke den ihren gefolgt waren und der seinen Augen nicht recht zu trauen schien, denn er schickte sich eben an, seinen Kneifer aufzusetzen. Nein, nein – kein Zweifel war mehr möglich – – Heßling, der ebenfalls den Sonntagsabend zu vermeiden getrachtet, war soeben ins Lokal getreten, und das Kreuzfeuer neugierig-beobachtender Blicke, das alsbald auf ihn und Amtsrichters losschoß, zwang ihn, wohl oder übel an deren Tisch zu treten und anzufragen, ob er bei ihnen Platz nehmen dürfe, Fritz mußte bejahend antworten, so ungern er's auch that. Er war ärgerlich über dies erste völlige Mißlingen seines Planes und das stillschweigende Entgegenkommen, das Max ihm hatte beweisen wollen, verdroß, verletzte, quälte ihn, rief ein Gefühl vorahnender Beklommenheit in ihm hervor.

Elisabeth war mit einem Schlag aus allen Himmeln gerissen, versunken die Idylle von den Märchenkindern, der überlisteten Hexe und der nie erloschenen Liebe ... Der Mann, der ihr da am Wirtstisch gegenübersaß, war ihr Geliebter, dem sie sich freiwillig zu eigen gegeben, an dessen Hals sie, ach wie zärtlich, gehangen, und zwischen ihm und ihr der Gatte, den sie betrogen, und der sie totschlagen konnte, wenn sie heut Abend ungeschickt log ....Einsilbig, wie geistesabwesend saß sie da, besann sich immerfort auf das, was sie nachher sagen sollte und wurde beim bloßen Gedanken daran blaß bis in die Lippen; die Männer führten ein steifes Gespräch, dessen Faden immer wieder zu reißen drohte, und Elisabeth sah und fühlte mit staunendem Entsetzen, wie in Friedrichs Seele sich dämmernd etwas vorzubereiten begann – – Max geriet über ihr verstörtes Wesen völlig außer sich. Damit allein konnte sie ja alles verderben! Er versuchte es, sie ins Gespräch hereinzuziehen, ihrer leeren Antworten nicht müde werdend, richtete er immer wieder eine direkte Frage an sie, ließ alle Facetten seines Geistes und Witzes spielen, nur um sie mit fortzureißen, nur um die eisige Stimmung zu verscheuchen, welche sich kalt und schwer auf alle drei zu lagern begann. Aber Elisabeth hatte nur ein mattes Lächeln für seine Witze übrig und ihre sonst so schlagfertige Zunge versäumte es, seinen geistreichen Paradoxen zu entgegnen, sie zu widerlegen, obschon sie hätte merken müssen, wie ihr Mann plötzlich stutzte, als sie sich weigerte, auf diese tändelnden Geistesplänkeleien einzugehen. Aber je knapper und schwerer ihr die Worte von den Lippen fielen, um so weniger gab Max nach, und jetzt, da der Amtsrichter gerade nach der sich unaufhörlich öffnenden und wieder schließenden Eingangsthüre hinsah, blickte er Elisabeth mit einem zärtlichen, ermunternden Blick tief in die Augen und unter dem Tisch suchte sein Fuß die Berührung des ihrigen – – Doch Friedrich hatte wohl nur anscheinend die Menschenwoge des zweiten Zwischenaktes gemustert, denn er fing den verräterischen Liebesblick auf, wie auch den angstvoll-gequälten, der aus Elisabeths Augen als Erwiderung brach, und unglücklicher Weise war es sein Fuß, den Max aus Versehen berührte ....Da war's dem Arglosen, als sei mittendrin ein Blitzstrahl vor ihm niedergefahren und in eines Atemzuges Schnelle begriffen die beiden Andern, ohne Erklärung, ohne Worte, daß jetzt alles zu Ende war – – Und während jeder dieser drei Menschen fühlte, daß es jetzt um Tod und Leben ging, hatten sie noch Beherrschung, unbewußte Formerziehung genug, um ihre Rechnung zu begleichen, ruhig aufzustehen, sich gegenseitig beim Ankleiden zu helfen, sich mit äußerer Höflichkeit von einander zu verabschieden – – Wie Elisabeth dann mit ihrem Mann nach Hause kam, den langen Weg vom Maximilian bis zur Leopoldstraße, wie sie über die dunkle Treppe hinauf den Weg ins Schlafzimmer fand, mit zitternden Händen die Kerzen auf den Nachttischen entzündete und sogar daran dachte, Hut und Mantel abzulegen, sie wußte es nicht; nur eins fühlte sie, daß ihr die Zähne hörbar aneinander schlugen, trotz der unwillkürlichen Mühe, die sie sich gab, den Mund ruhig zu halten.

Als sie in ihrem Schlafzimmer angelangt waren, trat Friedrich auf sie zu, packte sie beim Arm und sagte mit jammervoll erkünstelter Ruhe:

»Du bist Heßlings Geliebte!«

Aber trotz allem und allem, trotz aller Sticheleien, Verdächtigungen und anonymer Briefe, trotz allem, was er eben selbst gesehen und miterlebt, zweifelte er doch noch an der schweren Anklage, die er ihr ins Gesicht schleuderte. Man kann sich ja doch täuschen, etwas Harmloses falsch, böswillig auffassen, – noch dazu, wenn man von allen Seiten gehetzt wird, da glaubt man ja schließlich was einem die Andern vorsagen. Und so erwartete er eigentlich, daß sie in Entrüstung aufflammen sollte, ihn mit der ganzen Würde des beleidigten Weibes in seine Schranken weisen, – ach, wie gern wollt' er um Verzeihung bitten, wie gern – – Oder vielleicht, daß sie ihn auslachte, wie sie's zu Anfang ihrer Ehe gethan, wenn eifersüchtige Grillen ihn geplagt hatten – vielleicht auch gestand sie mit unschuldigem Aufweinen ein nur gefährlich scheinendes und am Ende doch recht ungefährliches Spiel ein.

Aber nichts von alledem. Sie biß die Lippen auf einander und schwieg.

Der kräftige Mann begann zu zittern.

»Elisabeth! Du –«

Sie nickte stumm mit dem Kopfe.

Er schüttelte sie heftig.

»Nein, nein, es kann nicht sein, sag, – daß es nicht ist – sag' es –«

Wie ein schluchzender Aufschrei quollen ihm die Worte aus der Kehle hervor. Und noch einmal:

»Sag' doch, daß es nicht ist! Sag' es – sag es!«

Immer noch wartete er auf das erlösende Wort.

Eine lange, lange Pause –

Entsetzt ließ er ihren Arm los und trat einen Schritt zurück.

»Also wirklich – –«

»Ja, ja, tausendmal ja!« schrie da die Gepeinigte auf und die Hände vor's Gesicht schlagend, warf sie sich über ihr Bett hin.

XIII.

Bereits am nächsten Tag fand in Großhesselohe ein Pistolenduell mit dreimaligem Kugelwechsel statt, aus dem der geh. Legationsrat mit einer leichten Armwunde hervorging, während er selbst seinen Gegner dreimal geflissentlich verfehlte. Nach Aussage der Sekundanten hatte also der Amtsrichter genügende Satisfaktion erhalten. –

Elisabeth ahnte, wußte beinahe genau, was sich ereignete, ohne daß sie imstande gewesen wäre, Furcht oder Hoffnung, ja nur Vorstellungen zu hegen; sie war so zermürbt, so vor den Kopf geschlagen, daß es ihr gar nicht möglich schien, irgend einen Gedanken auch nur zu erfassen, geschweige denn auszuspinnen.

Der gestrigen Enthüllung war eine unbeschreibliche Szene gefolgt, aber sie konnte sich auf keinerlei Einzelheiten besinnen; nur die schmerzenden blauen Flecken an Armen, Schultern und Rücken erinnerten sie daran, daß Friedrich sich an ihr vergriffen hatte. Wie verblödet vom Weinen, von Beschimpfungen und Schlägen war sie dann spät in der Nacht totmatt ins Bett gefallen und schlief in ihren Kleidern ein paar Stunden lang einen dumpfen, unruhigen Schlaf, aus dem sie alle Augenblicke emporschreckte – – Als sie am frühesten Morgen dann voll erwachte, wollte es ihr zuerst nicht recht gelingen, sich auf die Ereignisse des Abends zu besinnen, aber als ihr Blick auf Friedrichs unberührtes Bett fiel, kam ihr wieder alles ins Gedächtnis zurück. Schwerfällig stand sie auf, schleppte sich zum Fenster und öffnete die grünen Jalousieen, die es von außen schlossen – es lag nicht nach der Straße zu, sondern nach Osten, mit weitem Ausblick über Gärten und Wiesen nach dem englischen Garten hin, und so glitt denn, trotz der frühen Stunde, die helle Märzensonne in breiten warmen Streifen zum Fenster herein und mit ihr ein kühler Atemzug frischwehenden Morgenwindes – –

Elisabeth breitete die Arme weit aus – ihr war's, als müßte sie jetzt einen Ton, einen Aufschrei finden, der ihr bis dahin niemals zu Gebote gestanden, der heute zum ersten Mal der Brust sich entringen sollte, um sie von dem fürchterlichen Alp zu befreien, der auf ihr lastete – sie schluckte und würgte, als ob sie ersticken müßte, aber der erlösende Laut kam nicht – nur ein langer, langer Seufzer – –

Seltsamerweise empfand sie aber weder Erleichterung, daß das Gefürchtete vorüber war, noch Schrecken vor dem, was nun kam – wie traumwandelnd schleppte sie sich schwerfälligen Schrittes zuerst planlos im Zimmer umher, dann zog sie sich einen Stuhl in die hinterste Ecke und ließ sich schwer darauf niederfallen, das Gesicht gegen die Wand gekehrt.

Und so verharrte sie teilnahmlos, apathisch, ohne einen Gedanken, ohne einen Vorsatz, nur mit dem dumpfen Verlangen nach Ruhe – Ruhe – Ruhe – – Stunde auf Stunde verrann so, ohne daß sie eine andere Bewegung gemacht hätte, als ab und zu, wie wehleidig, einen ihrer schmerzenden blauen Flecken mit den Fingerspitzen vorsichtig suchend abzutasten, und nur ganz allmählig begann ihr etwas aufzudämmern von den Folgen, die der gestrige Abend nach sich ziehen mußte. Bis dahin hatte sie ja immer geglaubt, daß die große Lüge oder vielmehr das Mißlingen der großen Lüge das Schwerste wäre, die brutale Szene von gestern Abend, vor der sie sich ja schon seit Wochen geängstigt – jetzt aber kam ihr nach und nach zum Bewußtsein, daß es noch etwas Schrecklicheres gab, als Enthüllungen: die Strafe, die ihr der schmählich betrogene Mann auferlegen würde – – Und plötzlich schwand der Druck auf ihrem Haupt, die dumpfe Befangenheit, die bis dahin ihre Sinne umschlossen, das gedankenlose Hindämmern, das jede klare Vorstellung gelähmt hatte, wie vom grellsten Tageslicht beleuchtet stand ihr mit einem Mal eine Wahrheit vor Augen, bei deren Erkenntnis sie laut hinausschrie vor Schrecken und Weh – – Friedrich würde sie davonjagen, sie auf immer von ihrem heißgeliebten Kinde trennen –

Schrecklich, schrecklich, unfaßbar grausam – – Sie sollte es nicht mehr sehen, sein leises Stimmchen nicht mehr hören, nicht mehr die Liebkosungen seiner mageren Händchen in ihrem Gesicht fühlen, es nicht mehr bei sich haben – nein, nein, es war ja nicht möglich, das ging ja doch gar nicht – kein Mensch konnte ihr zumuten, weiterzuleben ohne ihr Kind. – Erleichtert atmete sie auf – – Gewiß, nur eine krankhaft-überreizte Einbildungskraft konnte so scheußlich-wahnwitzige Gedanken einblasen, – wo in aller Welt gab es denn jemand, der eine Mutter von ihrem Kinde trennen durfte? Schier trotzig warf sie den Kopf in den Nacken. Er sollte nur kommen und es versuchen, sie wollte es ihm dann schon zeigen – sie ließe sich nicht davonjagen, wie diese und jene, sie würde sich ihr Recht verschaffen, und wenn er's ihr weigerte, und mit ihm vielleicht ein engherziger, kurzsichtiger Richter, dann, an den Stufen des Thrones – – Aber sie brauchte ja gar nicht so weit zu gehen – sicher gab's überhaupt gar kein Gesetz, das dem Manne etwas so Gräßliches gestattete, wie die Trennung der Mutter von ihrem Kinde – –

Wie aber, wenn die Mutter den Mann betrogen hatte?

Gleich schwerer, ertötender Eiseskälte legte sich die Erinnerung der Schuld auf die hochgehenden Wogen ihres fieberisch-verzweifelten Heroismus, mit dem sie am liebsten jetzt schon nach der Residenz gestürzt wäre, dem Regenten zu Füßen, um dort so lange zu knieen und zu weinen, bis er ihrem gequälten Mutterherzen Schutz und Hilfe versprochen – – Sie war schon aufgesprungen, um Mantel und Schleier umzunehmen – kraftlos sank sie wieder auf ihren Platz zurück. –

Ihr konnte ja kein Mensch, kein Richter, kein Regent mehr helfen, ihr Mann hatte das Recht, sie wegzuschicken, denn sie war eine untreue Frau – – Sie weinte in ihre vorgehaltenen Hände hinein, bitterlich, herzzerreißend – – Sie hatten also ein Recht dazu, sie zu treten, zu quälen, ihr das Blut tropfenweise abzuzapfen – wenn sie noch so grausam und unmenschlich mit ihr umgingen, immer und immer wieder hatten sie recht! In jammernder Verzweiflung hob sie die Hände empor: »Sie sagen, daß Du alles weißt, also dann weißt Du auch, wie's mir gegangen ist, – hilf mir doch, hilf mir doch ...«

Nein, ihr konnte auch kein Gebet, kein Gott mehr helfen. Sehr glaubensstark war sie nie gewesen und selbst wenn's einen Vater im Himmel gab, so wollte der gewiß von ihr nichts wissen ...

Sie sprang wieder auf und rannte wie verzweifelt im Zimmer hin und her: »Was kann ich denn thun, wenn sie kommen, um mir das Kind wegzunehmen?« Unbegreiflich, daß sie früher niemals daran gedacht hatte, an diese Thatsache, die in ihrer einfachen Logik so naheliegend, so grausam-unabänderlich war. Sie wollte zu Friedrich hin, ihn kniefällig anflehen, wie vorhin den Regenten: »Nimm mir das Kind nicht weg« ... Aber in der ganzen Wohnung war er nicht zu finden und mutlos, mit zuckenden Lippen, kehrte sie ins Schlafzimmer zurück, warf sich der Länge nach auf ihr ungemachtes Bett hin und schluchzte in die zerdrückten Kissen hinein. Nach einiger Zeit klopfte es leise und geräuschlos an der Thüre, das Stubenmädchen wollte mit vorsichtiger Neugier fragen, ob sie das Zimmer jetzt aufräumen könne, und da auf ihr wiederholtes Pochen keine Antwort ertönte, trat sie ohne weitere Erlaubnis ein. Als sie aber Elisabeth so daliegen und weinen sah, beeilte sie sich, so geräuschlos wie möglich nach der Küche zurückzukehren und dort der Köchin genauen Bericht abzulegen von dem, was sie eben geschaut, und auch von dem, was sie darüber dachte.

Langsam schritt der Tag voran, kürzer und kürzer fielen die funkelnden Sonnenstreifen auf den blank gebohnten Parkettboden hin, jetzt leuchteten sie nur noch als ein paar warmer Flecken auf den hellgeblümten Fenstervorhängen, dann waren sie ganz verschwunden. Der Mittag ging vorüber und der Nachmittag auch; schon wollte die Dämmerung ihre blassen Schwingen entfalten, da endlich vernahm Elisabeth, daß im Schloß der Hausthüre ein Schlüssel gedreht wurde, und gleich darauf ertönten Friedrichs Schritte, die am Schlafzimmer vorbei nach der Wohnstube gingen.

Mühsam versuchte sie sich aufzuraffen; der Kopf schmerzte sie und ihre Augen schlossen sich unwillkürlich, als sie in das milde Dämmerlicht hineinblickten; stundenlang war sie ja auf ihrem Bette liegen geblieben, so wie sie sich vorhin darüber hingeworfen – jetzt, da sie sich aufrichtete, überlief es sie eiskalt, ganz wirbelig war es ihr im Kopf und vor den Augen tanzte es ihr schwarz, so daß sie gar nicht glaubte, sich aufrecht halten zu können – aber es mußte ja sein – es mußte – Mit zitternden, klebrig-kalten Fingern strich sie sich das wirre Haar aus dem vom Weinen heißen verschwollenen Gesicht, dann stand sie, immer noch zögernd, auf und ging schweren Schrittes ihrem Manne nach. Leise öffnete sie die Thüre und spähte ins Zimmer hinein: er saß, ihr mit dem Rücken zugekehrt am Schreibtisch, das Gesicht in den aufgestützten Armen verborgen, und weinte in sich hinein. So saß er ein paar Minuten lang, dann hörte er, wie jemand seinen Namen rief, leise, ganz leise, fast angstvoll.

Müde hob er den Kopf empor – seine Frau stand neben ihm. Goldig tanzte das Gefunkele der sinkenden Abendsonne um sie her. Er starrte, nein, er glotzte sie an, wie sie dastand in ihrem zerdrückten Wollkleid, dem man's ansah, daß sie sich eine Nacht lang darin herumgewälzt, die Haare ungekämmt, die Lippen zersprungen, unterwürfig-gemeine Angst in dem rotfleckigen Gesicht, aus dem die verweinten Augen blöde hervorblinzelten.

Und immer noch das Gegleiße und Gefunkele um sie her, daß sie lichtumflossen dastand, wie eine Reine, Heilige.

Er fuhr empor. – Mit einem unwillkürlichen Schreckenslaut duckte sie den Kopf und hob die verschränkten Arme schützend vor's Gesicht. Da war's auch schon zu Ende bei ihm.

»Hinaus, hinaus! Aber schnell – aber schnell!« schrie er sie keuchend an und stand schon mit hochgehobenen Fäusten vor ihr.

»Friedrich, nimm mir das Kind nicht weg!« rief sie laut weinend und fiel auf die Knie vor ihm nieder.

Aber er verstand gar nicht, was sie wollte, hörte kaum, was sie schluchzend hervorstieß – er zerrte sie empor, schob sie zur Thüre hin, und als sie es versuchte, sich zu widersetzen, um noch einmal weinend ihre Bitte zu wiederholen, da packte er sie bei den Schultern und warf sie zum Zimmer hinaus, daß sie draußen zusammenbrach wie ein geknebeltes Tier. Sie hörte noch, daß er die Thüre hinter ihr verriegelte.

Ein paar Augenblicke blieb sie halb bewußtlos liegen, dann richtete sie sich langsam, schmerzstöhnend auf. Ob sie in die Kinderstube gehen sollte? Den ganzen Tag über war sie ja noch nicht bei Lieschen gewesen.

Nein, nur niemand sehen, niemand hören – auch das Kind nicht. Sie kroch mehr als sie ging ins Schlafzimmer zurück, setzte sich auf den Rand ihres Bettes und legte die gefalteten Hände müde in den Schoß.

So mußte sie also fort! Abschied nehmen für immer von dem eigenen Kinde – – Gott, Gott, wie es sich an sie klammern würde, »Mama, Mama« schreien und sie nicht fort lassen wollen. Und dann kam eine bezahlte Person, eine Bonne oder eine Erzieherin, die führte es doch weg und redete ihm gut zu, nur anfangs natürlich, später aber, wenn es sich nicht beruhigen wollte, dann würden sie es anschreien, schelten, vielleicht schlagen. Ihr Herz zog sich zusammen. Dann blieb es in der einsamen Kinderstube und spielte – – wahrscheinlich würden sie ihm eine schöne Puppe schenken, um es in seinem Schmerz zu trösten: eine Puppe statt der Mama.

Niemand würde es wohl so recht von Herzen lieb haben, das blasse Dingelchen mit den schwermütigen dunklen Augen, niemand ihm die Kleidchen mit solcher Sorgfalt wählen wie sie. Niemand sein weiches, zitterndes Herzchen so verstehen wie sie.

Es würde wohl noch nach der Mama jammern, aber immer leiser, immer leiser, denn es wurde ja bestraft, wenn es von ihr sprach – vielleicht schaute es auch mitunter in der Dämmerstunde den sommerlichen Rosenwolken nach und wartete, die kleine Brust vor Sehnsucht und Weh zerspringend, wartete, wartete – umsonst. Und es weinte so still und bitterlich in sich hinein, gar nicht so laut schreiend wie andere Kinder ...

So verging wohl Jahr auf Jahr und die Erinnerung war erloschen – Dann aber würde eine neue Mama kommen, sie wieder zu erwecken, mit ihr erst das wahre Martyrium dieses Kindes beginnen. Schon sah sie im Geiste, wie sie es herausputzten zu Papas Hochzeit, wie es einen Spruch hersagen, einen Blumenstrauß hergeben mußte, während sein Herzchen sich zusammenkrampfte vor Weh und Sehnsucht nach der alten Mama – – Und dann kamen Geschwisterchen, lauter dicke, rotbackige Posaunenengel, neben denen Lieschen noch blasser und unscheinbarer aussah, als vorher – sie sprachen wohl auch nur mit anerkennendem kühlem Bedauern von seinem guten Herzen und seiner Bescheidenheit, während die Andern, die Rotbackigen, der Stolz und die Freude der Eltern waren ... Sie würden wohl auch ungut zu dem zimperlichen Mädchen sein, wenn es mit Besuchen recht verschüchtert that, es auslachen, wenn es über die Bosheiten der Geschwister weinte, es schelten und anschreien und zurücksetzen, wo immer es nur anging. Von Friedrich kam das alles nicht, der liebte es ja zärtlich, aber was vermag nicht über einen Mann eine junge Stiefmutter mit blühenden Kindern!

So wuchs es wohl als Aschenbrödel heran, still und einsam. Niemand würde sein junges Herz liebend an das seine nehmen. Die häßlichsten Fetzen würden sie ihm anziehen unter dem Vorwand, daß für seine Erscheinung das Allereinfachste das Richtigste sei, und die Welt fand das alles recht und billig, ließ es unbeachtet, freudlos, einsam seine Straße ziehen, wie andere häßliche Mädchen auch – – Welch ein erdrückendes Leben für ihr Kind, dem ihr ganzes Herz gehörte, für ihr Kleinod, ihren Sonnenschein, ihrer Augen Licht!

Aber Lieschen würde wenigstens reich sein, reich durch seine arme, arme Mutter, die nichts mehr für sie thun konnte, als ihr Geld schenken! Da würde das Mädchen wohl bald eine stille Braut werden, und ein braver Mann führte sie heim in sein Haus, vor dem die Rosen blühten und die Nachtigallen sangen, und in dem sie ausruhen konnte von dem schweren Weg, auf dem sie ihre armen Füße hatte blutig laufen müssen. – –

Aber welch eine Leidenszeit war bis dahin durchzumachen, wie viele Kränkungen, Bitternisse, Kummer und Thränen!

Elisabeth weinte laut hinaus. »Gott, großer Gott! Das kannst Du nicht dulden, kannst – Du – nicht!«

Sie rannte wieder ein paarmal im Zimmer auf und ab, dann blieb sie stehen, preßte die Fäuste an die Stirn und starrte auf den Boden hin.

Warum sollte Gott das nicht dulden? Duldete er's doch tausend Mal und tausend Mal. Tausende von Müttern werden ihren Kindern entrissen, und die hilflos zurückgebliebenen Kleinen von Stiefmüttern lieblos behandelt, ja unmenschlich gepeinigt – – Tagtäglich liest man solche Jammerberichte in den Zeitungen, und die Geschichte weiß viel von solch unglücklichen zu Tode gequälten Geschöpfchen zu berichten, die, im Purpur geboren, nicht ahnten, wie grausam sich einst ihr Schicksal erfüllen sollte. Wo war denn da die Allbarmherzigkeit Gottes geblieben?

Ihr war's, als ginge ein Riesenrad mit mächtigem Brausen zermalmend über sie hinweg. Schon stand sie am Fenster, um mit einem verzweifelten Sprung allem ein Ende zu machen, aber schaudernd trat sie wieder zurück.

Nein, freiwillig räumte sie den Platz einer Andern nicht, sie wollte flehen, weinen, kämpfen, aber nicht wanken und nicht weichen bis man sie gewaltsam von ihrem Kinde riß.

Und sie begann ihren trübseligen Gedankengang aufs neue. Zuweilen, wenn das, was auf sie einstürmte, gar zu grausam war, drückte sie die Hände an die Schläfe und stöhnte leise vor sich hin. Sie hätte sich den Kopf an der Mauer einschlagen mögen, wenn sie bedachte, weshalb das alles über sie gekommen war. Hatte sie denn nicht alles besessen, was froh und glücklich machen kann: einen braven Mann, ein Kind, Ansehen, Reichtum – und doch war sie allezeit unzufrieden gewesen, weil sie ihre romantischen Mädchengrillen nicht gesättigt fand, weil man ihr zu wenig huldigte, weil sie keinen Grund hatte, in thörichtem Übermut sich selbst zu überschätzen, sich hoch über die ungefeierten, heimlich verlachten Alltagsfrauen zu stellen. Dann war sie schlecht genug gewesen, in der Sünde Glück zu suchen, nein – schlecht war gar nicht das richtige Wort für sie. Schlechte Frauen haben wenigstens das starke Bewußtsein ihres Wollens – Blut, Temperament, Zügellosigkeit. Ach, du lieber Gott, von alledem konnte ja bei ihr keine Rede sein. Nur aus Dummheit war sie da hineingeraten;

hatte sich zuerst schon für eine bedeutende Frau gehalten, weil sie mit dem Feuer spielte, und für noch weit bedeutender, als sie sich die Flügel dabei verbrannte.

Auch in den momentanen Sinnesrausch hatte sie sich nur so hineingeredet – jetzt, da's zu spät war, fielen ihr die Schuppen von den Augen, und zum ersten Mal zeigten sich ihr die Dinge so, wie sie in Wirklichkeit aussahen.

Ja, aber jetzt – das war besser als das Unbeachtet-, das Nichtgefeiertsein – freilich, die letzten vierundzwanzig Stunden waren's schon wert, daß man ihnen ein ganzes Leben voll einfachen, warmen Glücks hinopferte. Ihr war's, als erlebte sie nicht mehr ihr eigenes Geschick, sondern als erzähle man ihr diese ganze Geschichte von einer andern, dritten Person, deren kindisch-frevler, zu Recht bestrafter Übermut hämische Schadenfreude in ihr erweckte.

Sie ging wieder zum Wohnzimmer hinüber und winselte und bettelte so lange vor der Thüre, bis Friedrich aufriegelte und sie einließ.

»Was giebt's schon wieder?« fragte er rauh ohne sie anzusehen, und trotz ihres Jammers schnitt ihr der Ton seiner Stimme ins Herz; sie klang so heiser – zersprungen – wie die eines ganz fremden Mannes.

Der Abend war fast völlig angebrochen. In dem großen Zimmer brannte keine Lampe, keine Kerze, und so sehr Elisabeth auch ihre Augen anstrengte, konnte sie doch Friedrichs Züge nicht mehr unterscheiden, in dem verschwimmenden Dunkel, das langsam über den ganzen Raum hinwebte. Sie sah nur, daß er am Schreibtisch saß, so wie vorhin, und daß jetzt, da er schwieg, die Spitzen seines Schnurrbarts ununterbrochen zitterten.

»Schick' mich nicht fort! Laß' mich doch bei Dir – bei Lieschen – nur als Magd für das Kind, aber laß mich bei ihm.« Mit mühsam unterdrücktem Schluchzen hatte sie die Worte hervorgestoßen – für einen Augenblick war Friedrich überrascht, dann lachte er kurz und höhnisch auf.

»So! Und – er?«

So verächtlich fragte er, daß Elisabeth wie unter einem Peitschenhieb zusammenzuckte – eine Sekunde lang – dann schüttelte sie leise verneinend den Kopf, und eine Blutwelle überflutete ihr gelbliches Gesicht.

»Ich hab' niemand auf der Welt, als das Kind!« – »und Dich« hatte sie hinzufügen wollen – aber das ging doch nicht gut. »Ich weiß, daß

Du mir nie vergeben kannst, aber dem Kind hab' ich ja nichts gethan – nimm mir's doch nicht weg! Schau, ich kann doch nicht sein ohne das Kind …« Sie sank in die Knie, lehnte ihre Stirn an die Armlehne seines Arbeitssessels und schluchzte in sich hinein.

Friedrich schwieg, aber nicht aus Rührung, Güte oder Starrsinn, sondern einfach aus Müdigkeit.

Diese fürchterliche Nacht, das Duell, der rasende Schmerz um sein verlorenes Glück, die quälende Frage »was nun?« hatten ihn in einen Zustand apathischer Betäubung versetzt, in der er fast ebenso gedankenlos hindämmerte, wie es vorhin Elisabeth gethan, und aus der nur das erste Wiedersehen mit seiner Frau ihn aufzurütteln vermocht hatte. Und so war's auch ganz mechanisch, gleichgiltig, fast unbewußt, daß er weiterforschte:

»Du willst ihn also nicht heiraten?«

»Ich will nichts – als bei Lieschen bleiben – dürfen! Was mir damals eingefallen ist, – ich weiß nicht – –«

Mit einer hilflosen Bewegung ließ sie die Arme schlaff heruntersinken, langsam erhob sie sich und stand gesenkten Hauptes vor ihm da.

»Das ist über mich gekommen, ich weiß nicht – wie eine böse Macht.«

Ein grelles Auflachen schallte in ihre geflüsterten Worte hinein.

»Ja, freilich … weiß nicht wie … böse Macht.«

Er trat auf sie zu und packte sie bei der Hand.

»Ich will Dir's sagen, wie's gekommen ist: Ein schlechtes Weib bist Du gewesen – einen Liebhaber hast Du Dir gehalten – auf die Straße gehörst Du – pfui Teufel!«

Er schleuderte ihre Hand weg, als übermanne ihn der Ekel.

Schon glühte die Wut wieder in ihm auf.

»Geh' mir aus den Augen«, schrie er sie an und in dieser gebrochenen Stimme grollte jetzt so viel verbissener Grimm, daß Elisabeth furchtsam aus dem Zimmer schlich.

Gott, ach Gott! Jetzt schon ging er so mit ihr um und wußte noch nicht einmal alles.

War er doch gestern Abend in so wildes Toben verfallen, daß sie gar nichts hatte thun können, als in geduldig stumpfer Ergebenheit alles über sich ergehen lassen. Zu Worte gekommen wär sie ja gar nicht, selbst wenn sie's gewollt hätte, und schließlich war jetzt doch alles eins. Mehr wie sie schmähen, prügeln, davonjagen konnt er ja doch nicht – was verschlug's da, ob er nun wußte, wie's um sie stand oder nicht ...

Als sie sich dem Schlafzimmer wieder näherte, sah sie, daß eine dunkle weibliche Gestalt vor derselben auf und nieder ging. Wie sie die Hand auf die Thürklinke legen wollte, trat die Gestalt auf sie zu.

»Gnädige Frau!«

Mit verglasten Augen starrte sie ihr zuerst ins Gesicht. Dann mit müdem Erkennen:

»Sie sind's Marie! Gehen Sie, gehen Sie – ich muß – Ruhe –«

Sie preßte die linke Handfläche fest an die Stirn, schloß die Augen und wollte sich an dem Mädchen vorbei ins Zimmer schieben.

Aber Marie vertrat ihr den Weg.

»Ach, gnädige Frau, gnädige Frau müssen endlich zu Lieschen kommen. Sie ist gewiß recht krank. Ich hab' soeben zu Dr. Helmstett geschickt. Verzeihen die gnädige Frau, ich wollt schon zuerst fragen. Ich wollt' gnädige Frau ja auch noch gestern Nacht holen, weil die Kleine so sehr unruhig war, aber –«

Sie brach ab. Sie konnte doch nicht sagen, daß sie drei- bis viermal vergeblich am Schlafzimmer gepocht, und mitangehört hatte, wie der gnädige Herr seine Frau schimpfte und schlug ... Aber sie hätte ruhig weiterreden können, Elisabeth hörte kaum noch auf sie. Sie antwortete ihr auch nicht mit einem Aufschrei wie gestern – nur ein wehes, dumpfes Stöhnen drang zwischen den geschlossenen Lippen hervor, und die Lider fielen bleischwer über die Augen.

Erschreckt wollte ihr das Mädchen zu Hilfe springen, aber mit verzweifelter Kraft hielt sie sich aufrecht.

»Gehen – Sie – voran, ich – komme –«

Eine knappe Viertelstunde später traf Dr. Helmstett ein. Er besah das erhitzte Kind, das sich unruhig in seinem Bettchen hin und her wälzte, untersuchte es genau und konstatierte den Ausbruch eines scharlachartigen Fiebers mit diphterischen Belägen im Halse.

XIV.

Sobald Elisabeth sich entfernt hatte, wurde Friedrich ruhiger; es war nur ihr Anblick, der ihn immer wieder zu zügellosester Wut aufreizte.

Alles, was vorgefallen, war so plötzlich gekommen, so springflutartig auf ihn eingestürmt, daß er alle Mühe hatte, die sich drängenden Ereignisse nur überhaupt zu begreifen – zum Zurechtlegen oder Nachdenken war er bis jetzt noch gar nicht gekommen.

Der ungeheuren Aufregung des letzten Tages folgte jetzt der naturgemäße Rückschlag, eine totenhafte Ruhe, die fast noch quälender lastete, als die Erregung, die ihr vorangegangen war.

Es schien ihm ganz unglaublich, daß er jetzt in diesem Augenblick Hunger verspürte, sogar einen wahren Heißhunger ...... Er ließ sich also kaltes Fleisch und ein Glas Bier bringen und würgte alles hastig hinunter – dann warf er sich aufs Sopha und schlummerte unruhig und noch im Schlaf gehetzt und verfolgt; aber er schlief doch etwa eine Stunde lang.

Als er wieder erwachte, hatte er heftige Kopfschmerzen, aber sein Geist war klar und hell. Die Ereignisse, die über ihn hereingebrochen waren, schienen ihm schon weit, weit entrückt, aber mit haarscharfer Deutlichkeit hoben sich ihre Umrisse von seinem Gedächtnis ab.

Er wußte, daß er jetzt an einem Wendepunkte seines Lebens stand, und er fühlte die Kraft in sich, mutig der neuen Zukunft ins Angesicht zu blicken.

»Ich werde mich scheiden lassen!« Ganz fest und ruhig sprach er's zu sich selbst. Aber grenzenloser Jammer faßte ihn an, als er den Gedanken einer Trennung ernstlich zu erwägen begann. Es lag etwas darin, was er nicht fassen konnte, was durchaus nicht in seinen Kopf hineinwollte, und weil er wußte, daß er's dennoch vollenden mußte, weinte er laut hinaus, wie ein Kind, das eine überschwere Aufgabe nicht zu lösen imstande ist – – Ja, liebte er sie denn noch immer, sie, die ihn betrogen, verraten, zum Gespött der ganzen Stadt gemacht hatte? – – Sie lieben?! O nein – Haß und Verachtung quollen in ihm auf, wenn er ihrer gedachte – – Oder war's niedrige Bequemlichkeit, die ihm den Gedanken einer Trennung, einer vollkommenen Umgestaltung seines bisherigen Lebens so unerträglich erscheinen ließ? Oder Angst vor dem Skandal, dem Angesehen-, Bekrittelt-, Verurteilt- oder Inschutzgenommenwerden?

Er versuchte, sich vorzustellen, wie alles gehen würde: Morgen schon mußte sie das Haus verlassen, ja, ja, morgen schon – sie konnte ja zu ihrer Mutter zurückkehren – dann die Klage einleiten – ein paar Tage lang Stadtgespräch sein – dann allein mit dem Kinde weiterleben.

Schon bedachte er die nächsten kleinlichen Anforderungen, die das künftige Leben an ihn stellen würde, die Umgestaltung der Wohnung, die nötigen Veränderungen und Ergänzungen im Dienstpersonal – da überkam ihn plötzlich die Empfindung, daß es thöricht, abgeschmackt, fast abenteuerlich zu nennen war, solcherlei ernsthaft zu bedenken – –

Liebe, Bequemlichkeit oder kleinliche Ängstlichkeit kamen dabei gar nicht in Betracht – aber ein Leben ohne Elisabeth – das war etwas, was er sich einfach gar nicht vorstellen konnte – – ihre beiden Wesen waren so eng miteinander verwachsen, daß er nicht mehr wußte, wo das seine aufhörte und das ihre begann. Mit dieser Frau riß er ein Stück von seinem eigenen Herzen los und warf es von sich weg in die kalte Welt hinaus – –

Oder sollte er sie trotz allem und allem behalten? Nein, nein, um Gotteswillen nein! Tagtäglich ihren Anblick, ihre Gegenwart ertragen müssen, durch sie immer auf's neue aufgestachelt werden zu furchtbarer Erinnerung – das wäre ja noch viel schrecklicher als ein gewaltsamer Riß .... Langsam begann er im Zimmer auf und nieder zu gehen. Was wohl andere in seiner Lage thäten?

Ein bitteres Lächeln zuckte um seine Lippen.

Darauf sollte man sich eigentlich Antwort wissen, denn in unseren Tagen gehört der Ehebruch ja nicht zu den Seltenheiten ....

Freilich nicht! Aber das eheliche Drama spielt sich fast immer im Innern des entweihten Hauses, ohne Auditorium ab – die Neugierigen, die draußen stehen, das Ohr an die Thüre legen, um etwas zu erlauschen, hören nichts, als was geschäftiger Klatsch ihnen, weiß Gott wie verändert, zuträgt, während ihnen die seelischen Zwiespältigkeiten, die inneren Beweggründe, die zu einer tragischen oder friedlichen Lösung des Konfliktes führen, fast immer verborgen bleiben.

Seltsam! ... Und doch war's ihm, als habe er ähnliche Situationen, wie die seinige, schon manches Mal mit Anderen durchlebt! Wie das nur kam?! Denn so weit er zurückdachte, niemals war er Zeuge oder Vertrauter einer derartigen Angelegenheit gewesen. Und doch kam ihm alles so seltsam bekannt vor, gerade so, wie man beim Anblick ganz fremder Gegenden sich plötzlich einbildet, daß man sie früher schon einmal gesehen haben müßte ....

Ach ja, jetzt fiel's ihm ein, woher seine Weisheit stammte! Mit Elisabeth zusammen hatte er früher viel gelesen über die traurigen Helden vom Stamm der Risler, Karenin und wie sie alle heißen mochten.

Karenin hauptsächlich – an den mußte er jetzt denken! Unendlich rührend und sympathisch war er ihm früher erschienen, der Mann, der der schuldigen Gattin vergiebt, nur ungern in die Scheidung willigt, weil er ahnt, wie wenig Glück ihr in der neuen Ehe blühen wird, und der nach ihrem Tode auch noch ihr Kind, die lebendige Verkörperung seiner Schmach und Schande, liebevoll bei sich aufnimmt. Damals, als sie das Buch zuerst lasen, hatte er gemeint, daß Herr Karenin mehr wert sei, als alle Helden des klassischen Altertums zusammengenommen – – Heut aber, da er vor der Wahl stand, es ihm gleichzuthun, heut zuckte er die Achseln über ihn.

Bah! Er fühlte kein Zeug zum Karenin in sich! Die linke Wange hinhalten, wenn die rechte schon geschlagen worden, das thut kein richtiger Mann, sondern nur ein winselnder Frömmler. Die Sünderin muß das Haus verlassen, dem sie die Ehre genommen, mag da kommen was will!

Und wer hieß ihn denn auch, sich jetzt schon mit all' dem Bedenken und Überlegen quälen, jetzt, da alles noch in ihm blutete, da die Ehrvergessene noch unter einem Dache mit ihm weilte. War sie erst gegangen, fing die Wunde erst an zu vernarben, dann würde ihn die bittere Notwendigkeit schon all' das lehren, was ihm jetzt unbegreiflich, unausführbar schien.

Notwendigkeit! Wie sie ihm wohl that, die starre Härte des Worts, das ihn unerbittlich zu der Pflicht zwang, die er ja längst erkannt, an deren Erfüllung ihn nur noch zage, ach so begreifliche Schwäche hinderte ....

Notwendigkeit! .... Unendliche Wollust des Schmerzes flutete ihm aus dem einen, bösen Wort entgegen. – –

Was Elisabeth wohl sagen würde, wenn sie sah, daß es zur Scheidung kam? Der Abschied von dem Kinde mußte ihr doch sehr nahe gehen ....

Ordentlich wohl that's ihm, sich ihren Jammer auszumalen. Aber die verbissene Freude hatte sofort einen bitteren Nachgeschmack, so, als ob er unrecht thäte, sich beim Gedanken an ihren Schmerz zu erlaben ....

An ihrem Schmerz? Ja, wenn er nur ihr allein damit Weh bereitet hätte! Aber litt denn sein Kind nicht alle Qualen mit, die er der Mutter auferlegte, geradeso, als ob es noch ungeboren unter ihrem Herzen ruhe – – –

Und aus einem Geflute unklarer, widersprechender Empfindungen tauchte eine Frage empor, riesengroß, grauenvoll ..... Und wie er sich auch mühte, ihr zu entrinnen, wie er sich zwang, die Blicke von ihr abzuwenden, immer wieder kehrte er zurück zu der mahnenden Flammenschrift des Menetekels ....

D a r f i c h d e m K i n d d i e M u t t e r n e h m e n? War jene Verwachsung ihrer beiden Wesen, die sie ihm vorhin untrennbar erscheinen ließ, nicht in dem Kinde greifbar verkörpert? Gehörte das etwa dem oder jenen von ihnen? Nein, das gehörte ihnen beiden, wie sie ihm ja auch beide das Leben gegeben hatten ....

Aber was frommte dem Kind eine solche Mutter?

Eine solche Mutter? Mußte sie denn auch eine schlechte Mutter sein, weil sie eine schlechte Frau war? ...

Nur über eines konnte kein Zweifel bestehen: Das Kind mußte furchtbar leiden unter einer solchen Abtrennung, nicht nur jetzt, wenn die Mutter von ihm ging, vielmehr noch später, wenn es ihr Andenken gebrandmarkt sah, wenn's ihm die Welt entgelten ließ, daß es eben die Tochter seiner Mutter war ...

Denn die Leute mögen noch so sehr mit großgeistiger Vorurteilslosigkeit prunken, Kinder geschiedener Eltern bleiben für sie immer unangenehm empfundene Ausnahmswesen, und die allerstärksten Widersacher des Vererbungsgesetzes zögern in solchen Fällen nicht, nagelneue Weisheiten auszukramen vom Blut, das sich nicht verleugnet und vom Apfel, der nicht weit vom Stamm fällt – –

Gott! Wie oft, wie oft hatte er das alles mit angesehen und angehört! ... Aus seiner eigenen Kinderzeit fiel ihm eine kleine Begebenheit ein: Da er zur Schule ging, in die allererste Klasse, war unter seinen Mitschülern einer, dessen Mutter in getrennter Ehe lebte, und dieser Knabe hatte für sie alle stets etwas Besonderes, nicht gerade rühmenswert Auffallendes an sich gehabt .... Wie hatten sie den unglücklichen Buben mit Fragen und Bemerkungen gequält, deren Herzlosigkeit ihnen wohl allen erst nach vielen Jahren voll zum Bewußtsein gekommen war. Einmal, als sie in der Religionsstunde zuerst lernten »Du sollst nicht ehebrechen«, da hatten sich alle nach ihm umgedreht, und der bedauernswerte kleine Kerl war feuerrot geworden, denn sie wußten damals natürlich noch nicht, daß Ehebruch und Ehescheidung zwei gänzlich verschiedene Begriffe darstellen ....Und solche Eindrücke bleiben an einem Kindergemüt haften, bereiten allmählig die Verbitterung vor, die den erwachsenen Menschen erfüllt, wenn er gewahr wird, daß sein Herzeleid und seine unverschuldete Schande ihn vogelfrei gemacht für kleine Kränkungen, für große Beleidigungen ....

Und die würden seinem Kinde nicht erspart bleiben, dazu kannte er seine freundlichen Mitmenschen gut genug, und wie sehr er auch an seinem Mädel hing, er konnt's nicht hindern, daß sie einen bemakelten Namen mit herumschleppen mußte als Erbteil ihrer Mutter – – –

Wie aber, wenn er die Mutter in seinem Hause behielt?

Andere in seiner Lage hatten es gethan. Zuerst freilich war ihre lässige Energielosigkeit belacht, verhöhnt oder verurteilt worden, mit der Zeit aber, da keine äußere Veränderung an das innere Begegnis mahnte, vergaß man allgemach, daß ein solches sich jemals abgespielt und jene Kinder brauchten nicht die Sünde der Mutter abzubüßen, denn wer wird es wagen, die Frau laut schuldig zu heißen oder gar zu verdammen, die ihr berufener Richter, ihr Gatte freispricht, ihr nach wie vor Schutz und Ansehen gewährt, ja, die ganze Folgenschwere ihrer Schuld auf seine eigenen Schultern abladet. Denn behält er sie, – dann wird er als gutmütiger, gehörnter Ehemann verlacht, und behält er sie nicht – dann ist sein Haus leer – seiner Kleinen fehlt die Mutter, und das Herz kann's ihm abstoßen, wenn er sein und seines Kindes verpfuschtes Leben ansieht, während die Ungetreue ihren Geliebten zwingt, ihr durch die Heirat wiederzugeben, was sie durch ihn verloren, ihr ein neues, heiteres Leben zu erschließen – – –

Zum ersten Mal in seinem Leben begriff Friedrich das Martyrium jener Männer, deren Amtsehre eine so empfindliche ist, daß sie vor jedem öffentlichen Skandal zurückscheuen, ja zurückscheuen müssen, um mit ihrer Stellung nicht auch das Brot ihrer Kinder zu gefährden.

»Und ich thu' es doch nicht, nein, nein, nein …« Ganz heftig schrie er es laut in das stille Zimmer hinein, als redete da jemand zu Gunsten seiner Frau.

Beim Ton seiner Stimme schrack er unwillkürlich zusammen und besann sich wieder auf sich selbst. Schwer fuhr er sich mit der Hand über die Augen und die brennende Stirn, als wollt' er einen bösen Traum verscheuchen, der ihn mit schwarzen Fledermausflügeln ängstigte.

XV.

Nun hing es wie eine schwarze Wolkenwand über dem Hause; denn wenn Dr. Helmstedt seine Befürchtungen auch nicht laut aussprach, so lasen ihm die Eltern doch vom Gesicht ab, wie wenig Hoffnung es für die Genesung dieses zarten Körperchens gab.

Elisabeth wich nicht von dem kleinen Bette, obschon der Arzt eine barmherzige Schwester gewünscht hatte, da er für die in letzter Zeit selbst kränkelnde Frau die Anstrengung fürchtete, welche die Pflege bedingte, und nicht zum kleinsten Teil auch die Ansteckungsgefahr.

»Folgen Sie mir, Frau Amtsrichter, schonen Sie sich! Denn wenn Erwachsene sich an Kinderkrankheiten anstecken, so pflegt das meist sehr, sehr schlimm zu verlaufen.«

Aber Elisabeth erklärte mit einer Festigkeit, die keinen Widerspruch duldete, daß ihr Platz am Krankenbette ihres Kindes sei, und daß sie ihn behaupten werde, so lange – nun, so lange sie eben nötig sei.

Der Arzt wollte sich nun hinter Friedrich stecken, um durch dessen Macht den eigenen Willen durchzusetzen, aber der Amtsrichter war sehr zugeknöpft gewesen und hatte geantwortet, daß er es nicht liebe, die Entschließungen seiner Frau in irgend einer Weise zu beeinflussen.

So ließ man sie denn gewähren. Und nun saß sie Tag und Nacht in der verdunkelten Kinderstube, horchte angstvoll auf die schweren, unruhigen Atemzüge, die aus den Kissen hervorkeuchten, und hörte es kaum, wie draußen wilder Frühlingssturm über die Dächer heulte und die schweren Regentropfen prasselnd gegen die Fensterscheiben schlugen. Langsam und träge krochen die Tage dahin; ihr Kommen und Scheiden war kaum zu gewahren in dem dämmrigen Lichte, dem lautlos-grauen Einerlei des Krankenzimmers – wie viele schon dahingegangen waren, seitdem sie dasaß – Elisabeth wußte sie nicht mehr zu zählen ....

Sie summte dem fiebernden, in qualvoller Unruhe sich hin- und herwälzenden Kinde einlullende Lieder vor, bis sie dachte, daß ihr der Kopf zerspringen müsse und sie keinen Laut mehr aus der trokkenen Kehle hervorbrachte, sie harrte stundenlang in den ermüdendsten Stellungen aus, wenn das Kind etwa gerade, mit dem Kopf auf ihrem Arm liegend, eingeschlummert war, oder wenn es verlangte, daß die Mama abwechselnd ihre kühlen Hände auf seine trockenheiße Stirn legen sollte. Weigerte es sich, Milch, Bouillon oder Arznei zu nehmen, so aß ihm die Mutter alles mit demselben Löffel vor, den es vor wenigen Augenblicken erst im Mund gehabt und den es mit leisem Weinen, nur zur Hälfte geleert, zurückgehen lassen wollte. Und wieder und immer wieder küßte und herzte sie es, bis es sich mit matter Ungeduld ihrer doch so sanften Zärtlichkeiten zu erwehren suchte, sich mit dem Gesicht an die Wand drückend, ihr den Rücken zukehrte.

Dann faltete Elisabeth die Hände im Schoß und starrte in die Flamme der Nachtlampe hinein – langsam, langsam kam die Müdigkeit angeschlichen, aber immer wieder schreckte sie empor, so oft die geröteten Augenlider sich schließen wollten ....

Draußen schlugen die Glocken die zwölfte Stunde. – Erst zwölf Uhr! – Währten sie denn ewig, diese jammervollen Nächte, waren sie denn ohne Ende, diese langen, langen Stunden des Zitterns und Bangens, gingen sie denn nicht vorüber, diese hundert und hundert Minuten, von denen jede einzelne das Furchtbare vollenden konnte ....Und eine Viertelstunde nach der andern tönte über die schweigende Stadt hin – und endlich brach die Dämmerung an, grau und unfreundlich, wie sie in regnerischen Frühlingstagen zu sein pflegt, aber doch eine Dämmerung mit Licht und Leben!

Mit welcher Erleichterung Elisabeth jedesmal den ersten hellen Strahl begrüßte, der sich durch die Vorhangspalte stahl! Und doch schlich sie dann scheu, betreten vom Krankenbette weg, denn ehe Friedrich zu Gericht ging, kam er, sich nach seinem armen Liebling umzusehen – ein- oder zweimal war er auch schon bis zum Morgen dageblieben, und da hatte ihm Elisabeth aus dem Weg gehen, sich ins Schlafzimmer zurückziehen wollen. Aber Lieschen hielt's nicht lange ohne sie aus, und so saßen sie sich denn an dem kleinen Bette gegenüber, äußerlich geeint durch die Allgewalt des Schmerzes und innerlich doch so weit, weit entfernt von einander – –

Stunde auf Stunde verstrich in der entsetzlichen Angst. »Wenn es sterben sollte ...« Und wiewohl Elisabeth zurückschauderte vor der Qual des Gedankens, so dachte sie ihn doch gar manches Mal nicht als schmerzerpreßten Ausruf verzweiflungsvoller Furcht, sondern als uneingestandenen flehenden Wunsch – –

Welch' eine Lösung des grauenvollen Zwiespalts! Das Kind nicht dazu verdammt, die Sünde der Mutter heimzuzahlen, sondern in seinem Grab geborgen vor allem Leid und Weh, und sie selber frei, mit sich zu beginnen, was sie wollte! – – Ja, ganz frei! Denn an das Kind, das sie unter dem Herzen trug, dachte sie kaum, und wenn – so war auch ihm besser, wenn es noch ungeboren dahinging ....

Es lag beinahe Beruhigung in dem Gedanken, daß sie mit Lieschens Tod das Schrecklichste überstanden hatte – war erst ihr Kind heimgegangen, was auf der Welt hätte dann noch Macht über sie?!

Das Kind gestorben!

Sie versuchte sich das erhitzte Gesichtchen leichengelb vorzustellen, die fieberglänzenden Augen gebrochen, halboffen – aber es ging alles mit ihr im Kreise umher, ein ungeheures Angstgefühl schnürte ihr die Brust zusammen, und mit einem leisen Aufseufzen fiel sie ohnmächtig vom Stuhl herab zu Boden ...

Ein paar Minuten in tiefer, bewußtloser Nacht ... Dann ein schweres, lautloses Ringen zwischen Licht und Finsternis, ein erster matter Dämmerschein, wie frühes Tageslicht, das mühsam durch verhängte Fensterscheiben bricht – ein stöhnender, hinsterbender Seufzer und gleich darauf das Gefühl, als greife eine stählerne Riesenhand nach dem zuckenden Herzen – –

Nur ein paar armselige Minuten der Ruhe waren ihr gegönnt gewesen, nur für eines Atemzuges Dauer hatte der grausame Henkersknecht sie von der Folterbank genommen; damit sie ihm nicht zu bald unter den Händen dahinschwand, hatte wohlthätige Ohnmacht ihr die grausenhaften Wunden, die unerhörten Martern vergessen lassen, die er ihr angethan – – Und nun, da sie Atem, Kraft genug geschöpft, um auf's neue jede Qual, die er ersann, blutend zu empfinden, jetzt blieb ihr noch das Letzte übrig – das Martyrium, das noch keiner je geschildert, weil kein menschlich Auge solchen Schmerzensanblick erträgt, das die Gesichter der Mütter zu thränenlosen Todesmasken wandelt, als hätten sie der Medusa ins Antlitz geblickt. – –

Nun saß sie wieder Stunde auf Stunde da, rüttelte die Kissen auf, schmeichelte dem Kinde die Medizin ein, sang ihm vor, wenn es einschlummern wollte, hielt seine Hände, wenn es wachte, und jetzt hatte sie immer nur den einen sehnsüchtigen Wunsch: es gesund zu wissen –

Was weiter kommen sollte, kümmerte sie nicht mehr – – Immer wieder kniete sie zu heißem Gebete nieder, und ob auch ihr selbst keine Beruhigung daraus erwuchs, so stieg doch unablässig die jammernde Bitte empor: »Laß es gesund werden, laß es gesund werden!« Klagelos, gefügig wollte sie dann das Haus ihres Mannes verlassen – was aus ihr selbst wurde, war ihr ganz gleichgiltig, aber nur wissen, daß dies heißgeliebte Kind lebte, nur denken dürfen, daß es atmete, lachte, froh war, daß ihm, wie weit sie auch getrennt sein mochten, dieselbe Sonne aufging, dieselben Sterne leuchteten, die seine unglückliche Mutter beschienen – – Wie armselig erschien ihr jetzt alles, was sie vorhin gedacht und gefürchtet! Was lag an einer Stiefmutter und am bösen Gerede der Leute, und an einem bischen Herzweh?! Mit einer gesunden Natur muß man darüber wegkommen – – nur über den Tod kommt man nicht weg – – über einen Sarg und über eine schwarze Grube! Nein, nein, es durfte noch nicht fort, es mußte noch dableiben im warmen, sonnigen Dasein, es mußte seine Zeit erst genießen, ausleben dürfen, nicht vorzeitig weggeholt werden ins planlose Nichts. – Leben erschien ihr jetzt als das Höchste, was sie für ihr Kind erflehen konnte – ja, es sollte groß werden, lieben, Frau und Mutter werden – »eine bessere, eine glücklichere als ich« – – Und schwere Thränen tropften auf Lieschens spärliches Blondhaar nieder.

Eine verzweifelte Festigkeit befiel Elisabeth. Ihr war's, als müßte sie Brust gegen Brust mit dem Unerbittlichen ringen, der dies junge Leben hinmähen wollte – – Und das Fieber stieg immer höher, des Kindes Augen glühten immer mehr – – verworrene Reden begann es zu führen, unverständlich hervorgestoßene Worte – – unheimlich kichernd lachte es in sich hinein .... nun wieder das Geflüstere, als spräch' es leise zu irgend jemand dort in der Ecke – – dann wieder in all das Geraune und Getuschele hinein ein markerschütternder Aufschrei – – Mit hochgehobenen Händen kniete Elisabeth an dem Bette und lallte nur immerfort: »Laß sie mir, o Gott, laß sie mir!« Wortlos saß Friedrich daneben; er verzog keine Miene, kaum daß einmal ein tieferer Atemzug seine Brust hob, aber später, nach Jahren, wenn er dieser Augenblicke gedachte, schien's ihm unfaßlich, daß er damals nur *sein* Weh, das Weh eines einzigen Menschen, getragen haben sollte – – Mit peinigender Langsamkeit schlich die Nacht vorüber. Keine Scheu hielt die Gatten mehr umfangen, keines hatte mehr einen andern Gedanken, als das Kind. Mitternacht – und die ersten Morgenstunden – das erste Grauen des jungen Tages – und immer noch warf es sich in wilden Phantasieen auf seinem zerwühlten Lager hin und her .... Und die beiden Menschen, die bei ihm saßen, hätten sich beinahe gefreut über diese Unruhe, dieses Irrereden -- da war doch noch Leben, Hoffnung!

Aber wenn das Körperchen erst anfängt, sich zu strecken, wenn die Irrereden verstummen --

Mit einem gurgelnden Aufschrei verbarg Elisabeth ihr Gesicht in den Händen; apathisch schaute Friedrich zu ihr hin und wie ihre verweinten Augen jetzt zu ihm herüberglitten, da that's ihm trotz allem und allem unsagbar wohl, gerade hier und gerade jetzt eine Seele zu haben, die völlig eins mit ihm war --

Der Arzt kam, machte ein ernstes Gesicht. – Dann noch ein Tag mit seiner Qual, noch eine Nacht und wieder ein Tag. – Dann endlich, gegen Mitternacht, fing es an ruhig zu werden – sein Reden und Lachen verstummte – die hitzezerrissenen Lippen schlossen sich – ganz still legte es sich mit dem Gesicht der Wand zu – Schweiß brach ihm am ganzen Körper aus – langsam schlummerte es ein ---

Ob es schon Totenwache war, die sie hielten, ob sie doch noch vielleicht, vielleicht – erquickenden Genesungsschlummer behüteten, die zwei wußten es nicht – begehrten es kaum mehr zu wissen. Wie aus Stein gehauen saßen sie zu Häupten des Bettes, merkten es nicht, wie die Nacht verblaßte und der Tag anbrach, und als der Arzt zu früher Morgenstunde eintrat, da saßen sie noch geradeso da, wie gestern Abend und hätten beinahe gestaunt, daß jemand kam, sie aufzuschrekken aus ihrer gedankenlosen, dumpf erstarrten Ruhe --

Dr. Helmstett hatte sich nicht einmal Zeit genommen, draußen den Überzieher abzulegen; den glänzenden Cylinderhut in der Hand, trat er herein, anscheinend gemächlich, und dennoch von innerer Unruhe gepackt, daß ihm die Mutter mit einem Jammerschrei entgegenstürzen möchte --- Schon von der Thürschwelle aus warf er einen stumm-fragenden Blick auf die Eltern:

»Wie war die Nacht?«

Ja, wie war die Nacht?!

Sie sahen sich fragend an. Sie wußten nichts mehr davon, als daß sie beide all' ihre Sünden abgebüßt hatten in der einen Nacht, in der sie mit anschauen mußten, wie ihr Kind dem Tode verfiel. – Aber das war's ja nicht, was der Arzt hören wollte, und etwas anderes wußten sie nicht --

»Sie schläft«, sagte Elisabeth endlich seltsam trockenen Tones und wies mit einer müden Bewegung zu dem Kinde hin.

Der Arzt stutzte – vermied es, ihren Augen zu begegnen; er legte Überrock und Hut ab und trat zu dem Kinde ... Wie er seiner zuerst ansichtig wird, stutzt er noch mehr, setzte sich auf den Bettrand nieder, befühlt den Puls, die Stirn, preßt sein Ohr an des Kindes Herz – liegt ganz über ihm, als wollt' er's erdrücken mit dem breitschulterigen Körper im schwarzen Gehrock ... Nun setzt er sich wieder auf; ein paar Sekunden ruht seine harte Rechte auf Lieschens Stirn, während die Linke vorsichtig das zerbrechliche Handgelenk hält, den Puls suchend, und dann – – –

Wohl hundertmal hatte Elisabeth versucht, sich dieses »dann« vorzustellen; nie war es ihr gelungen, das Schrecknis des Gedankens voll zu erfassen. Und dennoch war sie von seiner grausamen Erfüllung so fest überzeugt, daß sie den Arzt verständnislos anstarrte, als er jetzt ihr und Friedrich seine Hände entgegenstreckte:

»Meinen Glückwunsch, Frau Amtsrichter, die Kleine ist zäher, als sie aussieht. Die kritischen Tage sind überwunden, die Gefahr scheint vorüber zu sein. Gelt Mädele?«

Fröhlich und dennoch unendlich vorsichtig zupfte er das immer noch im Halbschlummer daliegende Kind an einem dünnen Lockenschopf, der ihm feucht-zusammentgeklebt in die Stirne hing.

»Vorüber«, wiederholte Elisabeth automatenhaft, »vorüber.«

Aber offenbar begriff sie den Sinn des Wortes gar nicht. »Vorüber«, sagte sie noch einmal, die Augen schließend, tief Atem holend. – Und dann, als sei ihr mit einem Male die Erkenntnis eines Wunders gekommen, stürzte sie neben dem Bette auf die Knie und schluchzte krampfhaft in die zerknitterten Linnen hinein.

Dr. Helmstett versuchte ihr freundlich beruhigend zuzureden, denn er hatte gar nichts an sich, von dem in der deutschen Litteratur so beliebten bärbeißig-polternden Arzt mit dem abgetragenen Flausrock und dem goldenen Herzen. Er war ein hochgewachsener, dunkelblonder Mann von vielleicht vierzig Jahren, dessen breite Backenknochen und melancholisch herabhängender Schnurrbart ganz mongolisch aussahen, während die breite behäbige Sprache doch den Schwaben nicht verleugnen konnte.

»Kommen Sie, Frau Amtsrichter, regen Sie sich nicht so auf! Bitte, nehmen Sie sich ein wenig zusammen!«

Aber seine Worte fruchteten nichts – Elisabeths ganzer Körper erbebte jetzt in leidenschaftlichstem Freudengeschluchze. Da wollte Dr. Helmstett sie sanft emporheben.

»Sie müssen sich jetzt beruhigen, Frau Amtsrichter, sehen Sie, das Kind muß jetzt absolute Ruhe haben.« Da stand sie auch schon fest und kerzengerade auf ihren zitterigen Füßen:

»Ach ja, das Kind!«

Eine verklärende, fast überirdische Freude lag auf dem verhärmten Gesicht: »Ich werde alles thun, was Sie wollen, sie lebt ja! Gott, Gott, sie lebt!« .... Und alles um sie her versank und sie sah nichts mehr, als ihr Kind, das, vom lauten Sprechen geweckt, seine großen Augen aufschlug – müde, ach unendlich müde – aber ruhig, verständig blickend, fieberfrei – –

Friedrich war bei den Worten des Arztes aschfahl geworden, kein Blutstropfen regte sich in seinem Gesicht – aber am liebsten wär er gleich Elisabeth in lautes Freudenweinen ausgebrochen. Er stotterte ein paar Worte hervor, die eigentlich keinen rechten Sinn und einen nur sehr losen Zusammenhang mit der glücklichen Wendung der Krankheit hatten, überhörte alle Anordnungen, die Dr. Helmstett für nötig erachtete und ließ ihn schließlich aus dem Zimmer gehen, ohne ihn zu begleiten. Erst auf der Treppe holte er ihn dann noch ein.

»Ist wirklich alle Gefahr vorüber?« fragte er erregt.

»Ja, Herr Amtsrichter«, entgegnete des Arztes angenehm-gedämpfte Stimme. »Man muß jetzt nur sehr acht geben auf das Kind! Strenge Diät, größte Schonung für die Augen und vor allem Ruhe, absolute Ruhe. So ein Fieber zehrt – hauptsächlich an einem so zarten Ding!«

»Ja ja«, nickte Friedrich.

»Wenn nur Ihre Frau sich jetzt schonen möchte, die Sache hat sie furchtbar mitgenommen!«

Ihre Frau! Mit den zwei Worten war auch alles Glück, aller Jubel schon wieder vorbei ....

»Ja, ja, sie muß sich schonen,« entgegnete er sehr korrekt und sehr kühl. »Vielleicht wäre eine Luftveränderung geraten?« fügte er noch hinzu, da er des Arztes erstaunten Blick gewahrte.

»Wir können das vielleicht morgen besprechen«, meinte Dr. Helmstett, dem der plötzliche Umschlag in Friedrichs Stimmung nicht entgangen war. »Für heute hab' ich die Ehre, Herr Amtsrichter, und nochmals meinen Glückwunsch!«

»Danke, danke.«

Sie schüttelten sich die Hände und Friedrich kam ins Krankenzimmer zurück. Das Kind lag wieder in sanftem Halbschlummer da, so drückte er nur einen vorsichtigen Kuß auf seine abgemagerten Fingerchen und ging fort, ohne Elisabeth nur eines einzigen Blickes zu würdigen. –

Daß ihre Anwesenheit ihm auch diesen Augenblick verbittern mußte!

XVI.

Der anfänglichen freudigen Erregung Elisabeths folgte rasch eine entsetzliche bekümmerte Niedergeschlagenheit. Das Kind schlief viel, lag auch im Wachen meist ruhig da, und so versenkte sich die Mutter wieder in all' die Trübsal, die nur vor der großen Sorge der allerletzten Tage hatte verblassen können.

Ja, das Kind gesundete, aber nicht für sie; jeder Fortschritt seiner Genesung rückte den fürchterlichsten Augenblick näher, denn zweifelsohne würde Friedrich jetzt zu Ende führen, was durch die Krankheit Lieschens sich nur verzögert hatte .... Mit wehmütiger Freude sah sie, wie das Kind kräftiger wurde – – bald würde es ganz gesund sein und die Verdammungsstunde mußte schlagen! Namenlose Angst befiel sie, wenn sie daran dachte; wieder und immer wieder strich ihre Hand durch das seidenweiche Blondhaar der Kleinen und ihre Augen füllten sich mit Thränen, wenn sie das liebe, abgezehrte Gesichtchen betrachtete. Und doch war's wohl am besten, wenn sie ging – recht bald ging, denn schon stellten sich die natürlichen Beschwerden ihres Zustandes ein, und sie glaubte jedesmal in Grund und Boden sinken zu müssen, wenn die unschuldigen Kinderaugen erstaunt – verständnislos zusahen, wie die sonst so lebhafte Mama sich nur mühsam, schwerfällig nach einem entfallenen Spielzeug bückte und tief atmend in einen Stuhl sank, wenn sie etwas sehr rasch hatte herbeiholen müssen. –

Und schon begann sie die Tage zu zählen, die ihr noch zu bleiben vergönnt waren: »Vielleicht noch drei Wochen«, dachte sie, »dann noch ein paar Mal mit ihr ausfahren – –«

So mußte in früherer, grausamer Zeit den zum Tode verurteilten Schwangeren zu Mute gewesen sein, denen die erlösende Stunde der Entbindung auch die letzte bedeutete. Das Glück, das Kind am Leben zu wissen, schwand nach und nach vor dem Schmerz, es zu verlieren; kaum daß sie es mehr über's Herz brachte, seine Genesung herbeizuwünschen ....

Als Friedrich sich von dem ersten Glücksrausch erholt hatte, fühlte er eine starke, zielbewußte Thatkraft in sich erwacht. Wie sehr er an seinem Kinde hing, das hatte er erst empfunden, als er es schon verloren wähnte, jetzt aber, da es ihm wie durch ein Wunder erhalten geblieben, jetzt wollte er die Wandlung, die in ihrer beiden Leben eine einschneidende Veränderung bedeuten sollte, mit fester Hand, so schnell wie möglich herbeiführen – – Heute noch mußte Elisabeth das Haus verlassen, ja, heute noch .....

Jetzt, in der hindämmernden, wohligen Schwäche der Rekonvaleszenz wird Lieschen sie wohl nicht allzusehr vermissen, sich leichter an ihre Abwesenheit gewöhnen ... Leichter? Ja, ja, es war wohl denkbar, daß in dem totmatten Körperchen auch Zärtlichkeit, Widerstandsfähigkeit und Willenskraft sich schwächer äußerten, als in gesunden Tagen, aber Schmerz würde es ihm dennoch bereiten .....

Er begann zu zittern, als er daran dachte, dieses zerbrechliche, eben erst vom Tode erstandene Geschöpfchen weinen zu machen – – Konnten ihm denn Weh und Thränen nicht einmal jetzt erspart bleiben?

Nein, nein, es mußte sein! Mußte? – –

Und wieder die wahnwitzige, tolldreist sich aufdrängende Frage: »Ja, hab' ich denn überhaupt das Recht, dem Kinde die Mutter zu nehmen?«

Wohl sprachen ihm göttliches und menschliches Gesetz das Recht zu, die schuldige Frau aus seinem Hause zu treiben, wie aber, wenn diese Frau zugleich die Mutter seines Kindes war? Und eine Mutter, die sich so feuerfest bewährt, wie eben Elisabeth am Krankenbette des Kindes? Denn wie sie es gepflegt, wie sie darum gebangt, gezittert und gelitten, das hatte er gesehen, wenn er sie auch kaum eines Blickes gewürdigt, kaum je ein gleichgiltiges Wort mit ihr gewechselt in all' den langen, bangen Tagen und Nächten, die sie in trostloser Zusammengehörigkeit bei ihrem totkranken Kinde verbracht hatten.

Er erschrak, als er bemerkte, daß er eine Frage ernsthaft zu erwägen begann, die er noch vor einigen Tagen als lebensunfähig ins Reich der Unmöglichkeiten hatte verbannen wollen. Und schon war er so weit verstrickt in einem Gewirre von Zweifeln, Bedenken und Widersprüchen, daß es ihm schwer dünkte, aus diesem Labyrinth heraus den Weg zurückzufinden zur klaren, bestimmten Einsicht.

Nur eines fühlte er jetzt schon – halb mit Grausen, halb mit jener schmerzlichen Befriedigung, die uns die schwerste Selbstüberwindung bereitet: es war ihm unmöglich, den Gedanken an ein Zusammenleben mit Elisabeth so verächtlich, so weit von sich weg zu schieben, wie er es gern gewollt hätte, wie er's vor ein paar Tagen noch gekonnt – –

Er begann im Zimmer auf- und abzugehen – große Schweißtropfen traten auf seine Stirne. Kein Mensch auf der ganzen Welt kann einem Kinde seine Mutter ersetzen – – Darf also der Vater, gegen den sie sich vergangen, es mitbüßen lassen für eine Schuld, an der es keinen Teil hat? Ist das nicht hart, unerhört, grausam? Und doch geschieht es alle Tage – alle Stunde – – Sollte sich sein Kind ihnen zugesellen müssen, jenen traurigen, kleinen Enterbten, deren Händchen sich umsonst an der Mutter Kleider geklammert, die umsonst an ihrem Halse geweint, umsonst sie mit einfältig-süßen Versprechungen, mit ihrem Lieblingsspielzeug hatten zurückhalten wollen, und die in herzzerreißendem Eigensinn noch lange, lange schmeichelnd, bettelnd, jammernd an der Thüre stehen blieben, die der stolze, unversöhnliche Vater hinter einer weinenden, verzweifelten Frau ins Schloß geworfen – –

Nein, nein, alles mochte man von ihm fordern, alles, aber so ein Jammerbild mit ansehen – nie, nie .....

Dann mußte er sie also behalten?

Sein ganzes Innere bäumte sich dagegen auf. Schlucken, schlucken, die ganze Schande hinunterschlucken! .... Sich nicht vor allem Genugthuung holen für das größte Leid und den größten Schimpf, da ruhig weiterleben, wo man sich laut aufjammernd über die Trümmer einstigen Glücks hinwerfen möchte, mit der ungetreuen Frau unter demselben Dache weiterleben, ihr zum zweiten Male den Schild der Ehre anvertrauen – Heldentum ohne gleichen! Nein, nicht Heldentum – Thorheit ohne gleichen! Wer, der sich zu ihr bekannte, lud nicht den Spott, die Geringschätzung der andern auf sich? Und doch, und doch, verhöhnte, verachtete Ehemänner, die ihr die eigene Schande verbergen helft, nicht draußen in der Welt, nein, daheim in eurer Kinderstube müßt ihr fragen, ob ihr recht gethan, als ihr es vorzoget, die tragikomische Rolle des nichtsahnenden Ehemanns zu spielen, statt den »Rächer seiner Ehre« ....

Friedrich nickte vor sich hin, in seinem Gesicht zuckte und arbeitete es, sein Atem ging schwer und stöhnend, tiefer und immer tiefer sank ihm das Haupt auf die Brust: »Laß diesen Kelch an mir vorübergehen« – aber der Leidensbecher geht an keinem vorüber.

»Ich kann nicht, ich kann nicht! Die ganze Welt steht ihr offen, aber mein Haus soll rein bleiben!«

Und er sah eine einsame Kinderstube, in der ein scheues Kind umsonst nach der Mutter rief, ein kleines Krankenbett, an dem eine bezahlte Fremde pflichtgetreu, aber unzärtlich waltete, eine freudlose Kinderzeit, der eine öde, liebeleere Jugend folgte – – Und er sah das Mädchen hinaustreten in die Welt, die es mit Getuschele und Gezischele empfing, sah, wie sie ihm mit heuchlerischem Zögern, mit falschen Freundschaftsbeteuerungen die alte Geschichte erzählten, wie es erröten, sich gedrückt und schuldig fühlen mußte, um seiner Mutter willen .... Und alles, alles, weil er sie nicht mit starkem Arm hatte halten wollen, weil er selbst sie der Schande und der Verachtung zum Fraße hingeworfen, statt durch ein Zeichen seiner Hand die Schuldige zu begnadigen – – Er lachte gerade hinaus, als er sich bei dem unwillkürlichen Vergleich mit den antiken Römern ertappte. – Freilich, die Ähnlichkeit mußte ja jedem in die Augen springen: ein freier Bürger des klassischen Roms und ein moderner, gehörnter Ehemann – – Bravo! Bravo!

Ganz plötzlich aber verstummte sein unnatürliches grelles Lachen, wie geistesabwesend starrte er ein paar Augenblicke vor sich hin. Dann mit einem Mal aus einem Wirbeltanz von Gedanken heraus:

»Das Kind braucht sie, also mag sie bleiben.«

Er fuhr zusammen. Was war er im Begriff da zu thun? Gemein zu sein wie tausend andere? Ja, ja, ihr tausend Andern, ihr thatet recht, denn ihr habt es für eure Kinder gethan.

Friedrichs Herz klopfte zum Zerspringen.

»Es ist ein größeres Martyrium, das ich mir auflade als sämtliche gespießte und gebratene Märtyrer erduldet, aber ich hab' nur zu wählen zwischen dem Kinde und mir. So muß es denn geschehen – sogar mit sehr viel Ungezwungenheit geschehen, denn, ahnte irgend jemand etwas von dem Opfer, so wär' es umsonst gebracht. Vor dem Herzen des Kindes, vor den Augen der Welt muß ich sie auch fernerhin so halten wie bisher: als eine anständige, achtenswerte Frau.

Zornige Thränen funkelten in seinen Angen: »Kind, Kind, kannst Du mir's je vergelten?«

Er holte tief Atem, der Entschluß war gefaßt, der gute, richtige Entschluß, das fühlte er; nun galt es, nur nicht mehr wankend zu werden, sich selbst jeden Rückzug abzuschneiden. Er läutete. Während der paar Augenblicke, die verstrichen, bis das Zimmermädchen erschien, trat er ans Fenster und sah auf die Straße hinab. Frühling war eingezogen ins Land, heller, warmer, sonnenglänzender Frühling, und er hatte es gar nicht einmal bemerkt, wie die Luft lau geworden, wie die Bäume schüchterne Knöspchen angesetzt, wie die Leute behaglich im warmen Sonnenschein umherschlenderten, wie der Himmel so blau war, daß einem Augen und Herze wehe thaten, wenn man lange hineinsah. – Hastig trat er von dem Fenster zurück.

»Der gnädige Herr befehlen?«

»Ich lasse meine Frau bitten, für ein paar Minuten hierher zu kommen.«

»Sehr wohl, gnädiger Herr.«

Elisabeth kam mit schlotternden Knieen, schneeweiß im Gesicht, mit angstvoll aufgerissenen Augen. – An der Thür blieb sie stehen.

Friedrich stand, ihr das Gesicht zukehrend, mit dem Rücken gegen das Schreibpult, die Handflächen leicht auf den äußersten Rand der Tischplatte gestützt, die Beine mit eingedrückten Knieen weit vorgestreckt – eine ungezwungene, fast nonchalante Stellung, die sehr schlecht zu der furchtbaren Beklemmung paßte, die ihn befangen hielt, und in der er sich vergeblich mühte, den richtigen Ausdruck für seine große Eröffnung zu finden.

Ein paar Sekunden vergingen in erdrückendem Schweigen.

»Du hast mich rufen lassen!« brachte Elisabeth endlich mühsam hervor.

»Ja, ja – ich ...« Zu dumm, daß ihm das rechte Wort nicht einfallen wollte! »Ja, ich hab' Dich rufen lassen.«

Nervös, mit verlegener Hast fing er an in allerlei Zeitungen und Briefen, dem Posteinlauf der letzten Tage, umherzukramen.

.. »Da ist ein Brief für Dich!«

Er hielt ihr ein starkes, elfenbeinfarbenes Couvert mit kleinem dunkelgrünem Monogramm entgegen. Die Aufschrift:

Hochwohlgeboren
Frau Elisabeth Becker,
geb. Mey,
München
Leopoldstraße 41B.

wies vornehme, nicht allzu kräftige Züge. In der Ecke rechts oben eine blaue 25 Centesimi-Marke.

Als Elisabeth die Handschrift sah, wollte sie den Brief rasch in die Tasche gleiten lassen.

»Lies!«

Und sie las, ob ihr auch die Buchstaben vor den Augen tanzten, und sie unablässig die höhnisch forschenden Blicke ihres Mannes auf sich ruhen fühlte, der ein unbegreifliches, selbstquälerisches Vergnügen dabei empfand, daß seine Frau da vor ihm den Brief ihres Liebsten lesen mußte, und den's doch packte wie Eifersucht auf das, was einer ihr heimlich zu sagen hatte, auf das, was sie heimlich las, so daß er ihr immerfort ins Gesicht sah, ob es nicht wiederspiegelte, was ihr aus dem Brief entgegenwehte.

Venedig, Hotel Danieli.

Ma bien aimée!

Nach dem, was vorgefallen, mußte meine Abreise so plötzlich erfolgen, daß ich nicht mehr Zeit und Wege finden konnte, um Dir mündlich mitzutheilen, daß Professor Ziemssen mich »überarbeitet« genug fand, um mir einen vier- bis fünfwöchentlichen Aufenthalt »fern von Madrid« dringend anempfehlen zu können. Se. Excellenz der Minister schloß sich dieser ärztlichen Meinung mit einem für einen Laien geradezu erstaunlichen Verständnis an, und so blieb mir nichts übrig, als schleunigst meinen Koffer zu packen und in das gelobte Land der Goldorangen zu ziehen. Nach Ablauf der oben erwähnten vier bis fünf Wochen dürften meine Nerven sich genügend gekräftigt haben, um mir das Zusammenleben mit lieben Nächsten zu ermöglichen; so meinten wenigstens Professor Ziemssen und Se. Excellenz der Minister. *Mon dieu*, ich scherze und scherze, und dabei ist mir furchtbar ernst zu Mut, denn ich denke an Dich und all die schweren Stunden, die Du ganz allein, ohne meinen Beistand und meinen Trost hast durchkämpfen müssen ... Sei aber überzeugt, mein Herz, daß ich Dir niemals vergessen werde, was Du aus Liebe für mich gethan und gelitten, daß ich den Augenblick kaum erwarten kann, der Dich mir für immer zuführt, mir und dem Heim, nach dem ich mich, ach wie lange schon, gesehnt! – Vielleicht gehst Du nach erfolgter Scheidung für einige Zeit nach Italien oder in die Schweiz (ohne mich natürlich), und dann, ja dann – hol' ich Dich heim in unser Haus.

Aber wo das liegt, wer kann's wissen? Vielleicht an den grünen Ufern der Spree, gegenüber dem Reichsamt, vielleicht auch im fernen Märchenlande, duftig umkränzt von Deinen persischen Schwestern, den Rosen von Schiras.

Nun werde ich gar altväterisch sentimental, und die kluge, schöne Frau wird mich auslachen, wenn sie meinen Herzenserguß liest! – Du wirst mir sehr bald und sehr ausführlich schreiben, nicht wahr, *mon ange*? und mitunter auch zu dem herdenken, dessen Gedanken unablässig bei Dir sind, und der jetzt und in alle Ewigkeit sich nennt

Dein Max.

»Was will er?« Gleich nachdem er die Frage gestellt, hätte Friedrich sich selbst auf den Mund schlagen mögen – aber nun war's heraus, und unwillig über die eigene brutale Neugier mußte er ihre Antwort vernehmen.

»Heiraten will er mich!« Sie hatte die Augen zu Boden geschlagen, die Hände, die noch immer den Briefbogen hielten, bebten leise und doch war's ihm, als klänge ihre Stimme triumphierend, als blitze es unter den gesenkten Wimpern hervor wie Schadenfreude und Hohn.

Er lachte schneidend auf.

»Ja, ja, sie werden ja bekanntlich nicht alle.«

Wieder reuten ihn seine Worte.

Elisabeth aber warf jetzt den Kopf zurück, um Schläfe, Stirn und Mund lagerten tiefe Falten, ihr Unterkiefer schob sich trotzig weit vor – eine häßliche, alte Frau war sie in diesem Augenblick. Und kreischend wie eine ganz alte Frau schrie sie ihrem Manne zu:

»Du hast nicht von ihm in dem Ton zu sprechen, und von mir auch nicht, hörst Du? Ja, es ist wahr, ich bin schlecht gegen Dich gewesen, und Du kannst mich ja dafür mit Schimpf und Schande aus dem Hause jagen, von dem Kinde weg – (hier brach ihr die Stimme) – aber was nachher ist, – was wir nachher thun, das geht Dich nichts an – gar nichts. – Ich leid's nicht, daß Du so von ihm sprichst –« Die Thränen stiegen ihr aus der Kehle empor, so daß sie ihre Worte nur mehr ruckweise hervorstoßen konnte. »Alles hab ich mir ja gefallen lassen, geschimpft, geprügelt, herumgestoßen hast Du mich wie einen Hund, und hast doch sehen müssen, was ich leide, – Herrgott, was ich leide! ... Ich kann's doch nicht mehr ungeschehen machen! Und wenn's mich auch noch so sehr reut, und wenn Du mich auch halb totschlägst, – 's bleibt doch alles wie's ist. Nichts hab' ich mehr auf der Welt, als den einen Menschen da«, fuhr sie, mehr mit sich selbst als zu Friedrich sprechend, in verzweiflungsvollem Flüsterton fort: »Wenn der auch nicht mehr möcht', dann –« Sie starrte vor sich hin. Dann sich wieder zusammenraffend: »Und eben drum leid' ich's nicht, daß Du so von ihm sprichst, so – so – nun so, wie Du's eben gethan. Ich gehöre ja jetzt zu ihm, also – –«

Sie verstummte; eine lange Pause entstand.

Während ihrer heftigen Auseinandersetzung war Elisabeth unwillkürlich näher zu ihrem Manne hingetreten, ebenso unwillkürlich schob sie sich jetzt langsam zu ihrem Platz am Thürpfosten zurück. Ihre Erregung hatte sich mit einem Mal gebrochen, sie verstand sich selbst nicht recht, und nicht die leidenschaftliche Festigkeit, mit der sie für einen Mann eingetreten, der ihr im Grunde ihrer Seele so gleichgiltig war, wie dort die erste Sommerfliege an der Wand.

Friedrich war sehr erstaunt über die energische Kühnheit, zu der diese tief gedehmütigte Frau sich aufzuschwingen getraut hatte, und doch imponierte sie ihm jetzt beinahe, gefiel ihm jetzt weit besser, als wenn sie feige winselnd und weinend umherschlich .....

Immer noch blieb es ganz still im Zimmer. Man hörte nichts als das geschwätzige Ticken der Wanduhr und jede Minute, die ihr feiner Goldfinger wies, erschien den beiden Menschen wie eine Ewigkeit. Ein paar Mal schon hatte Friedrich den Mund geöffnet, aber immer wieder war ihm das Wort in der Kehle stecken geblieben. »Jetzt – jetzt – –« Und immer wieder verschob er's auf die nächste Sekunde. Er nahm ein Falzbein von seinem Schreibtisch und schlug damit leise, taktmäßig in seine linke Hand hinein – schneeweiß war er im ganzen Gesicht und seine Lippen zuckten.

»Du hast selbst gesagt, daß ich Dich mit Schimpf und Schande aus dem Hause jagen kann«, begann er endlich, mit vor Aufregung gedämpfter Stimme. »Wie gerne würd' ich von diesem Recht Gebrauch machen –«

Er hielt inne, denn er fand, daß er sich eigentlich sehr affektiert ausdrückte – –

»Aber das Kind braucht Dich«, brach es dann wie ein gewaltiger Naturlaut von seinen Lippen. »Also bleib!«

Elisabeth hatte aufgehorcht und sah ihn nun völlig verständnislos an. Unmöglich konnte sie recht gehört haben – –

»Wa–a–a–s meinst Du?« stotterte sie endlich, feuerrot im ganzen Gesicht.

»Bleib' um des Kindes willen!«

Sie schrie laut hinaus und warf sich zu Boden hin, mit der Stirn hart aufschlagend, die Hände in den Teppich gekrallt, sich förmlich wälzend in ihrem Schmerz – –

»O mein Gott – mein Gott.« … Er stutzte – keuchte ihr atemlos zu: »Willst Du nicht? Willst am Ende lieber –«

Keine Antwort, nur herzzerreißendes Schluchzen.

»Sag's, sag's! …«

»Ich kann nicht – kann nicht – O Gott, o Gott, Du weißt ja noch nicht alles – –«

Einen Herzschlag lang überkam es Friedrich wie triumphierende Erleichterung – also das doch nicht! Dann aber – o, auf sie hinstürzen hätte er mögen, sie erwürgen, die Schamlose die ihm die Schande auch noch in Fleisch und Blut ins Haus trug – – Aber es ging vorüber, wie es gekommen war.

»Das Kind braucht Dich«, sagte er nur noch einmal.

Und dann ging er auf sie zu und half ihr aufstehen, denn er hätt' es nicht fertig gebracht, eine Frau in diesem Zustand hilflos daliegen zu lassen. Ehe Elisabeth noch recht zu sich gekommen war, hatte er sich still entfernt.

XVII.

Als der geheime Legationsrat Heßling mit jenem schönen Brief zu Ende gekommen war, hatte er doch unwillkürlich lächeln müssen, obgleich seine Laune begreiflicherweise nicht gerade rosig genannt werden konnte. Wie thöricht, Phrasen zu machen, die Elisabeth ebenso verstehen würde, wie er sie meinte – –

Er überlas noch einmal, was er geschrieben, und da kam's ihm schon nicht mehr so geschraubt vor. Die erzwungen sein sollende Heiterkeit gleich am Eingang wirkte doch sehr täuschend unnatürlich, ein gewisser warmer, fast treuherziger Ton ließ sich dem ganzen Brief nicht absprechen und die Stelle mit den Rosen von Schiras und der schönen, klugen Frau war sicherlich stimmungsvoll und poetisch .... Jetzt lächelte er zufrieden. Nein, nein, ihn lachte man nicht aus – –

Suchend glitten seine Augen auf dem großen, ovalen Salontisch umher, der ihm zum Schreiben diente – – Ach ja, da lag ja das Siegellack und Licht – –!

Er stand auf und holte sich vom Nachtkästchen den hohen dünnen Messingleuchter herbei.

Zu ungemütlich, so ein Hotelzimmer mit seiner schäbigen Eleganz – – Die kalte graue Tapete, die halbblinden Nußbaummöbel mit dem verschofelten roten Sammetbezug, die vergoldete Spiegelkonsole mit den weitgeschweiften Beinen, die schauderhaften Stahlstiche an den Wänden, die schmierig aussehenden schweren Vorhänge, darunter die oft gestopften, groben, weißen Tüllgardinen – die dünne Kerze in dem elenden Leuchter, auf dem noch fettig die brüchigen Stearintropfen von gestern Abend glänzten, neben schmutzigen Grünspanflecken – –

O könnt' er heim! heim! Er hatte sich wieder gesetzt und hielt eine feine Stange hellroten, parfümierten Siegellacks über die schwächlich brennende Kerze ...

Wär' das schön, wenn sie ihn auslachte! Ach, du lieber Himmel, nein, es konnte ihm auch nichts mehr helfen – –

Er hielt es ja für anständig, ihr glauben zu machen, daß nicht nur Pflichtgefühl, sondern auch wirkliche Liebe ihn zur Ehe schreiten hieß; er hatte sogar schon versucht, sich selbst einzureden, daß es doch etwas Großes, aufregend Schönes sei, die geliebte Frau aus den Armen eines Andern hinwegzureißen, etwas weit Besseres, als wenn man so ein blütenweißes Mägdelein, von Onkeln und Tanten treulich geführt, zur Kirche geleitet – – Aber mit dem besten Willen war ihm diese Autosuggestion nie gelungen, und er kam nur immer wieder darauf zurück, daß, wer A gesagt, auch B sagen müsse – –

Er legte das Siegellack beiseite und löschte die Kerze – unnötig, den Brief zu versiegeln, es stand kein Geheimnis darin, jeder durft' ihn lesen. Er schloß den Umschlag und schrieb die Adresse .....

Wenn sie ihren schwärmerischen Tag hatte, würde der Brief ihr sehr gefallen, wenn sie aber ihren scharfen, gescheidten Tag hatte – – Unsinn! Auch dann machte er Eindruck .... sie wär' auch, weiß Gott, die allererste Frau, die ihn ausgelacht hätte; bisher war's nur immer umgekehrt gegangen .... O nein! Der Brief würde seine Wirkung nur zu gut thun! Fester als je zuvor würd' sie an ihm hängen – – Und während er die blaue 25 Centesimimarke in der Ecke rechts oben aufklebte, lag ein ganz leises Lächeln um seinen Mund – ob wehmütig oder befriedigt, war nicht ganz genau zu unterscheiden ....

Als wenige Tage nachher ein Brief von Elisabeth eintraf, hielt er ihn eine ganze Weile in der Hand, ohne ihn zu öffnen. Dann plötzlich schnitt er die Ränder des Umschlags mit verzweifelter Entschlossenheit auf. In fieberhafter Aufregung ließ er seine Blicke über den kleinen Bogen gleiten, der nur auf drei Seiten eng beschrieben war .....

Elisabeth dankte ihm für seine Opferwilligkeit und Treue und berichtete in kurzen Worten, wie sich inzwischen alles gewendet hätte.

> »Wie froh ich darüber bin, bedarf wohl keiner Erwähnung, ich bleibe bei meinem Kinde – in den paar Worten liegt mein ganzes Glück. Ich bin aber auch zufrieden, daß ich Dir in Deiner Karrière nicht hinderlich sein brauche, und da ich wohl annehmen darf, daß Du Dich über das Fehlschlagen unserer Heirat nicht zu Tode grämen wirst, so hab' ich Dir eigentlich nicht mehr viel zu sagen, als daß ich ohne Groll und Bitterkeit an Dich denke und Dir für Deinen ferneren Lebensweg alles Gute wünsche.
>
> Elisabeth.«

Als Max diese Zeilen zu Ende gelesen hatte, überkam ihn ein wahres Hochgefühl von Rührung und Zufriedenheit. Freilich, sein eigener Brief hatte wohl kaum mehr als einen Achtungserfolg zu verzeichnen .... Die Rosen von Schiras hatte er ganz umsonst verpufft, und er ärgerte sich jetzt eigentlich ein klein wenig, daß er gar so sentimental gethan – Aber dann brach es wieder durch, das jauchzende, ach so lang entbehrte Wonnegefühl ... frei ... frei ...

Pauvre petite femme! Sie that ihm leid, so kühl sie ihm auch geschrieben hatte .... Daß sie ihn gar so leicht aufgab, glaubte er noch nicht recht, und selbst wenn sie's im Augenblick that, später würde sie oft mit Reue und Wehmut an ihn zurückdenken, dess' war er gewiß! O, er kannte sie ja so genau! Quälen würde sich das arme, dumme, überspannte Geschöpf mit Selbstvorwürfen und moralischen Bedenken. Die war imstande, sich selbst nicht zu verzeihen, auch wenn der Mann ihr schon gründlich vergeben hatte .... Und dann der Mann! Sie war wirklich nicht für ihn geschaffen! Seelensgut war er ja, der Amtsrichter, anständig, solid, auch ein kluger, netter Mensch, aber sie paßte eben doch nicht zu ihm, ganz und gar nicht. Wenn er an das kindische Entzücken dachte, mit dem sie seine eigenen rosig-glänzenden, so überaus wohlgepflegten Nägel immer bewundert hatte, und zahllose Details seiner Toilette, die den vornehmen, verwöhnten Weltmann kennzeichnen – –

Er lächelte verschmitzt. Nein, sie brauchte wirklich etwas anderes wie ihren Mann, etwas – wie sollte er's gleich nennen –? etwas – etwas – – Gott, was ging's ihn schließlich an, was sie brauchte! Ihn nicht mehr, das blieb die Hauptsache ...

So war denn das Drama im Hause Becker, das zuerst so sensationell veranlagt schien, ziemlich still und relativ friedlich zu Ende gegangen. Acht, vierzehn Tage lang war es freilich Stadtgespräch gewesen, hatten sein Wie, Wo, Wann und Wieso zu den unerläßlichen Ingredenzien der *jours* und *five ò clocks* gehört, und jeder wußte, natürlich immer aus erster Hand, etwas ganz Neues und Verschiedenartiges darüber zu berichten. So erzählte die Professorin Karmann bei Mrs. Clarendon mit großer Bestimmtheit, daß Elisabeth mit dem Geheimen Legationsrat auf und davon gegangen sei, während die Majorin Ortloff am Tage vorher nicht minder bestimmt behauptet hatte, daß das empörende Benehmen des Geh. Legationsrats die Amtsrichterin zu einem Selbstmordversuch getrieben habe. Fürst Langenburg-Waldau-Krotosin, Durchlaucht, war der Ansicht, daß Friedrich wohl nicht viel gegen die Liebschaft seiner Frau einzuwenden habe, da er selbst ja, wie allbekannt, eine Kellnerin vom Cafe Luitpold aushalte; und der kleine von Zobel schwieg sich gründlich aus, bis die Andern zu Ende geredet und gemutmaßt hatten. Dann, zwischen zwei Cigarretten durch, warf er ein paar fein umschreibende, und dennoch erschreckend verständliche Äußerungen hin von ... hm ... pikanten Anomalien ... medizinisch begründbaren Entschuldigungen, für den einen oder andern Teil ...

Konsul Eberhard hatte ihm mit außergewöhnlichem Interesse zugehört, und trat ihm jetzt mit großer Schärfe entgegen: »Nein, nein, dergleichen glaube er nun und nimmermehr! Lächerliche Mode, heutzutage immer gleich mit dem schweren Geschütz von Psychopathie und Perversität angerückt zu kommen ... Es gäbe überhaupt nicht im Entferntesten so viele derartige Anomalien, wie man gern glauben machen wolle, nein, nein, gewiß nicht.« Ganz erregt zerbröckelte er einen Cakes in seine halbgeleerte Theetasse hinein, worauf der kleine von Zobel nicht mehr viel entgegnete, sondern nur ein verbindlich lächelndes Gesicht machte, als habe er soeben aus des Consuls eigenem Munde die Bestätigung einer längst gehegten Vermutung erhalten.

Bald aber erlahmte das schier wütige Interesse, das man der ganzen Sache von Anfang an entgegengebracht. Sie fing ja an im Sande zu verlaufen; es hatte wohl auch gar keinen echten, richtigen Skandal gegeben, sondern offenbar nur einige bewegte Auftritte im intimsten Zirkel, und wenn man sich um die auch erst noch bekümmern sollte, ach du lieber Gott, da hätt' man viel zu thun ... Und als nun gerade während dieser ersten Wochen der Amtsrichter Tag für Tag nach Schluß des Bureaus mit seiner Frau und seinem Kind in der Maximilianstraße spazieren ging und nicht einmal den Kopf wandte, wenn sie dem geheimen Legationsrat begegneten, sondern höflich dankend seinen Gruß erwiderte, da zog sich die »Welt« mit mitleidigem oder verächtlichem Lächeln von der Affaire zurück. Sie wurde zwar noch einmal aufgewärmt herumgereicht, als man erfuhr, daß Elisabeth einem freudigen Ereignis entgegensehe; Heßling hatte ein wahres Kreuzfeuer von Gratulationen und Anspielungen auszuhalten, aber der Aufenthalt in Italien schien auf seine Fassungskraft nicht so günstig gewirkt zu haben, wie auf seine Nerven, denn die Anspielungen verstand er nicht, und die Gratulationen – ja, die nahm er freilich mit glückstrahlendem Lächeln entgegen und dankte jedem einzelnen mit warmem Händedruck, daß er ihm so viel liebenswürdige Teilnahme entgegenbringe, ihm und seiner erst gestern, ja, ja, erst gestern erfolgten definitiven Ernennung zum baierischen Geschäftsträger in – – ganz richtig, gerade in der Stadt, die ihm von allen Städten des Kontinents stets die sympathischste gewesen. Ein ganz besonderes Glück, das er da hatte, nicht?! .... Ein wenig weit weg sei sie?

Ach, mein Gott, in unserer Zeit giebt's ja doch keine Entfernungen! Und dann, wenn man so durch nichts, durch gar nichts an München gebunden ist, was thun da ein paar Meilen mehr oder weniger?! ....

Und dabei leuchtete sein Gesicht so zufrieden, so sonnig, daß die Leute wirklich nicht recht wußten, ob sie mit ihm lachen sollten oder über ihn, oder ihn am Ende gar beneiden um sein schönes, großes Glücksgefühl. – –

XVIII.

Im Vorherbst trat der Amtsrichter Becker eine Ferienreise nach Schweden und Norwegen an, von der er in einigen Wochen, noch vor der Entbindung seiner Frau natürlich, nach München zurückkehren wollte. Unglücklicherweise jedoch befiel ihn unterwegs eine so heftige Venenentzündung, daß er in Christiania liegen bleiben und jeden Gedanken an Weiterreise oder Heimkehr vorläufig aufgeben mußte ..... Sehr, sehr schlimm für ihn, wie für die Kollegen, die nun zu ihrer eigenen, wahrlich nicht gering bemessenen Arbeitslast auch noch die seine aufladen sollten, am allerschlimmsten aber für die arme Frau, die den Mann krank im fremden Lande wußte und dazu täglich ihrer schweren Stunde entgegensah ....

Elisabeth war es sehr zufrieden, daß ihr Mann seine Wiederkehr so geschickt und lange zu verbergen wußte, denn sie fühlte sich ihm gegenüber gedrückt und beschämt, seit er seine Hand nicht von ihr abgezogen, sie in seinem Haus, bei ihrem Kinde gelassen hatte.

Wie Max es ganz richtig vermutet, machte sie sich zuerst Vorwürfe, moralische Skrupel .... Die Großmut ihres Mannes, der sie straflos ausgehen ließ, der ihr nichts von dem nahm, was sie zuvor besessen, bedrückte sie; fast wär's ihr lieber gewesen, er hätte sie wieder roh behandelt, statt mit dieser erzwungenen Freundlichkeit vor Fremden, mit dieser unhöflichen Gleichgiltigkeit, wenn sie ohne Zeugen waren. Dazu sah sie auch schon sehr bald auffallend stark und schwerfällig aus und schämte sich fast die Augen aus dem Kopf, mit dieser verunstalteten Figur vor ihrem Manne herumgehen zu müssen. Sie that zwar ihr Möglichstes, um durch außerordentlich stramme Haltung, festgeschnürte Kleidung die Unförmigkeit ihrer Gestalt zu verringern, hütete sich auch wohl, ihren Mann nur durch ein Wort, durch irgend eine kleine Rücksicht, die sie in seiner Gegenwart forderte oder sich angedeihen ließ, auf ihren Zustand aufmerksam zu machen; aber wegleugnen ließ er sich eben trotz alledem nicht, ebensowenig, wie sie die Glückwünsche und Neckereien der Bekannten abwehren konnte ....

Freilich ging sie ihnen allen aus dem Weg, so weit sich's unauffälliger Weise machen ließ, vermied die belebten Straßen, die Theestunden, Theater und Konzerte, ließ sich häufig verleugnen, wenn Besuch zu ihr kam, und war froh, o so froh, wenn es endlich dunkel wurde, ihr Mann ausging – was er jetzt fast jeden Abend that – und sie sich dann endlich einmal ausschnüren und bequem auf der Ottomane ausstrecken konnte, ohne zu reden, nur denken, denken – –

Ja, an wen? Und wohin?

Zu ihrem Geliebten? Nein! Wenn sie augenblicklich überhaupt imstande war, sich über etwas zu freuen, so freute sie sich, daß sie ihn los war.

An ihre Schuld? Sie machte sich kaum mehr Vorwürfe darüber, denn sie meinte täglich auf's neue abzubüßen, mit dem freudlosen Leben, das sie jetzt führte.

An die Vergangenheit?

Ja dahin dachte sie oft, wie an ein versunkenes Wunderland, an jene Zeit, da sie glücklich mit ihrem Manne lebte und nichts weiter war, als eine brave, anständige Frau.

Ob sie ihren Mann noch liebte?

Sie wußte es selbst nicht. Sie hatte ihn gehaßt, als er sie geschimpft und geprügelt, sie hätte vor ihm in die Knie sinken mögen, als er ihr erlaubte, zu bleiben – so wie er jetzt war, schien er ihr weder verabscheuungswürdig noch anbetungswert: kalt, unfreundlich, duldete er's nur gerade, daß sie neben ihm hinlebte, und kalt und unfreundlich trottete sie denn auch neben ihm her .....

»Er hat ja tausendmal recht, daß er so ist«, dachte sie mitunter. »Andere an seiner Stelle wären noch ganz anders – –«

Aber auch diese Erkenntnis änderte nichts daran, daß sie ein graues, unfrohes Leben hindämmerte. Ihr Mann beachtete sie gar nicht mehr, mit ihrem Geliebten war alles zu Ende, als gefeierte Frau konnte sie für längere Zeit aus naheliegenden Gründen unmöglich eine Rolle spielen, und seit ihre Beziehungen zum Legationsrat sich gelöst hatten, galt sie nicht mehr ganz so sehr als das interessante *enfant chéri* von ehedem.

Wie ein Traum war's ihr, wenn sie zurückdachte, nur sieben, acht Monate zurück – – – Damals die verwöhnte schöne Herrin ihres Hauses, angebetet von zwei Männern, und ein ganzer Kreis, der in wohlwollend-lächelnder Bewunderung dem Liebesspiel zusah, das sie mit beiden trieb, und heute – heute war sie häßlich, verunstaltet, nur mehr aus Gnade und Barmherzigkeit im Hause geduldet, von ihrem Manne mit verletzender Gleichgiltigkeit behandelt, ihr Geliebter weit weg, überglücklich, daß er sie auf so gute Art losbekommen, und der ganze Freundeskreis konnte unmöglich mehr Interesse oder Bewunderung für sie hegen, sondern allerhöchstens noch Mitleid. Nichts war ihr geblieben von dem stolzen Gebäude ihres Glücks, nichts als ihr Kind – genug, um ein Leben auszufüllen, o ja, und doch so wenig, wenn man an so Vieles gewöhnt war ....

Und an das Zweite, das im Herbst kommen sollte, an das mochte sie gar nicht denken. Niemals hatte sie's ja in diesen thöricht-süßen Kultus hineinträumen dürfen, mit dem ungeduldige Elternzärtlichkeit schon das Ungeborene umgiebt; wie ein armseliger Dienstbote hatte sie von Anfang an nur geweint über diese Leibesfrucht, sich ihrer geschämt und sie zu verbergen gesucht, so lang' es nur anging; was Wunder also, daß sie jetzt, wieder nach armseliger Dienstbotenart, seinem Erscheinen freudlos, fast sorgenvoll entgegensah!

Vielleicht kam es tot zur Welt, und sie selbst stürbe an den Folgen der schweren Entbindung ....

Der Gedanke hatte gar nichts Schreckliches an sich. Recht froh wär' sie gewesen, auf so gute, einfache Weise aus dem verpfuschten Leben davonzukommen. Nun, vielleicht, daß der liebe Gott ein Einsehen hätte! .....

Als Friedrich sich zur Reise rüstete, atmete Elisabeth auf, denn sie begriff sofort, daß ihr seine Anwesenheit in der Wochenstube erspart bleiben sollte. Sie hätt' sich ja zu Tode schämen müssen vor ihm und vor sich selbst – –

Der Abschied der Gatten war kalt und förmlich.

»Lebewohl«, sagte Fritz, indem er ihr die Hand reichte, »laß Dir's gut gehen und gieb gut auf das Kind acht. Du wirst so freundlich sein, mir jeden Tag eine Karte zu schreiben, wie's ihm geht – weiter nichts.«

Mit kaum spürbarem Druck legte sie ihre Finger in die seinen.

»Lebwohl! Mach Dir des Kindes wegen keine Sorgen und unterhalt' Dich gut!«

Er hatte die Thüre schon hinter sich geschlossen, als er noch einmal zurückkam.

»Gieb auch auf Dich acht!« sagte er, noch etwas unfreundlich und klotzig zwar – aber er sagte es doch.

In Elisabeths Herzen stieg ein warmes Gefühl auf. Seit Monaten war's das erste gute Wort, das er ihr gönnte, und sie wurde so weich und gerührt davon, daß sie ihm am liebsten aufheulend um den Hals gefallen wäre. Aber jetzt war er wirklich fortgegangen und nun lebte sie noch ein paar Wochen allein mit Lieschen dahin – die schönsten Wochen seit langer, langer Zeit .....

Mit dem Manne hatte auch die gedrückte Stimmung Abschied genommen; sie fing an, wieder heiterer, lebensfroher zu werden, sie ging wieder unter Leute und ließ Besuche vor, sie zwang sich auch nicht mehr zu ihrer unnatürlich kerzengeraden Haltung und zu ihren einengenden Kleidern, sondern trug im Haus ein bequemes und dennoch fast kokett gemachtes Kleid aus blaßblauem Flanell mit butterfarbenen Spitzen geputzt. Sie wandte auch nicht mehr unwillig errötend den Kopf, wenn man gutmütig über ihren Zustand scherzte, mit verschämtem Stolz duldete sie, daß die Frauen, die sie aufsuchte oder die zu ihr kamen, ihr ein Kissen hinter den Rücken, einen Schemel unter die Füße schoben. Ja, ein paarmal lud sie sogar zu kleinen Damenthee's ein, ließ sich dabei anstaunen, daß sie noch so mobil und kräftig sei, und zeigte mit kindischer Freude die neue, winzige Seidensteppdekke, den blitzblanken Soxhlet-Apparat und was sie sonst noch zu dem kleinen Trousseau alles Praktisches und Hübsches zugekauft hatte. Jetzt dachte sie auch gern an das kleine Wesen, dem sie das Leben geben sollte, ja sie konnte kaum den Augenblick erwarten, dem sein erster krähender Schrei galt.

Aber seltsam! Als sie ihr das weiße Bündelchen zum ersten Male ins Bett legten, fing sie bitterlich zu weinen an, und so nahmen sie's ihr schnell wieder weg, damit ihr die Aufregung keinen Schaden bringen sollte. Nach dem Grund ihrer Thränen fragte kein Mensch.

Das Kind, ein Mädchen, war groß und kräftig zur Welt gekommen und hatte seiner Mutter nicht einmal arge Schmerzen gekostet, geschweige denn das Leben. Gar zu gerne hätte sie nun den blitzblanken Soxhlet-Apparat unbenutzt gelassen und es selbst gestillt, aber dazu hätte sie es auch späterhin in ihrem Schlafzimmer behalten müssen, und das wagte sie nicht wegen der Nachtruhe ihres Mannes, oder sie hätte ein eigenes Zimmer für sich und das Kleine haben müssen, und dazu war die Wohnung zu eng.

So lag es denn nur stundenlang neben ihr in dem großen Bett, und sie wurde nicht müde, seine faltigen Händchen zu streicheln und liebkosend mit ihren Fingern über die straffen, dunklen Haarbüschel zu gleiten, die seinen Kopf schmückten, und von dem Stab der Wochenstube einstimmig als »schöne Locken« geschmeichelt wurden. Ängstlich suchte sie wohl auch in seinen Zügen nach einer verräterischen Ähnlichkeit, aber jedesmal sank sie beruhigt in die Kissen zurück – es hatte nur ein greisenhaftes Gesicht mit tintig-verschwommenen Äuglein, wie die meisten kleinen Kinder. – –

XIX.

Etliche Wochen nach dem freudigen Ereignis im Becker'schen Hause erhielt der noch immer recht frischgebackene baierische Geschäftsträger einen Brief von Mrs. Clarendon, der er bei seinem Abschiedsbesuch einen regen Briefwechsel hatte versprechen müssen, denn die vorurteilslose Tochter des vorurteilslosen Amerikas hielt viel darauf, mit einem echten Diplomaten zu korrespondieren. Sehr interessant waren ihre Briefe nun gerade nicht, und auch heute erzählte ihre große, schattenlose Schrift nur allerhand kleine Stadtneuigkeiten: Daß Professor Karmann in Magdeburg sei, um den alten Gruson zu malen, und daß Lieutenant Braunmühl sich mit einer reichen Russin verlobt habe.

Endlich auf der dritten oder vierten Seite berichtete sie auch von Elisabeths Entbindung:

»Ich habe sie kürzlich erst aufgesucht und sie gar nicht hübsch aussehend gefunden, denn sie ist sehr stark geworden, und sie hatte ja schon immer ein gewisses *embonpoint*! Denken Sie nur, der Amtsrichter war während der ganzen Affaire krank in Christiania! Er scheint überhaupt in der letzten Zeit ein wenig rücksichtslos gegen seine Frau zu sein, fängt entschieden an, sie zu vernachlässigen, und sie thut uns allen recht leid – h. h. manche gönnen's ihr auch – denn er hat sie doch früher immer sehr verwöhnt.

Ja, ja, so sind die deutschen Männer nun einmal! Heiraten Sie nur ja nicht, sonst werden Sie am Ende gerade so unausstehlich, wie die andern! Da fällt mir ein, lieber Gesandter – so heißen Sie doch jetzt, nicht? – möchten Sie nicht einmal ein paar Zeilen an die Amtsrichterin schreiben? Sie hat ja immer so viel von Ihnen gehalten und ein Brief von Ihnen wird sie sicher sehr freuen. Wissen Sie denn schon das Allerneueste? – –«

Und nun folgte eine detailierte Schilderung des allerjüngsten Skandälchens.

Heßling ließ den Brief sinken. Einen Augenblick lang überflutete ihn doch ein mächtiges Gefühl.

Schade aber, daß es nur ein Mädchen war! Zwar wußte er nicht ganz genau, welcher Unterschied sich für ihn ergeben konnte, wenn der Amtsrichter Becker statt der Geburt einer Tochter die eines Sohnes beim Standesamt angemeldet hätte, es blieb aber trotzdem schade, daß es nur ein Mädchen war ....

Er nahm den Brief wieder auf, las ihn jedoch nicht zu Ende, sondern nur noch einmal die paar Seiten, die auf Elisabeth Bezug hatten. Daß es leise an die Thüre pochte, überhörte er vollkommen.

..... Arme Frau! .... Sie that ihm wirklich leid .... Die vielen unausstehlichen Seiten ihres Wesens fielen ihm jetzt gar nicht mehr ein.

... Sie litt, darüber gab's keinen Zweifel, man konnte sich ja denken, wie der Mann sie brutalisierte! Solche Menschen muß man nur kennen, wenn sie anfangen, roh zu werden!

Und sie litt um seinetwillen und liebte ihn noch immer, das stand fest, das leuchtete aus jeder Zeile hervor.

Armes, gutes, anhängliches Ding! »Sie hat immer so viel von Ihnen gehalten.«

Lächelnd sah er hinaus in den hellen Sonnenschein, der durch's Fenster hereinflutete.

Ach so eine deutsche Frau! Wie sehnt man sich nach ihr trotz allen Zaubers und aller Zauberinnen der Fremde! ....

Natürlich wollt' er ihr schreiben, gleich sogar und gut, zärtlich – –

Es pochte zum zweiten Male.

Ein Sonnenstrahl sollte von ihm ausgehen, leuchtend hineinfunkeln in diese verdunkelte Existenz ... Da saß er auch schon am Schreibtisch, die Feder in der Hand, den elfenbeinfarbigen Briefbogen mit dem kleinen, dunkelgrünen Monogramm vor sich.

»Heißgeliebte teure Frau!«

Die Anrede gefiel ihm. Es lag Schwung darin, zitterte etwas von verhaltener, entsagenmüssender Leidenschaft – und mühelos glitt die Feder nun über das glänzende Papier hin und schrieb – –

Es pochte zum dritten Male, kräftiger als vorhin, so daß es der Geschäftsträger unmöglich mehr überhören konnte. Und bei diesem Pochen fing sein Herz zu klopfen an in lauten heftigen Schlägen – –

Ja, ja, da draußen vor der Thür, da stand sie, ganz gewiß, das war sie, mußte sie sein – – o, er kannte sie doch an diesem leisen, verschüchterten Pochen! Geflohen war sie, fort von Mann und Kind, gewandert Tag und Nacht, blaß, verweint, wegesmüde stand sein Lieb' dort draußen vor der Thür, wollt' sich mit ihrem leisen, krampfhaften Aufschluchzen an sein Herz flüchten – denn sie konnte ja nicht leben ohne ihn – –

– – Hastig sprang er auf, ihr entgegen zu eilen, sie an sein Herz zu ziehen, mit heißen Küssen ihre Thränen zu ersticken, sie wieder da zu haben, da, da, bei sich, und sie nicht mehr von sich zu lassen – –

Aber ehe er noch einen Schritt vom Schreibtisch weg thun konnte, öffnete sich die Thüre schon leise, vorsichtig, wie von selbst – –

Und jetzt hätte der Geschäftsträger beinahe laut hinausgelacht über seine toll-sentimentalen Anwandlungen: Mit pomadeduftendem, glänzendem Scheitel, glatt rasiert, im tadellosen, schwarzen Anzug stand sein Kammerdiener auf der Schwelle:

»Verzeihen der gnädige Herr, ich habe dreimal geklopft, der gnädige Herr haben nicht gehört – wollte nur unterthänigst melden, daß alles bereitgelegt ist.«

Der Geschäftsträger zog die Uhr und erschrak.

»Wirklich schon so spät!« sagte er mehr zu sich selbst, als zum Diener.

Und Peter antwortete:

»Zu Befehl, gnädiger Herr, gnädiger Herr haben die höchste Zeit.« –

Peter hatte entschieden etwas Väterlich-Würdevolles in seinem Wesen und sprach stets nur beklommen-halblaut, so etwa, als ob ihm die Stimme jeden Augenblick vor Respekt zu ersticken drohte. Auch jetzt drückte sein Benehmen allertiefste Ehrerbietung aus, aber durch die zarte Mahnung seiner letzten Worte, durch den demonstrativ unterdrückten Seufzer, der seine glänzende Hemdbrust schwellte, aus dem bekümmerten Zug, der auf seinem Gesicht lagerte, sprach es deutlich:

»Herrn von Radowitz in Konstantinopel und Grafen Bray in Paris habe ich niemals mahnen brauchen. Freilich, das waren eben Aristokraten, während hier – –«

Aber der Geschäftsträger hatte weder Muße noch Stimmung, um Mienenspiele zu studieren.

»Gehen Sie voran, Peter, ich komme gleich.«

»Sehr wohl, gnädiger Herr.«

Und Peter verschwand, wie er gekommen, lautlos, ehrerbietig, hocharistokratisch.

Ärgerlich schlug Heßling sich mit der Hand vor die Stirn.

Nein, nach und nach wurde er sich selbst geradezu unerträglich mit seiner sentimentalen Hyperanständigkeit und seinen himmelblauen Gefühlen .... Wirklich ein wahres Wunder, daß er sich nicht schon die ganze Karrière verschnitten hatte, mit lauter Rücksichtnehmen und Sichvomgefühlfortreißenlassen – – – Als ob die Schreiberei da nicht warten konnte.

Beinahe hätte er vergessen – – ein wahres Glück, daß Peter gekommen war, ihn zu erinnern!

Der Brief von Mrs. Clarendon flog in ein Schubfach des Schreibtisches, und sein eigener angefangener dazu.

Dann eilte der Herr Geschäftsträger mit raschen, tänzelnden Schritten nach seinem Toilettenkabinett, wo Peter bereits mit der Miene und dem Anstand des alten Duval auf ihn wartete, um ihm beim Umkleiden behilflich zu sein. Wirklich, es war allerhöchste Zeit!

In einer halben Stunde sollte er ja nach dem Schloß fahren zur Audienz bei seiner persischen Majestät Schah Nassreddin, der mehr zu seiner eigenen, denn zu seines königlichen Vetters Freude dessen Gastfreundschaft schon seit mehreren Tagen wieder einmal in Anspruch nahm. Und mochten sie auch noch so viel raunen und lächeln über die merkwürdigen Gepflogenheiten und Kulturbegriffe des kaiserlichen Morgenländers, in einem Punkte hatte er eklatant bewiesen, daß er den Bedürfnissen des Westens reges und warmes Verständnis entgegenbrachte: nach der großen Galatafel, die der fürstliche Gastfreund ihm zu Ehren veranstaltet, hatte er einen wahren Regen von Orden auf die ehrenlechzende Diplomatenschaar niederhauen lassen, und nicht der kleinste Tropfen kaiserlicher Gnade war's, der in dem unersättlich-dürstenden Knopfloch des baierischen Geschäftsträgers hängen geblieben – – ein neuer, gnädiger Beweis, wie gern seine persische Majestät zurückdenke an die liebenswürdige Gastfreundschaft des Prinzregenten und an die schöne Isarstadt mit ihren fröhlichen, lachenden Menschen. – –

Und nun ging er, sich in tiefster Ehrfurcht zu bedanken für den Orden, den seine Majestät der Schah ihm allergnädigst zu verleihen geruht hatte.

XX.

Elisabeths Jüngste gedieh prächtig und trug eine für ihre Tage so unmotivierte Heiterkeit zur Schau, als ob ihre Geburt nicht für zwei Menschen tiefste Schmach, sondern höchstes Glück bedeutet hätte, als ob nicht irgendwo, weit draußen in der Welt ein ordenbehängter Mann lebte, der ihrem Erscheinen nichts weiter zollte, als leise – geringschätziges Bedauern, daß ihm kein Sohn geboren worden war.

Schon nach wenigen Wochen hatten sich ihre braunen Falten hübsch gebleicht und geglättet, und als Elisabeth zum ersten Mal das Bett verlassen konnte, fing sie bereits an, ein fettes Kerlchen zu werden.

Und wieder kamen stille, wunderschöne Tage. Sobald das Kleine in der Früh gebadet war und geschlafen hatte, ließ Elisabeth den Kinderwagen ins Wohnzimmer schieben, und nun ging's an ein Spielen und Lachen und Herumtrudeln mit den beiden kleinen Mädeln, als ob's überhaupt keine Kümmernis auf der Welt gegeben hätte ....

Sie waren ja auch zu reizend – die Große, die jetzt neben dem Neuangekommenen sehr erwachsen und gesetzt that und gar nicht begreifen konnte, warum das Kleine noch keinen Namen trug, sondern »die Mädi« hieß, warum sie nicht ein Stück Butterbrot der dummen Saugflasche vorzog, warum sie nicht froh war, wenn sie ihr die alte Puppe zum Spielen anbot, und keine Antwort gab, wenn man »gnädige Frau und Bonne« oder »Kaufladen« mit ihr spielen wollte. Ganz zu schweigen von anderen Exzessen, für die die Mama unbegreiflicherweise nie ein tadelndes Wort bereit hielt, sondern immer nur frische Wäsche, noch dazu unter einer Wärmflasche gewärmt ...

Elisabeth wollte sich ausschütten vor Lachen über die altklug-kindlichen Fragen Lieschens, und das Herz ging ihr auf, wenn sie ihr Kleines ansah ....

Dick und rosig lag es in seinem Wickelkissen da, die winzigen Vogelklauenfäustchen ans Schnürband gekrallt, und lachte mit seinem zahnlosen Mund, wenn man es kitzelte oder ihm die bewährten Kinderstubenwitze »Kille, kille« oder »Kukuk – da, da, da« vorführte.

Gelacht und gejuchzt wurde jetzt überhaupt im Haus wie nie zuvor; aber mitten im allergrößten Jubel gab's Elisabeth doch zuweilen einen Stich ins Herz – – –

Dann legte sie das kleine Kind still in seinen Wagen hinein und rannte in ihr Schlafzimmer. Da stand sie dann am Fenster oder saß wie geistesabwesend auf dem Rand ihres Bettes und starrte vor sich hin bis ihr die Augen übergingen.

Bald fing sie auch an, in wehmütiger Angst die Tage zu zählen, die bis zu ihres Mannes Rückkunft noch verstreichen konnten: kam er erst zurück, dann war's aus mit der fröhlichen, seligen Mutterschaft, mit Frohsinn und Kindergejubel, dann mußte sie nur gerade die Stunden erhaschen, in denen er vom Hause weg war, und im Übrigen hieß es wieder kuschen, kuschen und noch einmal kuschen –

Doch unmöglich konnte sie mit größerem Widerwillen an diese Heimkehr denken, als Friedrich selbst; denn ihn schüttelte es, wenn er an zu Hause, an seine Frau, an das neugeborene Wesen dachte, dessen Geburt ihm ein kurzes Telegramm gemeldet hatte. Und so brennende Sehnsucht er auch nach seinem eigenen Kinde empfand, so würde er doch noch lange nicht ans Heimgehen gedacht haben, hätte ihn seine Beamtenpflicht nicht endlich nach Hause gerufen.

Außer jener Depesche und einigen kurzen Korrespondenzkarten waren zwischen ihm und seiner Frau keine Lebenszeichen gewechselt worden; auch von seiner Ankunft setzte er sie nicht vorher in Kenntnis. Wozu denn auch?! Er kehrte ja nur in sein Heim zurück, in dem er ohnehin alles seinem Geschmack und seinem Behagen angepaßt vorfand, zu seinem Kinde –

Es war einer jener schönen, milden Spätherbsttage, wie sie über München in manchen seltenen Jahren aufgehen. Zwar hing schon am frühen Morgen der Himmel voll schwerer Wolken, aber wieder und immer wieder brach die Sonne durch und überflutete mit wahrhaft frühlingsmäßiger Wärme das Wohnzimmer, in dem Elisabeth neben dem Kinderwagen saß und emsig an einem rosa Söckchen strickte.

Lieschen hatte sich aus zwei Fensterkissen und einem Fußschemel eine Phantasiepferdebahn hergestellt und kutschierte feurig damit im ganzen Zimmer umher, sehr zu ihrem eigenen Vergnügen, wenig zu Nutz und Frommen des Teppichs.

Aber Elisabeth, die sonst leicht ungeduldig geworden war, wenn bei andern Leuten der Kinder wegen alles drunter und drüber ging, hatte jetzt nur ein verträumtes Lächeln, so oft sie von ihrer Arbeit aufsah. Langsam sanken die Hände mit dem rosa Söckchen nieder und blieben lässig ruhend auf den Knieen liegen – – Ein Gefühl unendlicher Behaglichkeit überkam sie. So warm, so glücklich fühlte sie sich in dem behaglichen Raum, durch den das Ofenfeuer heimlich knisterte, in dem hellen Sonnenschein, mit ihren beiden schönen, gesunden Kindern. –

Sie legte die Arbeit weg, stand auf und beugte sich über das Kleine.

Zu nett, wie es dalag und so gierig an seinem Schnuller sog ....

Sie band es auf.

Armes Dingerl! Es war wohl froh, wenn's sein bischen Freiheit, sein bischen Gezappele bekam! Wie wohlig es sich jetzt reckte und dehnte ... wie zufrieden der Dickkopf jetzt aussah! Und die entzückenden, rosigen Beinchen, an denen sich schon tief einschneidende Fettwülstchen ablagerten – – Süßes Ding!

Sie beugte sich noch tiefer über das Kind und küßte es.

»Geh', Lieschen, es ist Zeit, hol' die Flasche!«

Und während Lieschen geschäftig zur Thüre eilte, glitt ihr Blick mit unsäglicher Liebe von einem Kind zum andern, mit der halb unbewußten, stolz-gerührten Wonne, die den Schöpfer beim Anblick seines Meisterwerks überkommt.

Plötzlich horcht sie auf.

Lärm vom Korridor her ... Hin- und Widergelaufe, die kreischende Stimme der Wärterin ... ein fester Männertritt.

Lieschen stürzt atemlos wieder herein, aber noch ehe sie ein Wörtchen hervorstoßen kann, weicht das frohe Lächeln aus der Mutter Zügen – – ihr ist's, als lagere sich mit einem Mal ein schwarzer Flor über das lachende, sonnige Zimmer – – –

Erschreckt, mit weit aufgerissenen Augen starrt sie nach der halboffenen Thüre hin ....

Ihr Mann steht auf der Schwelle. –

Sekundenlanges Schweigen ...

Im Zimmer ist es fast Nacht geworden, denn draußen zieht eine schwere, schwarze Wolke an der Sonne vorüber ... leise, leise fängt es zu regnen an.

Friedrich zieht mechanisch die Thüre hinter sich zu.

Mit einer unwillkürlichen Bewegung wirft Elisabeth die kleine Seidensteppdecke über das halbnackte Kind.

Dann bleibt sie neben dem Wagen stehen. – Wie lange? Sie weiß es nicht.

»Eine Ewigkeit«, denkt sie. Doch wohl aber nur eine Sekunde lang, denn die Wärterin, die dem Herrn auf dem Fuße gefolgt war, drängte sich jetzt herein; den Busen hochwogend unter der mächtigen weißen Latzschürze, und mit der solchen Leuten eigenen Aufdringlichkeit legt sie »dem weiters nicht stolzen Papa«»die Prinzeß« in die Arme. Und so vollauf beschäftigt ist sie mit dem Neugeborenen und der lauten Anpreisung seiner seltenen körperlichen und geistigen Vorzüge, daß sie nichts weiter hört und sieht, als sich und ihren Pflegling.

Elisabeth aber sieht, wie die Männerarme zittern, die ungeschickt das Kind halten, als wollten sie's jeden Augenblick fallen lassen – – Sie sieht, wie ihrem Mann das Blut ins Gesicht schlägt, wie er hilflos dasteht, mit dem Kind im Arm – – Und sie fängt einen halb bittenden, halb drohenden Blick auf: »Nimm' mir's doch ab, oder – – –«

Und erschreckt, als sähe sie das zerbrechliche Köpfchen schon zerschellen an einer der scharfen Schreibtischkanten, nimmt sie ihm das Kind wieder weg und legt es in sein Bettchen zurück – –

Auf ein Zeichen von ihr entfernt sich die Wärterin.

Wieder Totenstille – –

Da kommt Lieschen, die schon die ganze Zeit über sich vergeblich gemüht hatte, die Aufmerksamkeit ihres Vaters auf ihr eigenes, wichtiges Persönchen zu lenken, und hängt sich mit süßen Schmeicheltönen an ihn:

»Papali, Papali, was hast Du mir mitgebracht?«

Ungestüm reißt er das Kind zu sich empor, bedeckt es mit wahnsinnigen, schluchzenden Küssen ....

»Papali, thut Dir was weh?«

So süß, so rührend-besorgt klingt die Kinderstimme, als müßt' sie einen vom Tod zum Leben auferwecken. Und Friedrich ist schon wieder Herr seiner selbst.

»Mausi, süße, liebe, einzige Mausi!«

Er hält sie auf den Armen und drückt sie fest an sich, als ob sie ihm jemand wegreißen wollte.

»Komm, wir packen gleich alles aus; so viel hab' ich Dir mitgebracht – so viel – –«

Er war schon halb zur Thür hinaus, als er das Kind niedersetzte, in all' seinen Taschen nach etwas suchte und endlich ein kleines, braunes

Packet hervorzog, das er auf den Schreibtisch legte, neben die Milchflasche hin.

»Der Leute wegen«, sagte er kurz, wie einer, der froh ist, daß er ein widerwillig dargebotenes Geschenk überreicht und angenommen weiß.

Und dann wieder zu Lieschen:

»Komm, Herzkind, komm! Du wirst aber Augen machen, so groß! Eine Puppe, eine schwedische Puppe hab' ich Dir mitgebracht, und eine Eisenbahn, und eine Küche, und Bonbons und Chokolade – – schnell, schnell, Mausi, Du hilfst mir auspacken.«

Und des Kindes Händchen fest in die seinen fassend, zog er's lachend mit sich aus dem Zimmer, und noch vom Gang her hörte Elisabeth, wie sie miteinander schäkerten und wie Lieschen in kurzen Zwischenräumen immer wieder in lautes, bewunderndes Gejubele ausbrach.

Ganz still setzt sie sich wieder neben den Wagen hin.

In dem Packet lag eine kleine Saphirenbroche für sie, ein bunter, gestrickter Hampelmann für das Kind – der Leute wegen.

Gar nicht einmal angesehen hatte er das Kleine, nicht einen einzigen Blick für das süße, dicke, unschuldige Geschöpf – – Ja, wenn sie's ihm nicht gleich abgenommen hätte, wer weiß, was geschehen wäre ....

Und sie dachte nicht mehr an all' das Leid, an all' die Schande, die sie ihm angethan, nicht mehr an den Opfermut, mit dem er sie behalten und für ihren Bastard alle Pflichten eines Vaters auf sich nahm, nicht mehr an die Dankbarkeit, die sie ihm hätte wahren müssen – –

Das weiche, schmerzlich verwundete Mutterherz wußte nur eins: er mocht' ihr Kind nicht, ihr armes, herziges Kleines war ihm zuwider – – er würd' sich nicht freuen, wenn es gedieh, er würd' sich nicht kränken, wenn es stürbe .....

Und mit einem Thränenstrom warf sie sich über ihr kleines Kind hin.

Modern sein heißt für die Frau wohl lieben
bis zum höchsten Opfermut,
nicht aber bis zur Selbstvernichtung.
Carry Brachvogel

Nachwort zu Carry Brachvogels »Alltagsmenschen«

Alltagsmenschen« erschien 1895 im S. Fischer Verlag Berlin. Es war der erste Roman der Münchnerin Carry Brachvogel. Erwerben konnte man ihr Buch damals für 3,50 Mark, was ungefähr dem einstigen Tageslohn eines Arbeiters entsprach. Durch ihren Erstling wurde Carry Brachvogel als Schriftstellerin sofort über Münchens Grenzen hinaus bekannt.

Ende des 19. Jahrhunderts vollzogen sich in Europa auf allen Lebensgebieten tief greifende Veränderungen. Man erlebte einen Aufbruch, vor allem in den Kreisen der Kunst, der Literatur, der Musik und der Architektur. Die Naturalisten waren die ersten, die sich auf die Suche nach neuen Darstellungsmöglichkeiten begaben. Ihnen folgten andere Gruppierungen und Strömungen: Impressionismus, Jugendstil, Neuklassik, Neuromantik und Symbolismus. Auch wenn diese Epoche keine Einheit bildete, so zog sich dennoch eine Leitlinie durch alle Stilrichtungen: das Bewusstsein einer grundlegend einschneidenden Zeitenwende.

Zwischen 1895 und 1905 war München die »Stadt der Jugend« und wurde zu einer der bedeutendsten Kulturstätten Europas. Diese Jahre waren geprägt von den Brüdern Heinrich und Thomas Mann, Frank Wedekind, Franziska zu Reventlow, Rainer Maria Rilke, Alfred Kubin, Ernst von Wolzogen, Max Halbe oder dem Komponisten Richard Strauss sowie von Künstlern des Jugendstils wie August Endell und Richard Riemerschmid. Doch nicht nur der Jugendstil stand 1895 in München in den Startlöchern. Diese Epoche gehörte vor allem auch der bis heute noch wenig bekannten bürgerlichen Frauenbewegung, die in Bayern gerade Fuß zu fassen begann und für das Recht auf Bildung und Erwerbstätigkeit für Frauen eintrat. So war München ab

1894 auch entscheidend geprägt von Politikerinnen wie Anita Augspurg, Sophia Goudstikker und Ika Freudenberg, von Schriftstellerinnen wie Carry Brachvogel, Helene Böhlau, Gabriele Reuter und vielen anderen heute zu Unrecht vergessenen Autorinnen. Sie alle begaben sich auf die Suche nach einem neuen Selbstverständnis der Frau, stellten die traditionellen Rollenvorstellungen infrage und galten als moderne Schriftstellerinnen.

»Wie moderne Frauen schreiben«

1895 sitzt Christian Morgenstern in Berlin an seinem Schreibtisch und macht sich Gedanken darüber, »wie moderne Frauen schreiben«.[1] Er hält fest: »Modern – was heißt das überhaupt? Es ist ein verfänglicher Ausdruck: bedeutet er doch wörtlich ›der Mode nach‹. Die Mode aber ist eine Eintagsfliege. Er bedeutet indessen noch etwas anderes als die neueste Phase des Zeitgeschmacks, indem er vielmehr wie ein Siegel auf alles gedrückt ist, was unser Jahrhundert und in ihm besonders die letzten Jahrzehnte von früheren Zeitläuften stark unterscheidet. Die Wurzeln dieses Menschentums, das wir modern nennen, liegen überall, wo je eine große Kultur geherrscht hat [...]. Die Kulturen des alten Asiens, die Antike, das Christentum, die Renaissance, sie alle haben an den Anschauungen des neunzehnten Jahrhunderts mitgearbeitet, Anschauungen, die dahin gehen, eine Wiedergeburt des einzelnen und der Völker aus dem Geiste der Freiheit herbeizuführen.« Morgenstern möchte seinen Blick auf Autoren richten, die keine Epigonen sind, die dem »An- und Nachempfinden« aus dem Weg gehen und sich als »treue Kinder ihrer Zeit« nur so in ihren Werken geben, »wie sie gerade ihre Umgebung und ihre eigene Art im Spiegel ihrer Seele erblicken«. Vier Autorinnen aus dem S. Fischer Verlag gelten für Morgenstern als Repräsentantinnen moderner Frauenliteratur und der damaligen weiblichen Seele: Elsa Bernstein (sie schreibt unter

[1] Morgenstern, Christian: Wie moderne Frauen schreiben. In: Gumtau, Helmut (Hg.): Christian Morgenstern. Werke und Briefe. Kommentierte Ausgabe. Band VI. Kritische Schriften, Nr. 119. Stuttgart 1987, S. 303–309. Kommentar S. 769–773. Morgenstern war durch künstlerische und literarische Studien 1893 zunehmend mit der »Moderne« vertraut geworden. Eingehend hatte er Ende 1895 auch in der »Vossischen Zeitung« Stellung genommen. Ebd. S. 303f.

dem Pseudonym Ernst Rosmer), Carry Brachvogel, Fannie Gröger und Elsbeth Meyer: »An dem vierblättrigen Kleeblatt moderner Frauenliteratur, das ich mir im Garten von S. Fischers Verlag in Berlin gepflückt, kann man die weibliche Seele von heute schon ein gut Teil studieren.«[2] Allen vier Schriftstellerinnen bescheinigt Morgenstern, in ihren Werken »lebendige Gestalten« geschaffen zu haben. Die Tatsache, dass alle vier Frauen im S. Fischer Verlag veröffentlicht haben, ist für Morgenstern anscheinend auch ein entscheidendes Kriterium ihrer »Modernität« und ihres hohen literarischen Stellenwerts.[3] Entscheidend ist, dass Morgenstern also bereits 1895 Carry Brachvogel zu dem »vierblättrigen Kleeblatt moderner Frauenliteratur« zählt, obwohl sie doch gerade erst ihren ersten Roman veröffentlicht hat: »Carry Brachvogel aus München« hat begonnen, »das Genre des humoristisch-satirischen Romans anzubauen. ›Alltagsmenschen‹ ist die Geschichte einer Ehe, die durch einen Dritten gestört und ihres Glückes« beraubt wird.[4]

Wer ist Carry Brachvogel um 1900?[5]

Als 1895 der Roman »Alltagsmenschen« erscheint, ist Carry Brachvogel 31 Jahre alt und lebt zu diesem Zeitpunkt völlig anders als ihre Protagonistin Elisabeth.

Über ihre Kindheit und Jugend ist nur wenig bekannt. 1864 wird sie als Karoline Hellmann, Tochter des jüdischen Kaufmanns Heinrich Hellmann und dessen Frau Zerline Karl, in einer gut betuchten Münchner Familie geboren.[6] Ihr Vater, der als wohlhabender Mann aus Amerika zurückgekommen war,[7] kauft 1875 ein Anwesen in der Bri-

[2] Ebd. S. 304.

[3] Als Mitarbeiter der »Neuen Deutschen Rundschau« hatte er allerdings auch engen Kontakt mit dem S. Fischer Verlag und zu Redakteur Bie, was möglicherweise auch seine Auswahl begründet.

[4] Leider ist Morgensterns weiterer Kommentar nur fragmentarisch erhalten.

[5] Zu Carry Brachvogels Leben vgl. Richardsen, Ingvild: Nachwort: Wer war Carry Brachvogel? In: Brachvogel, Carry: Im Weiß-Blauen Land. Bayerische Bilder. München 2013. S. 121–149.

[6] Vgl. Polizeimeldebogen Karoline Hellmann (Stadtarchiv München, PMB B341); Polizeimeldebogen Siegmund Hellmann (Stadtarchiv München, PMB H204).

[7] Vgl. Brief vom 22. Februar 1937: Carry Brachvogel an Eva Hellmann (Monacensia; Nachlass Siegmund Hellmann).

enner Straße 54.[8] Das »Lexikon deutscher Frauen der Feder« von 1898 gibt an, Carry Brachvogel habe eine »Durchschnittserziehung der Kinder besserer Stände« genossen, von frühester Jugend an eine Vorliebe für fremde Sprachen gezeigt sowie eine fast fanatische Begeisterung für Literatur und Theater besessen und sich auch mit der französischen und skandinavischen Literatur beschäftigt.[9] Nach dem schon damals üblichen Schulbesuch absolviert sie noch eine Ausbildung in einem Institut.[10] Ihre Erziehung scheint also in etwa dem gängigen Ablauf entsprochen zu haben. Auch im jüdischen Bürgertum war sie darauf ausgerichtet, Töchter auf ihr zukünftiges Dasein als repräsentative Ehefrauen und Mütter vorzubereiten, also auf ein Leben, wie es ihre Protagonistin Elisabeth in den »Alltagsmenschen« führen wird. Auffallend jedoch ist, dass Brachvogel schon als Kind großes literarisches Interesse an den Tag legt und anscheinend sehr gebildet ist. Als sie 1923 gefragt wird, wie sie zur Literatur gekommen sei, berichtet sie: »Kränklichkeit und Mangel an geschwisterlichen Altersgenossen machten mich frühzeitig zu einem Bücherwurm, der erstaunlich findig war in der Kunst, Gedrucktes aufzustöbern, gleichviel ob es für seine Jahre paßte oder nicht. Mit elf Jahren schwärmte ich für Schiller (er ist der größte Reichtum meines Lebens geblieben) und daneben für ›Ekkehard‹ (den ich aller ›Moderne‹ zum Trotz für einen unserer besten deutschen Romane halte!). Als Halbwüchsige lernte ich die großen französischen Psychologen kennen. Da wurde meine Sehnsucht zum Entschluß, daß ich Bücher schreiben müsse.«[11] Und so verfasst Carry Brachvogel dann tatsächlich mit 19 Jahren den ersten Entwurf zu einem großen Roman, in dem sie die absolute Gleichheit in der Ehe nach allen Richtungen verlangt.[12] 1887, mit 23 Jahren, heiratet sie, ohne zu konvertieren, den

[8] Vgl. Polizeimeldebogen Heinrich Hellmann (Stadtarchiv München, PMB H204).

[9] Vgl. Pataky, Sophie (Hg.): Lexikon deutscher Frauen der Feder. Eine Zusammenstellung der seit dem Jahre 1840 erschienenen Werke weiblicher Autoren, nebst Biographien und einem Verzeichnis der Pseudonyme. 1. Band. Berlin 1898. S. 91f.

[10] Vgl. Karte Carry Brachvogel (Archiv für publizistische Arbeit/Internationales Biographisches Archiv, ME–BR, 31. Mai 1934/6021); Arbeiterdokumentation für Wien/Dokumentation/Brachvogel, Carry (Wienbibliothek/Tagblattarchiv).

[11] Brachvogel, Carry: Wie ich zur Literatur kam. In: Münchner Neueste Nachrichten, Nr. 160, Beilage: Frauenzeitung, 1923.

[12] Vgl. Pataky, Sophie (Hg.): Lexikon deutscher Frauen der Feder. Eine Zusammenstellung der seit dem Jahre 1840 erschienenen Werke weiblicher Autoren, nebst Biographien und einem Verzeichnis der Pseudonyme. 1. Band. Berlin 1898. S. 91f.

katholischen Münchner Schriftsteller und Redakteur der »Münchner Neuesten Nachrichten«, Wolfgang Josef Emil Brachvogel. 1889 wird Tochter Feodora geboren, ein Jahr später Sohn Heinz Udo.[13] Während ihrer Ehe schreibt Carry Brachvogel kleinere Feuilletons für Zeitschriften und verfertigt den Entwurf für das Schauspiel »Vergangenheit«.[14] Am 6. Juli 1892 trifft sie dann ein großer Schicksalsschlag: Ihr Mann ertrinkt mit 42 Jahren im Tegernsee und Carry Brachvogel steht von einem Tag auf den anderen im Alter von 28 Jahren als alleinerziehende Mutter mit zwei kleinen Kindern da.[15] Statt sich aber in eine neue »Versorgungsehe« zu begeben, wie es damals im Bürgertum üblich gewesen wäre, entschließt sie sich, als Schriftstellerin zu arbeiten. Im März 1894 zieht sie von der Brienner Straße 54 zu ihrer Mutter in die Ludwigstraße 17b, direkt neben das Siegestor.[16] Hier startet eine große Karriere. Carry Brachvogel avanciert im ersten Drittel des 20. Jahrhunderts zu einer in ganz Deutschland bekannten Schriftstellerin und Frauenrechtlerin. In den folgenden Jahrzehnten wird sie sich als sehr vielseitig begabte Autorin erweisen und um die 40 Bücher verfassen: Romane, Theaterstücke, historische Frauenbiografien, historische Romane, Novellen, Erzählungen, Legenden, einen Kriminalroman, zahleiche Feuilletons und Essays. Ab 1903 steht sie im Mittelpunkt der bürgerlichen Frauenbewegung und kämpft im Münchner »Verein für Fraueninteressen« für die Rechte der Frauen. 1913 gründet sie zusammen mit Emma Haushofer-Merk den ersten Schriftstellerinnenverein Münchens. Carry Brachvogel wird zu einer herausragenden Frau ihrer Zeit: modern, fortschrittlich und emanzipiert.

In eine Ehe begibt sie sich nicht mehr, weder aus Status- noch aus Geldgründen. Stattdessen führt sie ein selbstbestimmtes, engagiertes

[13] Vgl. Polizeimeldebogen Karoline Brachvogel (Stadtarchiv München, PMB B341); Polizeimeldebogen Wolfgang Brachvogel (Stadtarchiv München, PMB B341).

[14] Vgl. Pataky, Sophie (Hg.): Lexikon deutscher Frauen der Feder. Eine Zusammenstellung, der seit dem Jahre 1840 erschienenen Werke weiblicher Autoren, nebst Biographien und einem Verzeichnis der Pseudonyme. 1. Band. Berlin 1898. S. 91f.

[15] Vgl. Meldung vom Tod Wolfgang Brachvogels unter »Lokale und vermischte Nachrichten«. In: Seegeist. Tegernseer Anzeiger, Nr. 81, 1892; Todesanzeige Wolfgang Brachvogel. In: Münchner Neueste Nachrichten, Nr. 307, 9. Juli 1892. S. 8.

[16] Vgl. Polizeimeldebogen Wolfgang Brachvogel (Stadtarchiv München, PMB B341). Die frühere Ludwigstraße 17b ist heute Ludwigstraße 33; Vgl. Schiermeier, Franz: Stadtatlas München. München 2003. Kartenbeilagen: Ludwigstraße 17 (1908/1909).

Leben in einem großen sozialen Umfeld. Mit ihrer Existenz als unverheiratet bleibende, selbstständige, arbeitende Witwe widerspricht sie dem gängigen Ideal der Frau im Bürgertum des Kaiserreichs. 1919, in einem Brief an die Münchner Schriftstellerin und Porträtmalerin Helene Raff, wird sie anlässlich der aufgelösten Verlobung ihrer Tochter Feodora schreiben: »Nein eine Ehe ist ein zu schwieriges Ding, als daß man in sie hineingeht wenn man nicht wenigstens *glaubt*, daß sie ein Paradies sein kann. Sie ist ja selbst dann in den meisten Fällen keines. –«[17]

1894 erlebt Carry Brachvogel ihr Debüt als Autorin. Am 7. Mai wird ihr heute verschollenes Schauspiel »Vergangenheit« in Frankfurt am Main uraufgeführt.[18] 1895 erscheint dann »Alltagsmenschen« im S. Fischer Verlag, der sich seit seiner Gründung 1887 in Berlin als führendes Verlagshaus des Naturalismus einen Namen gemacht hat. Von Carry Brachvogel selbst sind einige Bemerkungen zur Veröffentlichung von »Alltagsmenschen« überliefert. Wir erfahren, dass Ernst Freiherr von Wolzogen ihr damaliger Berater, Förderer und enger Bekannter war: »So kam ich an die Dreißig, bis ich meinen ersten Roman ›Alltagsmenschen‹ schrieb, der Gott sei Dank heute verschollen ist. Damals aber fand ich ihn herrlich und bat Ernst von Wolzogen, der damals hier lebte und den ich gut kannte, um sein Urteil und seine Hilfe bei der Verlegersuche. Wolzogen der hilfreiche und nachsichtige Kollege, las, ›fand, das es gut sei‹ und empfahl mich an S. Fischer-Berlin, damals der berühmte Verlag aller ›Drangvollen‹.«[19]

Ernst von Wolzogen (1855–1934) kommt um 1890 nach München und nimmt hier bald eine zentrale Stellung im literarischen Leben ein. Max Halbe berichtet, dass das Wolzogensche Haus in der Werneckstraße einer der gesellschaftlichen Treffpunkte des literarischen München ist und hier auch Ernst Rosmer (Elsa Bernstein), Helene Böhlau und Gabriele Reuter regelmässig ein und aus gehen.[20] Als Mitglied

[17] Brief vom 4. September 1919 an Helene Raff (Staatsbibliothek München, Handschriftenabteilung, Raffiana VI, Brachvogel).

[18] Vgl. Pataky, Sophie (Hg.): Lexikon deutscher Frauen der Feder. Eine Zusammenstellung der seit dem Jahre 1840 erschienenen Werke weiblicher Autoren, nebst Biographien und einem Verzeichnis der Pseudonyme. 1. Band. Berlin 1898. S. 91f.

[19] Brachvogel, Carry: Wie ich zur Literatur kam. In: Münchner Neueste Nachrichten, Nr. 160, Beilage: Frauenzeitung, 1923.

[20] Vgl. Halbe, Max: Jahrhundertwende. Erinnerungen an eine Epoche. München/Wien 1976. S. 162.

der Dichtergemeinschaft »Krokodil«, Teilnehmer der Zusammenkünfte der »Unterströmung«, dann als Spielleiter des »Akademisch-Dramatischen Vereins«, damals Forum der modernen Theaterkunst, und zuletzt als Zweiter Vorsitzender der »Münchner Literarischen Gesellschaft«, für deren Ersten Vorsitz Wolzogen den populären Schriftsteller Ludwig Ganghofer gewinnt, nimmt er eine einflussreiche Position im Münchner Kulturbetrieb ein. Werke wie »Die Weber« (Gerhard Hauptmann), »Jugend« (Max Halbe), »Macht der Finsternis« (Leo Tolstoi), »L'Intruse« (Maurice Maeterlinck), »Musotte« (Guy de Maupassant), »Leonce und Lena« (Georg Büchner) werden von ihm inszeniert. Wolzogen arbeitet ab 1896 auch mit Frank Wedekind, Casparus und anderen für die satirische Wochenzeitschrift »Simplicissimus«, die im gleichen Jahr in München gegründet worden war.[21] Mit Ernst von Wolzogen steht Carry Brachvogel also ein einflussreicher und gut vernetzter Förderer zur Seite. Dass beide engen Kontakt zueinander hatten, belegen auch Äußerungen Wolzogens in seiner Autobiografie »Wie ich mich ums Leben brachte« (1922). Seine Erinnerungen führen unter anderem mitten in die Neunzigerjahre Münchens im 19. Jahrhundert. Wolzogen beschreibt hier Carry Brachvogels literarischen Salon, den sie um 1894/95 am Siegestor eröffnet hat, als bedeutenden Treffpunkt literarischen Lebens und charakterisiert sie selbst als eine überaus charismatische Persönlichkeit: »Die Dame des Hauses, als feingebildete Jüdin, voll gepfefferter Bosheit und schlagfertigem Geiste war der starke Magnet, der sowohl Einheimische als zugereiste Gäste an den Teetisch am Siegestor lockte.« Damals bekannte Persönlichkeiten wie Max Haushofer, Emma Merk-Haushofer, Oskar Mysing und Hugo Steinitzer waren ständige Gäste.[22] Doch auch spätere Berühmtheiten wie Rainer Maria Rilke sind, laut Wolzogen, bei ihr zu Gast. Rilke verfasst in dieser Zeit nicht nur ein Gedicht mit dem Titel »Frau Carry Brachvogel«[23], sondern äußert sich ebenfalls über sie und die Bedeutung ihres Teesalons: »Das eigentlich intime Künstlermünchen lernt man bei den sogenannten ›Tees‹ kennen – auf den Referentensitzen kann man immer das scharfe

[21] Vgl. Wolzogen, Ernst von: Wie ich mich ums Leben brachte. Erinnerungen und Erfahrungen. Braunschweig 1922. Vgl. auch Bruns, Brigitte: Das dritte Geschlecht von Ernst von Wolzogen. Berlin 1899. In: Herz, Rudolf/Bruns, Brigitte (Hg.): Hof-Atelier Elvira 1887–1928. München 1985. S. 178f.

[22] Vgl. Wolzogen, Ernst von: Wie ich mich ums Leben brachte. Erinnerungen und Erfahrungen. Braunschweig 1922. S. 181–184.

[23] Rilke, Rainer Maria: Frau Carry Brachvogel. In: Advent. Leipzig 1898. S. 27.

Profil der Frau Carry Brachvogel entdecken, deren geistvolle Bosheit und deren treffenden Witz man an ihren Teeabenden genießen muß«.[24] Carry Brachvogels literarischer Salon, den sie über 30 Jahre lang – auch in ihren späteren Wohnungen – weiterführt, wird zu einer regelrechten kulturellen Institution in München und noch 1923 wird in den »Münchner Neuesten Nachrichten« über ihn berichtet.[25] Ihr Salon ist dabei keinesfalls einmalig in der Haupt- und Residenzstadt um die Jahrhundertwende, denn auch bei Wolzogen selbst und in etlichen weiteren Häusern finden diese Zusammenkünfte statt, wie Max Halbe (1862–1944) berichtet. Ihm zufolge war es nicht ratsam, diesen Tees fernzubleiben, da sie für das literarische Leben doch bald einen hohen Stellenwert einnahmen: »Denn in diesen Damentees, bei denen auch immer ein paar literarische Snobs erschienen und das große Wort führten, ist ohne Zweifel ein gut Teil öffentlicher Meinung in literarischen Fragen gemacht worden. Wer also bei dieser Literaturbörse nicht mittat, lief Gefahr, daß er ins Hintertreffen geriet und Einbuße an seinem Kredit erlitt«. Von Halbe wissen wir auch, dass es damals die Frau war, »die den literarischen Lorbeer verteilte« – aber auch nur ein ganz bestimmter Typ von Frau, wie ihn eben Carry Brachvogel verkörpert: »Der herrschende Typus jener Frauengeneration der neunziger Jahre, jedenfalls derjenige, der in der Öffentlichkeit mitredete, war die Frauenrechtlerin, die Emanzipierte. Ihr also musste gefallen, was literarisch mitzählen sollte.«[26]

Festzuhalten bleibt: Bereits wenige Jahre nach dem Tod ihres Manns führt Carry Brachvogel ein selbstständiges Privat- und Berufsleben und spielt eine nicht unbedeutende Rolle im literarischen Leben Münchens. In der Zeit von 1895 bis 1902 tritt sie zunächst als Schriftstellerin und Salondame in Erscheinung. Bis 1902 wird sie noch fünf weitere Bücher im S. Fischer Verlag veröffentlichen. Ihre Novellensammlung »Der Erntetag« (1897) kreist erneut um das Verhältnis von Mann und Frau, der Roman »Die große Pagode« (1901) spielt im Münchner Theater- und Schauspielmilieu und beleuchtet die Situation von Schauspielerinnen. Nach der Jahrhundertwende, mit dem

[24] Rilke, Rainer Maria: Auch ein Münchner Brief. In: Sämtliche Werke. Band 5. Frankfurt am Main 1965. S. 331.

[25] Vgl. Baudissin, Eva von: Emma Haushofer-Merk und Carry Brachvogel. In: Münchner Neueste Nachrichten, Nr. 160, Beilage: Frauen-Zeitung, 1924.

[26] Halbe, Max: Jahrhundertwende. Erinnerungen an eine Epoche. München/Wien 1976. S. 163f.

Einritt in den »Münchner Verein für Fraueninteressen« 1903, fällt auf, dass Brachvogel von diesem Zeitpunkt an historische Biografien über einflussreiche Frauen und mächtige Herrscherinnen schreibt und in Romanen und Feuilletons detailliert die Stellung der Frau in Ehe, Berufsleben, Politik, Industrie und Literatur untersucht. Der Wert von weiblicher Selbstverwirklichung durch Arbeit und Beruf wird zu einem ihrer wichtigsten Themen.

Bürgerliche Frauenbewegung im 19. Jahrhundert – Suche der Frau nach einem neuen Selbstverständnis

Zum Zeitpunkt als Carry Brachvogels Roman »Alltagsmenschen« erschien (1895), steckte die moderne Frauenbewegung in München und Bayern noch in den Kinderschuhen.[27] 1865 hatte die organisierte Form der Frauenbewegung mit der Gründung des »Allgemeinen Deutschen Frauenvereins« (ADF) durch Louise Otto Peters und Auguste Schmidt in Leipzig begonnen. Ihre Trägerinnen, die vor allem bürgerlicher Herkunft waren, griffen die traditionellen Rollenvorstellungen im Bürgertum an und traten für das Recht auf Bildung und Erwerbstätigkeit für bürgerliche Mädchen und Frauen ein. Das Mädchenschulwesen wurde dabei zu einem der elementarsten Felder der Frauenbewegung. Erlaubt war Frauen bürgerlicher Herkunft damals nur wohltätiges soziales Engagement und zweckfreie künstlerische Betätigung. Kennzeichnend war eine stark auf häusliche Arbeit ausgerichtete, höchstens zehnjährige Schulausbildung mit Schwerpunkt auf Handarbeits- und Hauswirtschaftsunterricht. Nach der Schule hieß es dann auf einen Ehemann zu hoffen, wobei das Heiratsalter damals um die 25 Jahre lag. Einzig der Beruf der Lehrerin war akzeptiert und folglich haben denn auch gerade die Lehrerinnen bis 1936 eine entscheidende Rolle in der damaligen Frauenbewegung gespielt.

Zu erwähnen ist, dass im 19. Jahrhundert neben der bürgerlichen Frauenbewegung auch eine »proletarische Frauenbewegung« entstan-

[27] Eine Darstellung der gesamten Frauenbewegung liefert Ute Frevert. In: Frauen-Geschichte. Zwischen bürgerlicher Verbesserung und neuer Weiblichkeit. Frankfurt am Main 1986. Zur Frauenbewegung in Bayern und München vgl. Lindemann, Renate: 100 Jahre Verein für Fraueninteressen. In: Verein für Fraueninteressen e. V. (Hg.): 100 Jahre Verein für Fraueninteressen. München 1994. S. 1–102.

den ist, die sich als eine Bewegung der Arbeiterinnen zu den sozialdemokratischen und kommunistischen Arbeitervereinigungen hin orientierte. Das Recht auf Arbeit war für sie kein Thema mehr, sondern ihnen ging es bereits um die Verbesserung der Arbeits- und Lebensbedingungen der Arbeiterinnen im Kaiserreich.

Für die bürgerliche Frauenbewegung war es nicht leicht, Ende des 19. Jahrhunderts in Bayern Fuß zu fassen: Unter dem unverfänglichen Namen »Gesellschaft zur Förderung geistiger Interessen der Frau« gründete Ika Freudenberg (1858–1912) in München 1894 den späteren »Verein für Fraueninteressen«. Die ursprüngliche Anregung war dabei wohl von Anita Augspurg und Sophia Goudstikker ausgegangen, die seit 1887 gemeinsam das legendäre Fotostudio »Elvira« in der damaligen Von-der-Tann-Straße 15 betrieben und als unverheiratete Geschäftsfrauen den Typus der emanzipierten Frau verkörperten.[28]

Im Verein fanden sich bald Frauen aller Konfessionen des gebildeten Münchner Bürgertums zusammen, um sich zur modernen Frauenbewegung zu bekennen.[29] Der Verein wurde zum Fürsprecher erwerbstätiger Frauen, er vertrat den Anspruch der Mädchen auf gleiche Bildungschancen und verlangte die gleichberechtigte Teilnahme von Frauen an den Institutionen des öffentlichen Lebens. Bei allem Engagement vermied der Verein aber ein radikales Vorgehen. Im äußeren Auftreten wahrten die Damen beste Umgangsformen. Den Worten des Vereinsmitglieds Martha Haushofer zufolge wäre »ein ›zielbewußteres‹, d.h. radikales und rücksichtsloses Vorgehen [...] in unseren bayerischen Verhältnissen der sichere Weg zum Mißerfolg gewesen«.[30] Insgesamt durfte die Vereinstätigkeit der bürgerlichen Frauen auch nicht zu politisch erscheinen, da Frauen damals die Mitgliedschaft in politischen Vereinen und die Beteiligung an politischen Versammlungen bei Strafe verboten war; dies erklärt auch, warum die bürgerliche Frauenbewegung sich stark karitativ und sozialfürsorglich für Belange

[28] Zur Gründergeneration und ihrer Verknüpfung mit den Literaten und Künstlern der Moderne vgl. Elferich, Christa: Aus dem Vereinsarchiv. In: Verein für Fraueninteressen e.V. (Hg.): Jahresbericht 2007. München. S. 21–23.

[29] Elferich, Christa (Verein für Fraueninteressen) verweist darauf, dass Frauen jüdischen Glaubens oder jüdischer Herkunft die ersten 40 Jahre des Vereins und der Frauenbewegung entscheidend mitgestaltet haben. Vgl. ebd. S. 23f.

[30] Haushofer, Martha: Ika Freudenberg. In: Centralblatt des Bundes Deutscher Frauenvereine. XIII. Jahrgang, Nr. 21. Leipzig/Berlin/Dresden 1912. S. 163.

der Unterschichtsfrauen einsetzte. Carry Brachvogel trat dem »Verein für Fraueninteressen« 1903 bei. 1899 fand in München der erste »Bayerische Frauentag« statt.[31] Organisiert hatte ihn der »Verein für Fraueninteressen« und Frauen aus ganz Bayern trafen sich hier erstmals in der Residenzstadt, um ihre Rolle in der Gesellschaft zu erörtern. An dem damals aufsehenerregenden Kongress nahmen mehr als 50 Frauen aus 14 bayerischen Städten teil. Möglich gemacht hatte diesen ersten »Bayerischen Frauentag« eine Novelle des bayerischen Vereinsgesetzes. 1889 hatte der Gesetzgeber endlich den frauenfeindlichen Artikel 15 geändert, der Frauen bis dahin die Mitgliedschaft in politischen Vereinen sowie die Teilnahme an politischen Veranstaltungen untersagte. Nun durften auch »volljährige weibliche Personen« Versammlungen besuchen, die »den Berufs- und Standesinteressen bestimmter Personenkreise oder Zwecken der Erziehung, des Unterrichts und der Armen- und Krankenpflege dienten.«[32] Diese Liberalisierung nutzten die Initiatorinnen des Frauentags sofort für ihre Interessen und so reichte das Themenspektrum der Vorträge und Diskussionsveranstaltungen dann künftig auf den bayerischen Frauentagen von »Was die Frauenbewegung von den Hausfrauen erwartet« über »Die Frau im öffentlichen Leben« bis zu »Die Organisation der Münchner Kellnerinnen«. Der Schlussvortrag von Marie Stritt aus Dresden über »Die Stellung der Frau im neuen Bürgerlichen Gesetzbuch« bildete den Höhepunkt der Veranstaltung des ersten »Bayerischen Frauentages«. Beschlossen wurde hier, dass die Frauen auf eine Änderung jener Paragrafen des neuen Bürgerlichen Gesetzbuchs hinarbeiten wollten, die das eheliche Güterrecht, die elterliche Gewalt der ehelichen und unehelichen Mutter und die Unterhaltspflicht des Vaters gegenüber seinem unehelichen Kind betrafen. Auch wenn der erste »Bayerische Frauentag« vorerst nicht viel an der Lebenssituation der Frauen veränderte, so fand er in der Folge nun doch alle zwei Jahre statt und war ein bedeutender An-

[31] Umfassend dazu: Lindemann, Renate: 100 Jahre Verein für Fraueninteressen. In: Verein für Fraueninteressen e. V. (Hg.): 100 Jahre Verein für Fraueninteressen. München 1994. S. 20–22.

[32] Vgl. ebd. S. 20.

stoß für eine Gleichberechtigungsbewegung in Bayern. Die Hauptziele der Frauenbewegung wurden jedoch erst im 20. Jahrhundert erreicht: die Errichtung von Mädchengymnasien und der offizielle Zugang zu Universitäten. So gab es bis 1912 in München nur eine öffentliche höhere Mädchenschule, die Luisenschule. Der »Verein für Fraueninteressen« hatte großen Anteil daran, dass 1912 eine zweite höhere Mädchenschule am St.-Anna-Platz gegründet wurde.[33] Das Immatrikulationsrecht wurde zwischen 1900 und 1909 in den Ländern durchgesetzt, 1903 wurden Frauen an bayerischen Universitäten zugelassen.

Die bürgerliche Frauenbewegung war eine Ausdrucksform des Kampfs gegen die traditionellen Rollenvorstellungen. Auf ganz andere Art und Weise zeigte sich die Krise des bürgerlichen Rollenverständnisses bei Franziska zu Reventlow: Ihre Antwort war es, in die Boheme des Künstlertums »auszuweichen«.

Die Suche der Frauen nach einem neuen Selbstverständnis in der Emanzipationsbewegung und die Thematisierung des Verhältnisses der Geschlechter zueinander fand Ende des 19. Jahrhunderts auch in einigen Romanen ihren Ausdruck. Die dramatischen Werke Henrik Ibsens und August Strindbergs hatten überdies das Interesse an dieser Thematik befördert. Um 1900 wurden mehrere Romane veröffentlicht, die sich mit den traditionellen Rollenvorstellungen und Geschlechterbeziehungen auseinandersetzten und erhebliches Aufsehen erregten. 1895 erschien nicht nur Carry Brachvogels »Alltagsmenschen«, sondern auch der Entwicklungsroman »Aus guter Familie« von Gabriele Reuter (1859–1941), der ebenfalls die Zwänge der wilhelminischen Töchtererziehung anklagt. Auch »Halbtier« (1899) von Helene Böhlau (1865–1940) fand große Aufmerksamkeit.[34]

Carry Brachvogel, Gabriele Reuter, Helene Böhlau und viele andere heute vergessene Autorinnen waren um die Jahrhundertwende bekannt und wurden von ihren männlichen Kollegen durchaus gewürdigt und ernst genommen. Man stand zusammen in der Opposition gegen das »verstaubte« Alte, gehörte zu einer Generation: den Modernen.

[33] Zum damaligen Mädchenschulwesen vgl. ebd. S. 19, S. 33–36.

[34] Vgl. dazu auch: Bruns, Brigitte: Das dritte Geschlecht von Ernst von Wolzogen. Berlin 1899. In: Herz, Rudolf/Bruns, Brigitte (Hg.): Hof-Atelier Elvira 1887–1928. München 1985. S. 171–190, S. 184.

»Alltagsmenschen« und die bürgerliche Frauenbewegung

Satirisch stellt Carry Brachvogel in »Alltagsmenschen« das Münchner Großbürgertum vor 1900, seine Rollenvorstellungen und Geschlechterbeziehungen dar. Sie richtet ihren Blick auf das Leben einer jungen Frau, auf deren Erziehung und Rolle in der Ehe, auf das Verhalten der Männer und der sogenannten guten Gesellschaft. Anhand ihrer Protagonistin Elisabeth veranschaulicht Brachvogel exemplarisch die gravierenden Folgen bürgerlicher Erziehung von Mädchen für ihre Charakterbildung und ihr weiteres Leben. Sie zeigt, wie dadurch weltfremde Frauen »produziert« werden, Menschen, die keinen wirklichen Zugang zum Leben haben. Aus lauter Langeweile und Leere entwickeln sie fantastische Vorstellungen und das Bedürfnis, etwas Außergewöhnliches zu verkörpern und zu erleben. Unter den gegebenen Umständen kann das bei der Protagonistin Elisabeth »nur« ein Ehebruch sein, durch den sie zunächst die ersehnte gesellschaftliche Anerkennung erhält.

Mit der satirischen Darstellung von Elisabeths Kindheit, Jugend und späterem Dasein als Ehefrau übt Carry Brachvogel Kritik an der Rolle, die der Frau in der damaligen bürgerlichen Gesellschaft zugewiesen wurde und geht damit mit den Zielen der modernen Frauenbewegung konform. Immer wieder weist Brachvogel auf das bürgerliche Dasein junger Mädchen und Frauen als eine Art Gefängnis hin. Auf der Symbolebene des Buchs kritisiert sie den monotonen Alltag dieser Frauen und die damit eng verbundene soziale »Maschinerie«.

Die Rolle der Frau in »Alltagsmenschen«

Abgeschirmt vom wirklichen Leben vergeht jeder Tag mit den gleichen sinnlosen Tätigkeiten. Elisabeth bezeichnet es selbst als ein »Lilienaufdemfelddasein« und sie sehnt sich danach, wie ein Mann leben zu können: »Ihrem Leben fehlte der Inhalt. Ein Tag wie der andere floß leer dahin: Toilette, Spazierengehen, ein bischen Lesen, ein bischen Porzellanmalen, Besuche, Theater, Bälle. Dabei war Elisabeth gescheidt, hatte sich von jeher gemüht, ihre etwas oberflächliche Institutsbildung aus eigenen Kräften zu erweitern und zu vertiefen, und gerade deshalb erschien ihr dies alles, das den Freundinnen den Lebenszweck bildete, doppelt nichtig und leer [...]. Zuweilen befiel sie ein Grauen, wenn sie überlegte, wie viele Tage jetzt schon so dahingeglitten waren, an denen sie nichts geleistet hatte, nichts für sich, nichts für andere. Das ›Lilienaufdemfelddasein‹ bedrückte sie schwer – sie wäre gerne ein Mann gewesen, der nutzbringend leben und arbeiten, all seine Kräfte freudig und befriedigend bethätigen konnte.« (S. 9f.)

Diese Art der Existenz führt dazu, dass Elisabeth auch als Frau das bleibt, was sie bereits als Mädchen war: eine »phantastische Träumerin«, denn »an das unreife junge Weib konnte das Leben mit seiner erziehenden Gewalt nicht herankommen, sie lernte ja nur die Gesellschaft kennen, nicht aber die Welt«. (S. 14) Daran ändert auch die Heirat nichts, das große Ereignis, das »ihrem Dasein Form und Inhalt leihen« soll. Das eintönige Leben setzt sich fort: »Das würde nun immer das Gleiche bleiben: Der Vormittag verging mit häuslichen Beschäftigungen, ein wenig Lektüre oder Klavierspiel, dann holte sie ihren Mann vom Gericht ab [...], ein Spaziergang in der Maximilianstraße, wo man immer die gleichen Menschen traf [...], eine kurze Siesta, dann blieb sie wieder allein, bis endlich [...] Friedrichs Arbeitstag zur Rüste ging und er Zeit fand, mit seiner Frau ein Theater oder ein Konzert zu besuchen, wenn anders sie nicht zu Hause blieben und vor dem Essen noch ein Stündchen mit einander lasen oder musizierten. Recht häufig aber kam er so müde heim, daß nichts ihm so gut behagen wollte, wie sein Lehnsessel und seine Cigarre. [...] [E]in Frösteln befiel zuweilen die junge Frau, wenn sie bedachte, daß es nun immer so weitergehn würde.« (S. 13) Das Dasein einer bürgerlichen Ehefrau bringt die Erzählerin in einem Satz mit dem bestimmenden Manko auf den Punkt: »Die Spielzeugrolle, die man der modernen Frau in der Ehe immer noch gerne anweist, lag der regen, klugen Elisabeth sehr schlecht und um ihrem Manne eine wirkliche Gefährtin zu sein, dazu mangelte ihr (so fand sie wenigstens) der zur Bethätigung einer Kraft unerläßlich nötige Wirkungskreis.« (S. 16)

Elisabeths Beziehungsmodell: der sonnenmatte Adler und die jubelnde Gefährtin – der starke Held der Pflicht und das hochgesinnte Weib

Elisabeths Beziehungsleben entspricht einem spezifischen Geschlechtermodell, das sich leitmotivisch durch den Roman zieht: Es ist der Märchentraum vom »sonnenmatten Adler und der jubelnden Gefährtin«. Diesen hat sie in ihrer Jugend entwickelt und an die Stelle ihres ursprünglichen Wunschtraums gesetzt, eine außergewöhnliche Frau wie zum Beispiel Jeanne D'Arc zu werden: »Mit den Jahren der Jungfrau kam aber auch das weichere Gemüt über sie, jetzt wußte sie, daß wirklich nur ein Mann ihrem Leben Inhalt einhauchen könne, aber nicht ein Mann, den sie lieben sollte, weil er ihr Gatte und der Vater ihrer Kinder war, nein, ein Ideal, ein Held, ein Gott [...]. Für ihn nur wollte sie schön und ehrgeizig sein, er war der Adler, der kühn der Sonne entgegenflog, sie sie wollte nichts als jubelnd seinem Fluge nachschauen und ihm sorgsam ein weiches Nest bereiten, bis er sehnsuchtsvoll und sonnenmüde sich wieder zu ihr niederließ.« (S. 10) Diese Rollenvorstellung bestimmt fortan Elisabeths Liebesleben. Nachdem sich Friedrich jedoch als untauglich für die Rolle des Helden erweist, aktualisiert sich ihr Traum in der Beziehung mit Max Heßling. Hier beginnt das »längstverklungene Märchen vom sonnenmatten Adler und der jubelnden Gefährtin [...], sozusagen neu einstudiert, wieder in seine Rechte zu treten, und so völlig lebten sie sich in ihre Rollen ein: Der starke Held der Pflicht und das hochgesinnte entsagende Weib, daß sie wirkliches Erlebnis und Komödie nicht mehr genau unterscheiden konnten.« (S. 76)

Die zeitgenössische Rezeption von »Alltagsmenschen«

Wie Carry Brachvogels Erstling aufgenommen wurde, kann man einigen Rezensionen entnehmen, die der S. Fischer Verlag – wohl als Werbung für Carry Brachvogels Bücher – am Ende ihres dritten Buchs »Die Wiedererstandenen. Cäsarenlegenden« (1900) als Anhang beigegeben hat.[35] Alle Rezensenten stellen fest, dass Brachvogels

[35] Alle folgenden Zitate aus: Brachvogel, Carry: Geistige Stimmen der Presse

Erstling aus der Fülle der Romanproduktion markant hervorsticht. Ungewöhnliches Darstellungstalent, herausragende psychologische Scharfsichtigkeit, großes poetisches Können und bedeutende erzählerische Fähigkeiten werden ihr attestiert und es wird prophezeit, dass Carry Brachvogel eine große Karriere auf dem Gebiet der Sitten- und Charakterisierungskunst bevorsteht.

Die Berliner Zeitschrift »Der Bazar« berichtet, »Alltagsmenschen« sei »spannend und gewandt geschrieben, die Charaktere [seien] überraschend getreu gezeichnet. Obgleich sich die Erzählung nur unter drei Personen abspielt, fesselt die Handlung doch bis zur letzten Seite des Buchs. Die Verfasserin besitzt in hohem Maße die Kunst, psychologisch fein und lebenswarm zu charakterisieren, und sie hat ein ganz ungewöhnliches Darstellungstalent«.

In der »Neuen Badischen Landeszeitung« vom 30. Juni 1895 ist zu lesen, »Alltagsmenschen« sei ein »überaus betrachtenswerter Roman«, in dem »eine bisher litterarisch nicht hervorgetretene Münchener Dame eine erste Probe ihres reichen poetischen Könnens giebt. [...] Es ist [...] die Geschichte eines Ehebruchs. Besonders wohltuend wirkt der echt künstlerische Ernst, mit dem die Verfasserin den Ausbruch des Konflikts zwischen der jungen Frau und dem jäh zur Erkenntnis kommenden Ehegatten und die daran sich schließenden Vorgänge schildert. [...] In den Kindern findet der Eltern Dasein Zweck und Ziel [...] – in diesen [...] Gedanken klingt der [...] Roman aus«. In der Art, wie Brachvogel die Kälte zwischen den Ehepartnern schildert, wird eine geistige Verwandtschaft zu Hebbel erkannt: »So leben sie denn weit nebeneinander – kalt und fremd – tristi amori! – ein Hauch wie aus Hebbelschen Kunstgebilden, herb, aber stählend und kräftigend weht uns an.« Diese Zuordnung ist insofern bedeutend, als Hebbel für Carry Brachvogel ein literarisches Vorbild war. 1911 hält sie im »Verein für Fraueninteressen« einen Vortrag über »Hebbel und die moderne Frau«, der 1912 veröffentlicht wird.[36] Dabei kritisiert sie die Darstellung der Frau im klassischen Drama, bei der den Frauen als einziger Lebensinhalt die Liebe zugewiesen würde, und legt dar, dass ausschließlich Hebbel in seinen Dramen der modernen Frau gerecht werde.[37]

über Carry Brachvogels Roman ›Alltagmenschen‹. Anhang zu: Die Wiedererstandenen. Frankfurt am Main 1900.

36 Vgl. Verein für Fraueninteressen e.V. Jahresbericht 1913. München. S. 9.

37 Vgl. Hebbel und die moderne Frau. Vortrag. Verlag G.C. Steinicke. München

Die Zeitschrift »Ethische Kultur«[38] stellt Titel und Leitmotiv von »Alltagsmenschen« in den Mittelpunkt ihrer Besprechung und prophezeit der Autorin eine bedeutende Karriere: »Aus der Fülle der modernen Romane, die alljährlich [...] auf den Weltbüchermarkt geworfen werden, heben sich Carry Brachvogels ›Alltagsmenschen‹ sehr vorteilhaft hervor. Die Verfasserin erzählt uns da eine Geschichte – wie sie alle Tage passiert, und schildert uns Menschen, wie sie zu Dutzenden um uns herumlaufen, ganz gewöhnliche hausbackene Philister, ohne Schwung und Leidenschaft, ja ohne einen eigenen selbstständigen Gedanken. [...] Aber das muß ja furchtbar langweilig sein! höre ich den Leser zwischen den Zähnen murmeln. Ganz und gar nicht, Verehrtester. Das Buch ist sogar so interessant, daß ich darauf wetten möchte, die Mehrzahl der kunstverständigen, sowie der unverständigen Leser wird es nicht aus der Hand legen, bis sie auf Seite 235 angelangt sind [...] Man kann es bedauern, daß die geistvolle Verfasserin sich ein so ödes Thema wählte, aber man wird ihr zugestehen müssen, daß sie ihre naturgemäß platten Alltagsmenschen mit so viel Witz und Geist und Laune vorführt, daß man erst zum Schluß wieder darauf kommt: – es sind ja Alltagsmenschen! Jedenfalls berechtigt dieses Erstlingswerk zu der Erwartung, daß Carry Brachvogel sich zu einer bedeutenden Kraft auf dem Gebiete auswachsen wird, daß sie nach manchen Schwankungen nun wohl endgiltig als das Ihre erkannt haben wird, ich meine das Gebiet der Sitten- und Charakterschilderung der sogenannten guten Gesellschaft. Ihr Blick ist scharf! Nicht der kleinste Schatten, nicht die unscheinbarste Krümmung der Linie entgeht demselben, und mit der Objektivität des Naturforschers teilt sie uns mit, was sie gesehen. Heute malt sie in ihren ›Alltagsmenschen‹ ein ödes Flachland. Hoffen wir, in ihrer nächsten Arbeit einen stolzen Hochwald, eine schattige Oase oder das weite grenzenlose Meer zu finden, denn noch können wir uns nicht ganz zu dem traurigen Glauben bekennen, daß platte Alltäglichkeit das Hauptmerkmal der ›guten‹ Gesellschaft sei.«

1912.

[38] Die Zeitschrift war seit 1895 Publikationsorgan der »Deutschen Gesellschaft für Ethische Kultur«. Hier veröffentlichten auch der Soziologe Ferdinand Tönnies, die Frauenrechtlerin Helene Lange und der Nationalökonom Heinrich Herkner.

Ein literaturhistorisches Novum: männliche Reflexion über die negativen psychosozialen Folgen einer Scheidung für das Kind

Anne-Rose Meyer hat 2005 den ersten literaturwissenschaftlichen Lexikonartikel zu »Alltagsmenschen« verfasst[39] und eine literarturhistorische Einordnung vorgenommen, indem sie »Alltagsmenschen« mit thematisch ähnlichen Romanen des 19. Jahrhunderts vergleicht: »›Alltagsmenschen‹ ist ein Eheroman, in dem Brachvogel zentrale literarische Themen des 19. Jahrhunderts verarbeitet: Unter anderem haben auch Autoren wie Gustave Flaubert, Henrik Ibsen, Theodor Fontane und Arthur Schnitzler die Situation von Frauen problematisiert, die großbürgerlichen Konventionen gemäß kein eigenständiges Leben führen durften und deswegen Abwechslung auf sexuellem Gebiet suchten. Die mangelnde Sensibilität des Ehemanns für die Situation der Frau und die Satisfaktion durch das Duell zählen ebenfalls dazu.« Meyer zufolge hat Brachvogel ganz deutlich aber auch neue und andere Schwerpunkte gesetzt als ihre Vorgänger und Zeitgenossen. Auffallend: Spannungsträchtige, genretypische Schlüsselsituationen sind bei Carry Brachvogel entdramatisiert, Duell und Ehestreit nur kurz und rückblickend erwähnt und auch die Trennung von Max und Elisabeth ist kurz gehalten und auf die Gestaltung leidenschaftlicher Emotionen wird verzichtet. Ähnlich wie in Flauberts Roman »Madame Bovary« (1856/57) offenbart die außereheliche Affäre zwar auch bei Brachvogel nach einigen Monaten ihren banalen Charakter, doch am Ende steht keine menschliche Katastrophe. Die Beteiligten sind vielmehr froh, ihre Affäre ohne großen Aufhebens beenden zu können. In »typologischer Variation zu bekannten Eheromanen des Jahrhunderts« spitzt Brachvogel, gemäß Meyer, den Konflikt also nicht auf den Tod der Frau hin zu, sondern thematisiert ausführlich »Möglichkeiten des Miteinanders nach einer großen Krise«. Bemerkenswert sei auch, dass Brachvogel der Situation des betrogenen Ehemannes besondere Aufmerksamkeit widme und dessen emotionale Disposition ausführlich wiedergebe. In Zusammenhang damit macht Meyer als Brachvogels

[39] Vgl. Meyer, Anne-Rose: Brachvogel, Carry: Alltagsmenschen. Roman (1895). In: Loster-Schneider, Gudrun/Pailer, Gaby (Hg.): Lexikon deutschsprachiger Epik und Dramatik von Autorinnen (1730–1900). Tübingen/Basel 2006. S. 59f.

»gesellschaftspolitisches Anliegen« und »literaturhistorisches Novum« die »männliche Reflexion der negativen psychosozialen Folgen« aus, die eine Scheidung für das Kind hätte. Brachvogel führe Friedrich als sensiblen Vater vor, der, anders als Fontanes Baron von Innstetten in dem etwa zeitgleich erschienenen Roman »Effi Briest« (1895/96), das eigene Interesse aus Liebe zu seiner Tochter hintanstelle. Als Rollenmodell hierfür diene Karenin, der Mann von Anna Karenina aus Leo Tolstois gleichnamigem Roman (1875–1877), auf den Brachvogel mittels intertextueller Verweise explizit Bezug nehme.

Zum Titel »Alltagsmenschen«

Der Titel »Alltagsmenschen« macht deutlich, dass es der Autorin generell um die Darstellung fehlbarer, durchschnittlicher Charaktere geht. »Diese sind – wie Max – zu sehr an ihrem eigenen Wohlergehen interessiert, um für ein romantisches Liebesideal Unannehmlichkeiten in Kauf zu nehmen; oder sie sind – wie Elisabeth und Friedrich – dem bürgerlichen Familienethos und ihrer elterlichen Verantwortung zu stark verpflichtet, um Lebensalternativen zu realisieren.«[40] Die dargestellten Alltagsmenschen sind letztlich egoistisch und in Rollenvorstellungen gefangen. Elisabeth möchte eine außergewöhnliche Frau sein, stellt aber selbst fest, dass sie eine »Alltagsfrau« ist, eine »Spießbürgerin« voller Ängste, kein »Übermensch« und »nicht groß genug, um ihr Thun nur vor den Gesetzen ihres eigenen Ichs verantworten zu wollen und können«. (S. 78f.) Und auch Friedrich entpuppt sich als »Alltagsmensch«. Er erfüllt in keinster Weise die Hoffnungen, die Elisabeth in ihn gesetzt hat: »Und das war der zweite große Haken ihres Lebens. […] der Mann konnte nicht halten, was der Jüngling einst versprochen. […] aus dem scheinbar außergewöhnlichen Studenten wurde ein Durchschnittsmensch, ein tüchtiger Beamter, der ganz normal vom dritten Staatsanwalt zum Amtsrichter avancierte – weiter nichts.« (S. 16)

Brachvogel präsentiert dem Leser aber keine gesichtslosen Typen,

[40] Meyer, Anne-Rose: Brachvogel, Carry: Alltagsmenschen. Roman (1895). In: Loster-Schneider, Gudrun/Pailer, Gaby (Hg.): Lexikon deutschsprachiger Epik und Dramatik von Autorinnen (1730–1900). Tübingen/Basel 2006. S. 59f.

keine bloßen Marionetten oder Statisten. Im Gegenteil, sie umreißt mit wenigen, aber treffsicheren Strichen lebendige Menschen, an denen man Anteil nimmt, weniger weil es individuelle Schicksale sind, sondern weil durch das Einzelne, Individuelle hindurch ein gesellschaftlich immer vorhandener Allgemeinzustand präsentiert wird. Exemplarisch geht sie dabei den individualpsychologischen und gesellschaftlichen Ursachen eines Ehebruchs nach. Möglicherweise ist Carry Brachvogel zu der Idee, Alltagsmenschen aus dem großbürgerlichen Milieu darzustellen, durch Emile Zolas Romane angeregt worden, der in ihrem Roman auch Erwähnung findet. Zola erzielte seinen Durchbruch mit dem Roman »Thérèse Raquin« (1867). Dieser spielt im kleinbürgerlichen Milieu, erzählt die Geschichte einer sexuellen Leidenschaft und war eine Milieustudie im Sinne von Zolas Programm des »roman expérimental«. Dem Literaturwissenschaftler Franz Norbert Mennemeier zufolge entspricht der soziologische Habitus dieses Romans einem naturalistischen Zentralinteresse Zolas, das speziell dadurch konstituiert ist, dass die Helden keine herausragenden Charaktere mehr sind. »Es sind Alltagsmenschen, ›kleine Leute‹, deren Tragödie gezeigt wird. – Die Tragödien des modernen Menschen, des Massenmenschen, sind lautlos. Sie spielen sich im Inneren ab, nehmen im allgemeinen keine extravagante, für die Kriminalstatistik verwertbare Gestalt an.«[41] Immer wieder wird in Carry Brachvogels »Alltagsmenschen« auf die gleichen Autoren Bezug genommen: nicht nur auf Zola, sondern auch auf Ibsen, Tolstoi und Hauptmann. Sie alle gelten als Vertreter des Naturalismus beziehungsweise Realismus. So erfährt der Leser, dass in München bei gesellschaftlichen Anlässen gern über Ibsen und Hauptmann diskutiert wurde. Von Tolstoi, Zola und Ibsen sind zudem Elisabeths Lieblingsbücher und Friedrich hat sogar zusammen mit ihr Tolstois »Anna Karenina« gelesen, wobei die Figur Karenins nach dem Ehebruch seiner Frau nun den Orientierungsmaßstab für sein Handeln bildet.

[41] Mennemeier, Franz Norbert: Literatur der Jahrhundertwende. Europäisch-deutsche Literaturtendenzen 1870–1910. Berlin 2001. S. 41.

»Alltagsmenschen« – heute noch lesenswert?

Carry Brachvogel behandelt in ihrem Roman zeitlose Themen: Ehe, Ehekrise, Ehebruch und die Frage, ob und wie es danach weitergeht. Mit großer Eindringlichkeit macht das Romangeschehen deutlich, wie Menschen durch ihr Milieu dauerhafte Prägung erhalten und Leben und Handeln der sogenannten Alltagsmenschen, bis in die privatesten Bereiche hinein, von geschlechterspezifischen Mustern geprägt sind. Selbst wenn die damaligen bürgerlich-traditionellen Rollenvorstellungen für unsere Gesellschaft keine große Bedeutung mehr zu haben scheinen – unterschwellig und unbewusst vorhanden sind sie heute vielerorts dennoch.

Der ästhetische Rang des Buchs liegt nicht zuletzt in der Genauigkeit, mit der Brachvogel das Alltagsleben Elisabeths und damit das bürgerliche Leben der Münchner Gesellschaft an der Wende vom 19. zum 20. Jahrhundert beschreibt. Vergleicht man das Verhalten der »guten Gesellschaft« mit der heutigen, kann man vielleicht sogar zu dem Ergebnis kommen, dass sich so sehr viel nicht verändert hat: »Die Gesellschaft kuppelt ja gar zu gern [...]. Es liegt etwas mephistophelisches in der neugierigen Freude, mit der sie zusieht, wie unerlaubte Beziehungen sich anspinnen, und etwas unendlich feiges in der Entrüstung, mit der sie sich vom ›sündigen Paare‹ zurückzieht, sobald der Skandal öffentlich geworden ist, derselbe Skandal, den sie vorher sorgsam beschützt und langsam ausgebrütet hat.« (S. 41)

Editorische Notiz

»Alltagsmenschen« erschien 1895 im S. Fischer Verlag Berlin. Das vorliegende Buch folgt dieser Ausgabe und korrigiert nur offensichtliche Druckfehler stillschweigend.

I. R.

Verwendete Literatur (Auswahl)

Bruns, Brigitte: Das dritte Geschlecht von Ernst von Wolzogen. Berlin 1899. In: Herz, Rudolf / Bruns, Brigitte (Hg.): Hof-Atelier Elvira 1887–1928. München 1985. S. 171–190.

Frevert, Ute: Frauen-Geschichte. Zwischen bürgerlicher Verbesserung und neuer Weiblichkeit. Frankfurt am Main 1986.

Fuchs, Georg: Sturm und Drang in München um die Jahrhundertwende. München 1936.

Gumtau, Helmut (Hg.): Christian Morgenstern. Kommentierte Ausgabe. Band VI. Kritische Schriften. Stuttgart 1987.

Halbe, Max : Jahrhundertwende. Erinnerungen an eine Epoche. München / Wien 1976.

Lindemann, Renate: 100 Jahre Verein für Fraueninteressen. In: Verein für Fraueninteressen e. V. (Hg.): 100 Jahre Verein für Fraueninteressen. München 1994. S. 1–102.

Mennemeier, Franz Norbert: Literatur der Jahrhundertwende. Europäisch-deutsche Literaturtendenzen 1870–1910. Berlin 2001.

Meyer, Anne-Rose: Brachvogel, Carry, Alltagsmenschen. Roman (1895). In: Loster-Schneider, Gudrun / Pailer, Gaby (Hg.): Lexikon deutschsprachiger Epik und Dramatik von Autorinnen (1730–1900). Tübingen / Basel 2006. S. 59f.

Pataky, Sophie (Hg.): Lexikon deutscher Frauen der Feder. Eine Zusammenstellung der seit dem Jahre 1840 erschienenen Werke weiblicher Autoren, nebst Biographien und einem Verzeichnis der Pseudonyme. 1. Band. Berlin 1898.

Richardsen, Ingvild: Nachwort: Wer war Carry Brachvogel? In: Brachvogel, Carry: Im Weiß-Blauen Land. Bayerische Bilder. München 2013. S. 121–149.

Wolzogen, Ernst von: Wie ich mich ums Leben brachte. Erinnerungen und Erfahrungen. Braunschweig 1922.